FEITIÇO

NANCY HOLDER
& DEBBIE VIGUIÉ

FEITIÇO
☾ WICKED
LIVRO QUATRO

Tradução
Priscila Catão

ROCCO
JOVENS LEITORES

Título original
**WICKED
SPELLBOUND**

Este livro é uma obra de ficção. Qualquer referência a acontecimentos históricos, pessoas reais e localidades foi usada ficcionalmente. Outros nomes, personagens, lugares e incidentes são produtos da imaginação da autora, e qualquer semelhança com acontecimentos reais, ou localidades ou pessoas vivas ou não é mera coincidência.

Copyright de *Legacy* © 2003 *by* Nancy Holder
Copyright de *Spellbound* © 2003 *by* Nancy Holder

Todos os direitos reservados, incluindo o de reprodução no todo ou em parte sob qualquer forma.

Copyright da edição brasileira © 2015 *by* Editora Rocco Ltda.

Publicada mediante acordo com a Simon Pulse, um selo da Simon & Schuster Children's Publishing Division.

Nenhuma parte desta obra pode ser reproduzida ou transmitida por qualquer forma ou meio eletrônico ou mecânico, inclusive fotocópia, gravação ou sistema de armazenagem e recuperação de informação, sem a permissão escrita do editor.

Direitos para a língua portuguesa reservados
com exclusividade para o Brasil à
EDITORA ROCCO LTDA.
Av. Presidente Wilson, 231 – 8º andar
20030-021 – Rio de Janeiro – RJ
Tel.: (21) 3525-2000 – Fax: (21) 3525-2001
rocco@rocco.com.br | www.rocco.com.br

Printed in Brazil/Impresso no Brasil

Preparação de originais
LUANA LUZ

CIP-Brasil. Catalogação na fonte.
Sindicato Nacional dos Editores de Livros, RJ.

Holder, Nancy
H674f   Feitiço / Nancy Holder, Debbie Vigué; tradução Priscila Catão. – Primeira edição – Rio de Janeiro: Rocco Jovens Leitores, 2015.
(Wicked; 4)

Tradução de: Spellbound
ISBN 978-85-7980-231-7

1. Ficção infantojuvenil americana. I. Vigué, Debbie. II. Catão, Priscila. III. Título. IV. Série.

14-17131   CDD-028.5
                             CDU-087.5

O texto deste livro obedece às normas do
Acordo Ortográfico da Língua Portuguesa.

Para aqueles que me enfeitiçam: Elise e Hank, Skylah e Belle,
Teresa e Richard, Sandra... e o nosso David, sempre.
Todos nós sentimos a sua falta, querido.
– Nancy Holder

Para a minha mãe, Barbara Reynolds,
que sempre me amou, me encorajou e acreditou em mim.
Obrigada por tudo.
– Debbie Viguié

AGRADECIMENTOS

☾

Em primeiro lugar, muito obrigada, Debbie Viguié, por sua amizade, seu talento e sua dedicação. E agradeço ao seu marido, Scott, por seu ombro amigo, sua atenção e sua sabedoria. Lisa Clancy e Lisa Gribbin, da editora Simon & Schuster, obrigada por todo o cuidado, editorial ou não. Tenho respeito e carinho imensos pelo meu agente literário, Howard Morhaim, e seu assistente, Ryan Blitstein. Sou eternamente grata por meus muitos amigos: Dal, Steve, Lydia, Art, Jeff, Maryelizabeth, Melissa, Mia, Von e Wes, Angela e Pat, e Liz Cratty Engstrom. Kym, você é a *it girl*. Obrigada.

– N. H.

Agradeço à minha amiga e coautora, Nancy Holder, você é uma em um milhão! Obrigada, como sempre, à equipe fantástica de Lisa Clancy e Lisa Gribbin, da editora Simon & Schuster – o que faríamos sem vocês? Obrigada a Lindsay Keilers por sua amizade. A Morris Skupinsky e Julie Gentile por todo o amor e apoio, e pela minha caneta da sorte para assinar contratos e dar autógrafos em livros! À superbibliotecária Rebecca Collacott (me perdoe por revelar a sua identidade secreta!). Sou grata também a Michael, a Sabrina e, especialmente, a Whisper.

– D.V.

FEITIÇO

Parte Um
Terra

☾

Da terra lá embaixo viemos
E em seu seio vivemos
Com nossa morte ela iremos alimentar
Nossos corpos, tudo o que pudermos dar

Cinzas a cinzas e pó a pó
Na Mãe Terra nós confiamos e só
E conforme nossos anos vão passando
Nossos sangue e lágrimas nela derramamos

UM

ÍSIS

☾

Agora todos os ossos deles espalhamos
Todas as vidas e lares deles arruinamos
Da ira dos Deveraux ninguém mais escapará
Pois com o fogo da meia-noite irão queimar

Deusa, no meio da noite pedimos para nos escutar
E para todos os Cahors salvar
Ajude-nos a não calcular o valor
De tudo que perdemos com dor

Seattle: Amanda e Tommy

O mundo inteiro estava pegando fogo. Árvores explodiam causando chuvas de centelhas, e pedaços de folhas queimando esvoaçavam até o chão. Elas caíram nos ombros de Amanda Anderson enquanto corria, e ela não tinha tempo de apagá-las. Conseguia sentir o cheiro de seu cabelo queimando, mas não podia parar. Estava sendo perseguida como um animal selvagem e sentia-se tão pequena e insignificante quanto o esquilo que passou em disparada diante dela e subiu numa árvore, fugindo da fumaça e das chamas.

Atrás dela, gritos medonhos atravessavam a noite, uivos de dor que podiam ter sido tanto de uma fera quanto de um homem. Ela não se virou. Pessoas estavam morrendo, e ela não podia salvá-las.

Ao seu lado, sua alma gêmea, Tommy Nagai, corria para se salvar, com a respiração ofegante. Os pulmões dele estavam ficando queimados pela mesma fumaça acre que queimava os dela. Também por causa da fumaça, ela tinha perdido Philippe de vista, o verdadeiro amor de sua irmã, Nicole; Amanda esperava que ele ainda estivesse ao lado de Tommy, ou pelo menos atrás dele.

Deusa, permita que nós fiquemos juntos. Ela soluçou, desolada e apavorada, imaginando se havia algum lugar no planeta em que essa prece se tornaria realidade. Indo de Seattle a Paris, a Londres e a Seattle de novo, Amanda e os outros membros da Confraria Cahors fugiram dos bruxos Deveraux. Michael Deveraux provavelmente tinha causado a morte dos pais de Holly e atacado Barbara Davis-Chin, amiga da família, para que a jovem Holly não tivesse ninguém a quem recorrer exceto a família de Amanda e Nicole em Seattle. Em seguida, ele teve um caso com a mãe delas, e Amanda tinha certeza de que ele também era responsável pela morte dela. Ele estava encurralando Holly por todos os lados.

Um dos filhos de Michael, Eli, tinha sido o namorado "bad boy" de Nicole por uns dois anos, mas ele tinha ajudado James Moore, filho da Suprema Confraria, a sequestrar Nicole e a obrigá-la a se casar com ele.

E agora eles a tinham sequestrado de novo.

E Jeraud Deveraux... quem sabia o quanto disso tudo era culpa dele? O irmão e o pai dele o queimaram com o Fogo Negro; agora ele estava medonho, com o corpo terrivelmente deformado. Ele dizia que amava Holly, mas não deixava de ser um Deveraux... e o corpo através do qual Jean Deveraux poderia tentar dar um fim à vendeta entre as nobres e antigas famílias Deveraux e Cahors, caso assassinasse a prima de Amanda, Holly Cathers.

Michael Deveraux tinha ganhado a batalha e a guerra. Ele e as forças do mal foram poderosas demais. Mesmo com a ajuda da Confraria Mãe, a Confraria de Holly nunca teve chance. Quase todas as pessoas que Amanda amava estavam mortas ou desaparecidas.

Quando Michael os atacou com seu exército e ateou fogo no esconderijo deles, Amanda fez todos os feitiços e encantamentos de que se lembrava enquanto os membros de sua confraria se espalhavam, correndo para longe da casa incendiada para a escuridão. Ela não sabia se os outros a tinham salvado com Tommy usando a magia ou se os dois tinham escapado para a floresta relativamente ilesos por mera sorte.

Seja qual for o motivo, sou muito grata. Muito, muito grata.

Enquanto seguia cambaleando, arrasada e apavorada, ela não sabia mais em que acreditar. Antes acreditava que a Deusa os protegeria não importava o que acontecesse, que o grupo teria poder suficiente para enfrentar Michael Deveraux.

Mas isso foi antes daquela noite, quando James Moore e Eli sequestraram a sua irmã, Nicole, bem na fortaleza da confraria.

Amanda costumava acreditar que Holly sempre saberia o que fazer, mesmo se fosse algo que ela mesma não faria.

Feitiço

Mas isso foi antes de Holly ser possuída por demônios no Tempo do Sonho, perdendo Jeraud Deveraux quando estava lá. *Teria sido bom tê-lo ao nosso lado para enfrentar o pai dele*, pensou ela com amargura. Agora não sabia nem se ele estava vivo. *Ele e todos os outros.*

Ela costumava acreditar que o grupo, por ser mais numeroso, estava em segurança, mas todos os reforços enviados pela Confraria Mãe foram inúteis diante dos poderes das trevas que os atacaram. Até onde Amanda sabia, ela e Tommy estavam sozinhos e eram os únicos sobreviventes de uma noite realmente péssima.

Tentamos tanto. Tentamos por tanto tempo. Como fracassamos? O bem não acaba vencendo no final?

Ela queria fazer algumas dessas perguntas para Tommy, mas não podia desperdiçar energia falando. As chamas estavam nos calcanhares deles, espalhando-se com mais velocidade por causa da magia que as atiçava. Precisavam continuar correndo. Ela conseguia sentir o calor nas costas, que a queimava de tão intenso, e olhava para Tommy. Havia suor escorrendo pelo rosto dele, que estava corado. O medo de Amanda a isolava dele. Apesar de amá-lo, ela percebia que o amor dele tinha seus limites, assim como todo amor. Ele não podia salvar a vida dela só porque a amava. Nem era capaz de fazer tudo ficar bem.

Mas ele pode me ajudar a dar sentido à minha vida, pensou ela, observando as costas fortes dele, quase escondidas no meio da fumaça. *Há pessoas pelas quais vale a pena viver. E morrer. E foi essa a bênção que a Deusa nos deu... e também maldição. Isso nos faz seguir em frente... e nos faz querer desistir.*

Ísis

Ela estava exausta. Nem se lembrava da última vez que tinha dormido bem, e parecia que tinha passado a vida inteira lutando e fugindo. *Principalmente fugindo.* Talvez ela devesse apenas parar e deixar o fogo alcançá-la, ou Michael Deveraux, caso ele estivesse lá atrás. Seria tão mais fácil. Estava cansada e não aguentava mais aquilo tudo.

Mas o estranho era que, independentemente do quanto quisesse desistir, não conseguia fazer isso. Havia uma pequena centelha acesa dentro de seu peito – não chegava a senti-la, apenas tinha conhecimento dela – e ela não sabia se era a sua alma, a sua consciência ou alguma outra parte mágica do seu ser.

Sou uma Dama do Lírio, pensou ela. Uma das Três Irmãs. Holly tem boa parte da magia da nossa linhagem, mas não toda ela. Sou uma das bruxas Cahors, apesar de o meu sobrenome ser Anderson. Nicole e eu somos descendentes dos Cahors, assim como Holly.

Se algo acontecer com Holly... se Nicole não... se ela estiver morta, então eu sou a única...

Ela engoliu o choro e balançou a cabeça com força. Era demais. Já tinha perdido a mãe. Recusava-se a acreditar que talvez tivesse perdido mais de seus entes queridos.

Nicole e eu finalmente estávamos ficando mais próximas. Ela não pode estar morta. Ela tem que estar viva, pois não posso suportar mais nenhuma morte.

Galhos esqueléticos tentaram pegar o seu cabelo e rasgaram a sua roupa. Havia sangue escorrendo da testa para os olhos, transformando o mundo num mar vermelho e agitado. Mas ela continuou correndo, com Tommy ao seu lado, e começou a perder as esperanças em relação a Philippe.

Feitiço

Então, atrás de Amanda, mais uma explosão tomou conta do ar noturno. Ela olhou para trás. Era gigantesca, dividindo a terra como um terremoto de pesadelo. As árvores altas mais próximas pegaram fogo imediatamente, e galhos e pinhas em chamas despencavam do céu.

A onda de choque mágica resultante da explosão lançou-a no chão com tanta força que as suas costelas quebraram, uma após a outra, como se alguém as estivesse arrancando da espinha dorsal.

Em algum lugar nas proximidades, Tommy gritava de dor.

O mundo estava explodindo; as labaredas estavam por todo canto, até no chão. Ela olhou para cima: um bando de pássaros irrompeu em chamas e, gritando em uníssono, caiu no meio da floresta, que tinha se transformado numa tempestade de fogo.

Em desespero, ela encheu as mãos de terra e gritou:

– Deusa, me ajude!

Apesar do fogo violento ao seu redor, uma tranquilidade espalhou-se por seu coração trovejante. Enquanto o medo se esvaía, por um instante a falta de tensão foi mais enervante do que o terror. Enquanto o cansaço tomava conta do seu corpo, ela sentiu-se vulnerável diante de possíveis novos ataques.

– *Fique calma* – disse uma voz, uma voz de mulher. – *Fique calma, não vou abandoná-la.*

– Deusa – sussurrou ela. – Deusa.

– *Não vou abandoná-la.*

Amanda fechou os olhos, exausta.

Ísis

Talvez você não me abandone, pensou ela, *mas será que vai me ajudar? Você pode me salvar?*

Então ela se deixou tomar pela escuridão, com seu último pensamento sendo Tommy.

Se não puder me salvar, você poderia salvá-lo? Deusa, ele é a minha vida. Pode salvá-lo? Eu faço qualquer coisa...

Qualquer coisa...

– *Sshiiii* – pediu a Deusa.

E Amanda obedeceu.

Londres, Suprema Confraria: Sir William

Sir William Moore – descendente de sir Richard Moore, o famoso governador da Austrália que trouxe o Tempo do Sonho para o arsenal de sua dinastia – estava sentado no trono de crânios, rindo. Como chefe da Suprema Confraria, mestre e servo do mal, estava exultante com a morte e o desespero que percorriam suas veias enquanto, lá do outro lado do mundo, em Seattle, as bruxas morriam. Michael Deveraux tinha agido bem.

Mas não bem o bastante, pois, apesar de muitas das forças da luz terem sido aniquiladas, ainda havia três pessoas vivas que sir William queria mortas: Holly Cathers e as irmãs gêmeas, Amanda e Nicole Anderson.

Posso mudar isso.

E vou mudar.

Cheio de confiança e de uma força de vontade sinistra, ele ergueu-se, com seu manto cerimonial de meia-noite rodopiando ao redor do corpo. Não ficou surpreso ao saber que Michael não tinha conseguido matar as três bruxas

Feitiço

Cahors. Estava claro que o bruxo não estava se empenhando ao máximo. *Ele ainda acredita que uma aliança entre a Confraria Deveraux e a Confraria dos Cahors daria a sua família poder suficiente para me destronar.* Sir William riu mais uma vez. Michael Deveraux estava quase se tornando inútil.

Já passou da hora de ele morrer. Não sei se ele sabe que a sua existência sempre esteve nas minhas mãos... e que meu athame *pode despedaçar a vida de um homem com uma rapidez incrível.*

Sir William entrou num pequeno cômodo de pedra que estava vazio, exceto por uma banheira de pedra e uma cadeira em cima da qual havia uma roupa branca dobrada. Ele tirou o manto e entrou na água quente. Magias que requeriam ritual de purificação deviam ser levadas a sério, até pelo líder da Suprema Confraria. A água para o banho tinha sido trazida por uma criada jovem e inocente, que desconhecia os objetivos sombrios do seu mestre, assim como o manto branco e puro tinha sido trazido por um garoto que fazia entregas; ordenaram-lhe que colocasse a peça no recinto para que nenhuma outra pessoa tocasse nela.

Assim que os dois saíram de lá, as suas gargantas foram cortadas por Alastair, o servo preferido de sir William, e seus corpos foram levados até a masmorra. Nada seria desperdiçado: o *Livro das sombras* da Suprema Confraria continha feitiços que requeriam várias partes do corpo humano... e sempre era bom acrescentar uma ou duas cabeças ao trono dos crânios.

O cômodo de pedra e tudo nele estava limpo e puro, e lá fora ninguém sabia da sua existência. Agora era a vez de sir William se purificar.

Ísis

Tirando da mente todos os sentimentos, vontades e pensamentos, ele se ergueu um pouco d'água e virou-se para o leste. Derramou-a por cima da cabeça, fazendo zombaria do batismo cristão, e deixou os músculos relaxarem. Na forma espiritual de uma queda livre, ele submeteu-se humildemente ao Deus das Trevas, que o amava e cuidava dele.

Durante esse estado de limbo, ele permitiu que as forças das trevas o penetrassem e tirassem mais um pedacinho da sua alma. Conseguiu sentir a presença delas e a remoção. Sentiu uma dor aguda por um instante, como uma picada de alfinete, e depois passou.

Pouquíssimo de sua alma havia sobrado, mas até aquele momento ele não tinha sentido muita falta do que se fora. Na verdade, pelo que tinha visto daqueles que não eram filhos do Deus Cornífero, a alma era imensamente pesada e drenava a alegria e o prazer de quem a possuía.

Ao recobrar os sentidos, o bruxo fez a mesma reverência para o oeste, o norte e o sul, para as várias personificações do Deus: o Homem Verde; Pã; o Cornífero; o Filho Marginalizado da Luz.

Com a purificação e a reverência feitas, sir William vestiu a roupa branca – *é interessante os dois lados usarem branco com o mesmo significado*, percebeu ele distraidamente, *a ausência de limitações prévias* – e acenou a mão num gesto autoritário.

Uma parte da parede desapareceu, deixando à mostra outro cômodo. Era tão limpo que brilhava e não havia nada nele, apenas uma dúzia de estátuas de argila de homens em tamanho real, deitadas e divididas em quatro fileiras de três no chão de pedra.

Feitiço

Meus Golems, pensou ele. *Tão úteis, tão profissionais. Adoro utilizá-los como meus lacaios.*

Ele fechou a parede do cômodo e foi até o estatuário. Apesar de eles estarem deitados, uma posição passiva, lembravam-lhe o enorme exército da dinastia Qin feito de terracota, que tinha sido descoberto na China três décadas antes. Apesar de os arqueólogos modernos não terem percebido isso, sir William sabia que aquelas estátuas tinham o mesmo propósito que a dúzia deitada diante dele: cumprir as ordens de quem soubesse controlá-las.

Cada estátua tinha cerca de um metro e oitenta de altura, e cada uma era bem diferente das outras. Os rostos eram intensos, como se estivessem prontos para a batalha, e neles havia violência, mal e um amor pela caçada. Nas testas havia a palavra "emet" insculpida, que na língua dos antigos significava "verdade".

Ele pôs a mão dentro da roupa branca. No interior da saia havia um bolso costurado e, dentro dele, doze pedaços de pergaminho roubados da Catedral de Notre-Dame, em Paris, durante um dos vários e fracassados ataques ao Templo da Lua da Confraria Mãe.

Ele colocou os pedaços de pergaminho na boca dos Golems. As criaturas não tinham dentes nem respiravam. Quando ele lhes desse vida, o papel continuaria no mesmo lugar, pois Golems não têm voz. Se não fosse por isso, seriam criaturas perfeitas.

Enquanto as confrarias Deveraux e Cahors passavam séculos tentando se destruir, a Confraria Moore gastou esse tempo estudando todas as formas de magia conhecidas pela humanidade. Foi uma escolha sábia e madura... e que tinha recompensado sir William, pois todo o conhecimento tinha sido passado para ele. Ele sabia os segredos dos aborígenes australianos; as palavras sagradas do Oriente Médio; os rituais de xamãs de inúmeras tribos diferentes... e os das escolas cabalísticas.

Os Golems tinham origem nessa tradição: a veneração da palavra. Toda criação ia do pensamento à palavra: a terra, os céus e a vida dentro da argila.

Sir William caminhou devagar ao redor de sua dúzia de estátuas ímpias, entoando um cântico em hebreu. Invocou os setenta e dois nomes de Deus que apareciam no Talmude. Fez isso com imenso cuidado e precisão, pois qualquer erro certamente significaria a sua morte. Cada nome correspondia a um dos membros ou órgãos das criaturas deitadas no chão. Cada nome dava vida a uma parte dos seres de argila. Pronunciar erroneamente um nome faria o órgão ou membro correspondente ficar no lugar errado no corpo de Michael.

Às criaturas de argila, ele entregou o seu espírito e a sua energia enquanto soprava as palavras de vida sobre elas. Os rabinos antigos tinham criado os Golems com propósitos sagrados. Bruxos antigos tinham aprendido a distorcer esse ato de criação, adaptando-o para os próprios objetivos sombrios. O Golem se transformava numa extensão do seu criador, e quaisquer pecados que a criatura cometesse seriam atribuídos ao "pai". Sir William não conseguiu conter o sorriso. *Ainda bem que não me importo com pecados.*

Enfim o último nome foi pronunciado. Com um floreio, sir William deu um passo para trás.

Feitiço

– *Abracadabra* – entoou ele. Era uma palavra sagrada usada com tanta frequência que tinha se tornado uma maneira de parodiar as formas de magia. Eram poucas as pessoas que a pronunciavam sabendo que cada sílaba possuía um enorme potencial para a destruição... ou a bondade.

As doze criaturas medonhas estremeceram no chão, ganhando vida. Lentamente, uma por uma, elas ergueram-se, em péssima forma e com olhares inexpressivos e confusos. Eram mesmo recipientes vazios aguardando serem preenchidos e receber ordens, um propósito.

Sir William acenou a mão na frente dos quatro que estavam à sua esquerda.

– Vocês, vocês procurarão a bruxa conhecida como Nicole Anderson, da tradicional Confraria Cahors. Destruam-na.

Os quatro seres concordaram com a cabeça. Em seus olhos apareceu uma faísca de inteligência enquanto eles se preparavam para cumprir o dever. Como servos fiéis, obedeceriam-lhe.

Ele virou-se para os quatro à sua direita.

– Vocês quatro deverão procurar a bruxa conhecida como Amanda Anderson, da tradicional Confraria Cahors. Destruam-na.

Aqueles quatro também concordaram com a cabeça. Nos seus rostos havia um desejo de agradar, eram como cachorros dispostos a matar ou morrer pelos donos.

Ele olhou para os quatro que estavam bem na sua frente.

– E vocês quatro deverão procurar a bruxa conhecida como Holly Cathers, da tradicional Confraria Cahors.

Ísis

Destruam-na. Moam os ossos dela até virarem pó e depois os espalhem ao vento.

Eles concordaram ansiosamente, flexionando os músculos dos ombros. Sir William ficou contente ao olhar para o que tinha criado. Eles desempenhariam bem o trabalho, nunca parariam, nunca descansariam. Seriam totalmente impiedosos, focando apenas o seu único objetivo. E, após o atingirem, as três bruxas estariam mortas.

Ele ergueu os braços devagar.

– Agora vão, meus filhos, e obedeçam às minhas ordens.

Ele deu um tapinha no peito de cada um, transmitindo-lhes poder mágico. Agora todos podiam se teletransportar pelo espaço. Lentamente, as criaturas desapareceram de sua frente. Quando o último foi embora, ele sorriu para si mesmo. *Duvido que os rabinos façam melhor do que isso.*

Quatro Golems não precisaram ir para muito longe. Mas a ilha de Avalon estava muito protegida. Séculos de magia protegiam o local de olhares curiosos e de intrusos. Não era por mero acaso que nenhum barco tinha ido parar acidentalmente no seu litoral. As magias utilizadas para proteger a ilha eram poderosas e indiscriminadas.

Portanto, quando os Golems tentaram se teletransportar para lá, foram repelidos. Violentamente. As quatro criaturas foram parar num litoral distante, apenas um pouco desnorteados, e logo voltaram ao normal. Então, dispostos a fazer de tudo pelo propósito comum, saíram em busca de um barco para tentar chegar à ilha.

Feitiço

Seattle: Richard

Estou no meio da selva mais uma vez, bem no meio da confusão, e o inferno está caindo dos céus.

Era só nisso que Richard Anderson conseguia pensar enquanto os olhos ardiam por causa da fumaça e os barulhos de explosão perfuravam o ar. Agachou-se, parecia que sua idade diminuía à medida que ziguezagueava no meio da vegetação com Barbara Davis-Chin inconsciente em seus ombros. Os olhos dele iam de um lado para outro, sondando a escuridão.

Quando a cabana de Dan Carter explodiu, dúzias de bruxas que Richard nunca tinha visto antes lutaram corajosamente para proteger Amanda, Nicole e os outros que estavam presos lá dentro. As bruxas guerreiras fracassaram, muitas morreram enquanto ele tentava escapar para a floresta. Um dos estrangeiros que estava na cabana morreu de uma maneira horrível: foi partido ao meio pelas garras da mandíbula de um monstro. Richard tinha certeza de que o seu grupo teria sido massacrado caso as bruxas não tivessem aparecido para ajudar.

Graças a Deus vocês apareceram, pensou ele. *Graças a Deus vocês lutaram. Vou garantir que o sacrifício de vocês não tenha sido em vão.*

Sem hesitar nem por um segundo, ele jogou Barbara por cima do ombro. Um dos homens europeus colocou Kari Hardwicke nos braços e foi embora sem nem olhar para trás.

Richard tinha visto Amanda e Tommy escapando em direção ao norte. Ele, por sua vez, estava indo para o leste a fim de forçar o inimigo a dividir suas forças. A estratégia era simples: aumentar o número de alvos para quem os estivesse atacando. Se todos se movessem num único grupo maior, ficaria mais fácil para o inimigo acabar com eles.

Onde está Nicole?, perguntou-se naquele momento. *Onde está minha outra menina?*

Uma árvore explodiu à sua esquerda e causou uma chuva de centelhas; ele virou o rosto, protegendo os olhos. A alguma distância mais atrás, uma mulher soltou um grito alto e agudo. A voz dela foi interrompida de repente, com o som de um gorgolejo áspero.

Meu Deus, que não seja um dos nossos.

Forçando-se a seguir em frente, ele pisou num galho que estalou como se fosse um rifle. Animais selvagens gritavam em pânico enquanto o incêndio os destruía.

Richard tropeçou numa raiz de árvore que soltava fumaça; então, ao se reequilibrar, fogo irrompeu do chão. Uma pedra escaldante atingiu-o na bochecha. Ele vacilou, mas seguiu em frente mesmo assim. Uma segunda explosão lançou uma árvore no ar como um míssil. Então, do buraco que tinha ficado no chão, surgiu um demônio escamoso de longas garras negras.

Richard deslocou o peso de Barbara e chutou a criatura no queixo com tanta força que sua cabeça se lançou para trás. Outro chute fez com que os ossos do pescoço quebrassem, e, soltando um grito, a coisa caiu no chão, virando uma enorme mistura de ossos e chifres. Richard saltou por cima dela e partiu em disparada.

Mais um demônio pulou diante de Richard, uivando como uma banshee. Com a mão que estava livre, Richard tirou da bainha em seu cinto uma faca com uma lâmina ameaçadora de dez centímetros. Ele lançou-se para a frente e, com um golpe impiedoso, cortou a garganta da criatura, que cambaleou para o lado. Ele não sabia se a tinha machucado de verdade ou se ela estava apenas assustada. Sem parar para olhar, continuou correndo.

Atrás dele, estalos agudos espaçados soavam em meio a um bramido. A seiva das árvores incendiadas explodia como pólvora, e Richard abaixou-se quando um galho voou por cima de sua cabeça e terminou esmagando o rosto de mais um demônio que se aproximava.

Ele mudou de direção e continuou correndo.

Não sabia onde os outros estavam, nem se estavam vivos. Mais tarde teria tempo para se preocupar com isso. Escutou mais um berro horrendo e sentiu algo golpeando as suas costas. Algo como uma garra arranhou a sua pele. Ele fez a única coisa que poderia fazer: continuou correndo.

Seattle: Michael Deveraux

Holly Cathers tinha pirado.

Quando a surpresa de Michael começou a esmorecer, uma onda de alegria maliciosa surgiu em seu lugar.

A bruxa mais poderosa da Terra tinha perdido a cabeça. E estava implorando por ajuda a seu inimigo mortal.

Era delicioso demais. Mas era verdade.

Ao lado dele, no meio das cinzas da cabana onde as bruxas tentaram se proteger, o ancestral dele, o duque Laurent, da Confraria dos Deveraux, deu uma olhada em Holly, riu e balançou a cabeça. Ele trocou um olhar com Michael, apreciando o momento com o líder vivo de sua dinastia familiar.

Ísis

Laurent estava esperando por um momento como esse havia seiscentos anos.

O duque estava bem para um homem que estava morto havia seiscentos anos. Claro que o fato de ter conseguido um novo corpo de carne e osso ajudava; ele não parecia mais um cadáver em decomposição.

– Possessão – disse com seu sotaque da França medieval. – Como conseguiu fazer isso, rapaz?

Admirado, Michael balançou a cabeça.

– Não fui eu. O Deus foi bom conosco, Laurent.

Holly estava uivando de dar pena e arranhando o próprio rosto. Ela dava tapas em suas bochechas ensanguentadas, puxava o próprio cabelo. Então se deixou cair para a frente e afundou o rosto na terra fumegante que continha as cinzas de sua confraria. De súbito, ela se levantou mais uma vez, soluçando e acenando.

– Não faça nenhum contato físico – alertou-o Laurent. – Isso é contagioso. Ela pode infectar você.

Michael obedeceu. Ajoelhou-se ao lado dela com cautela, tomando cuidado para não a tocar nem ficar ao alcance das mãos que se agitavam.

– Faça isso parar – disse ela choramingando, olhando-o com uma expressão selvagem. Estava claro que Holly não fazia ideia de quem ele era. Havia mechas de cabelo grudadas no rosto por causa do sangue. Saliva pingava dos cantos de sua boca. – Faça isso parar, por favor. – Ela jogou a cabeça para trás e gritou: – Não estou aguentando!

– Nós podemos fazer isso – assegurou-lhe Michael. – Podemos fazer isso parar.

Feitiço

Holly soluçou e começou a balbuciar, balançando como uma cobra, entrelaçando e desentrelaçando as mãos enquanto sussurrava para si mesma:

– Faça isso parar, faça isso parar, faça isso parar...

Lágrimas escorriam por suas bochechas. Ela estava imunda e fedia.

– Eu devo matá-la – disse Michael, perplexo. – Sir William vai ficar bem mais satisfeito comigo após eu fazer isso. – Ele inclinou a cabeça, observando-a. – Se eu *curá-la*... não vou estar sendo cúmplice do inimigo? – Ele sorriu. – Holly Cathers... me implorando por ajuda. Implorando por qualquer coisa.

– *Oui*. Isso é importantíssimo – concordou Laurent. – Mas, se você matá-la, *mon fils*, o máximo que vai conseguir é ser um leal seguidor de sir William. Vai perder a chance irresistível de erguer a nossa Confraria para a posição que é dela por direito.

Laurent não estava dizendo nada de novo para Michael. E ele já sabia o que ia fazer. Mas era tão gostoso ter aquele momento especial e poder compartilhá-lo com alguém de época e lugar distintos.

– Faça isso parar – sibilou ela –, parar, parar, parar.

Michael fez que sim com a cabeça para Holly.

– É o que vou fazer – disse ele lenta e deliberadamente, esperando que as palavras encontrassem alguma maneira de penetrar o cérebro em ebulição da garota. – Mas você tem que fazer tudo que eu disser. Tem que me obedecer sem questionar. Está entendendo?

Ela concordou enfaticamente com a cabeça.

Ísis

— Sim, faço qualquer coisa que você disser, qualquer coisa. Mas faça isso *parar*!

— Talvez alguma coisa do Tempo do Sonho tenha se arrastado para dentro da mente dela. Pelo jeito como ela está, acho que foram várias coisas — disse ele para Laurent. — Isso é possível?

— *Vraiment*. Imagino que sim.

Divagando, Michael se perguntou se seu filho Jeraud Deveraux ainda estaria vivo. Jer e Holly tinham ido ao Tempo do Sonho para tentar resgatar uma amiga de Holly. Foi lá que Michael enfim conseguiu criar o Fogo Negro mais uma vez. Foi um momento de triunfo... assim como esse.

Michael cutucou Holly com a ponta de sua bota italiana cara. Ela nem percebeu, apenas gemeu e continuou se balançando para a frente e para trás cada vez mais rápido. Ele nunca tinha visto nada assim.

Levantou-se devagar e deu uma olhada no inferno que havia ao redor. O fogo ardia por todo canto, escapando pela floresta. Seria mesmo uma pena perder as árvores; elas eram bem bonitas. *Mais vítimas da guerra Deveraux-Cahors.* Ele baixou a cabeça por um instante, como se estivesse fazendo uma reverência, e murmurou uma prece para o Deus, pedindo que as árvores pudessem renascer com rapidez.

Ele deu um sorriso sarcástico para si mesmo. *Como era que o Barbárvore dizia em* O Senhor dos Anéis? *Um mago tem que saber que não se deve destruir a floresta.* Diferentemente de Saruman, Michael não provocaria a ira dos deuses e dos guardiões da floresta.

Feitiço

Mas novas árvores nasceriam das cinzas. Era isso que a natureza tinha de belo, o ciclo sempre continuava. Ele olhou para Holly com um sorriso nos lábios. Para Holly e seus amigos, entretanto, não haveria nenhuma recuperação nem renascimento – haveria apenas a morte.

Por mim tudo bem.

Seattle: Amanda

O novo dia finalmente nasceu, e o sol apareceu com suas cores encantadoras – tons prismáticos de tangerina e escarlate refratando na fumaça.

Amanda ficou surpresa. Achava que isso nunca aconteceria ou que, se acontecesse, não estaria mais viva. Mas lá estava o sol iluminando com os seus raios úmidos os ossos chamuscados do que costumava ser uma belíssima floresta. E, por causa da luz, Amanda conseguiu ver um pequeno hotel mais elevado, um pouco acima do topo das árvores. Exausta, machucada e arrasada, ela começou a mancar em direção a ele.

Tommy conseguiu acompanhá-la, arrastando-se dolorosamente. Ele tinha ficado ao seu lado a noite inteira e ela sabia que devia a própria vida a ele por isso. Caso ele não estivesse com ela, Amanda teria se deitado e morrido inúmeras vezes. A força dele a fez seguir em frente, salvando-a. Naquele momento, enquanto escutava as arfadas de dor de Tommy, sabia que tinha de fazer o mesmo por ele.

Ela entrelaçou a mão à dele. Fez com que a sua energia se misturasse à dele e o seu corpo exaurido socorresse o dele, fizesse com que um sentisse a dor do outro e contribuísse para a cura um do outro. O soluço abafado de Tommy foi a prova de que estava funcionando, e lágrimas arderam nos olhos de Amanda enquanto a dor se espalhava pelo corpo. Ele também estava machucado e arrasado, e as costelas quebradas dela gemeram em solidariedade à dor do garoto.

Ele suportou tanta coisa por minha causa, por me amar. Tommy não precisava estar ali, mas estava. Com uma convicção repentina, ela soube que ele sempre estaria ali e que em seu último suspiro ele diria o nome dela.

Por alguma razão, isso fazia com que as coisas parecessem um pouco melhores. Nicole não estava lá, tinha sido sequestrada por Eli e James. Holly estava louca, talvez já tivesse morrido a essa altura. Tante Cecile, que tinha sido quase como uma tia para Amanda, havia morrido tentando salvar Holly. Só mesmo a Deusa sabia onde estavam os outros, incluindo o pai, e se estavam vivos. Mas Tommy estava ali.

Assim como a Deusa. Durante as horas em que tinha passado deitada na terra, Amanda escutou a voz calma e baixa que tantos outros alegavam ter ouvido. A voz suave e feminina sussurrou palavras de ânimo para Amanda, mandando-a não desistir e seguir em frente.

Ela sempre acreditou na existência da Deusa. *É meio difícil questionar isso quando você consegue levitar coisas e ancestrais mortos começam a se manifestar por meio da sua prima.* Ainda assim, apesar de todas as coisas sobrenaturais, a Deusa nunca tinha aparecido para Amanda nem falado com ela. A Deusa tinha aparecido somente para Holly. No início Amanda ficou com ciúme, mas à medida que as coisas foram ficando malucas ela passou a sentir alívio. Às vezes era mais fácil não ter que lidar com tanta... realidade.

Feitiço

Amanda nunca fora uma líder, mas sabia que isso teria de mudar; a Deusa tinha dito isso para o seu coração, falado com ela, e a fez se levantar na floresta quando tudo que ela queria fazer era se deitar na terra. Ela não sabia se ria ou se chorava. Assumir o papel de líder seria algo inesperado, pois a única pessoa que já a tinha seguido para algum canto era Tommy.

Ela se virou para vê-lo. Eles tinham se tornado servos um do outro, a Dama de seu Senhor, e ela estava felicíssima com isso. Toda magia e toda força que um deles tivesse seriam compartilhadas com o outro. Parecia que ele ia desmaiar de exaustão. Ela se sentia assim. Os dois precisavam descansar, e logo.

Ela apertou a mão dele. O hotel não parecia mais tão distante. Ela tinha a impressão de que, se aguentassem mais uns cinco minutos, chegariam lá.

Ele virou-se para ela e disse:

– Concordo.

Os lábios dela separaram-se.

– Você leu a minha mente?

Tommy deu um leve sorriso.

– Sempre pude ler a sua mente, Amanda. Do meu próprio jeito.

– Eu nunca vi nada de mais em você – confessou ela.

– Eu sei. Mas agora...

– Agora... – Ela inclinou-se em direção a ele para beijá-lo. Foi um momento bastante meigo.

Eles seguiram com dificuldade, apesar de Amanda estar mais animada ao percorrerem o último trecho do caminho em silêncio. Aos poucos, ela foi se concentrando mais em colocar um pé na frente do outro, e seus pensamentos a respeito da Deusa e de Tommy foram esvaecendo até se transformarem em um mero zunido bem no fundo da sua mente. Mais alguns passos e eles estariam no hotel.

Ela olhou para cima e avistou a silhueta de alguém que os observava. Era difícil saber quem era por causa da roupa rasgada e o cabelo e o rosto queimados, mas parecia alguém familiar. O casal cambaleou na direção dele, e o coração de Amanda acelerou. Era Pablo, o membro mais novo da Confraria da Magia Branca. O garoto parecia desnorteado, e o seu olho esquerdo a encarava com intensidade. O direito não abria de tão inchado.

Por ter encontrado mais alguém com vida, um alívio tomou conta de Amanda. Ela quase correu os últimos metros, arrastando Tommy logo atrás.

Enfim eles ficaram face a face. Por um instante, permaneceram em silêncio.

Então lágrimas se formaram nos olhos de Pablo.

– Eu consegui sentir a sua presença – disse ele com a voz aguda, quase num tom acusatório. – Lá na floresta, eu senti a sua presença. Não consegui me comunicar, mas sabia que você viria pra cá, então foi o que fiz também.

– Há quanto tempo está esperando?

– Há algumas horas.

Ela ficou olhando para ele. Pablo tinha um dom que nenhum dos outros tinha: era capaz de ler mentes, de sentir os pensamentos das pessoas, até mesmo de rastreá-las a partir disso. Ela sentiu a garganta fechar ao perguntar:

– E os outros?

Feitiço

Ele balançou a cabeça devagar.

– Não sei. Teve um momento em que achei que tinha sentido a presença de Philippe, mas *duende*, a força vital dele, estava tremeluzindo. – Ele respirou fundo. – Não senti mais ninguém desde a cabana de Dan.

Lentamente, ela assentiu com a cabeça.

– É melhor tomarmos um banho e descansarmos um pouco – opinou Tommy. A sua voz estava rouca, mal formava um sussurro, e Amanda assustou-se ao ouvi-la.

– Tem razão – disse ela, olhando constrangida para a recepção. – Mas estou sem nada, sem identidade, nenhum cartão de crédito.

– Ótimo. – Tommy estava com uma satisfação sombria. – É melhor não usarmos nada que possa ser rastreado.

– Mas também não tenho dinheiro em espécie. Você tem alguma coisa? – perguntou ela.

– Não – disse ele, dando de ombros.

– Então como é que vamos pagar? – protestou ela, colocando os braços ao redor do próprio corpo para que as costelas não se deslocassem.

Tommy virou-se e deu-lhe um olhar carinhoso.

– Srta. Anderson, eu sempre fui uma pessoa correta, não é?

– Sim – disse ela, um tanto confusa.

– Você nunca me viu roubando, trapaceando, nem mentindo?

– Não, nunca.

– Então leve isso em conta quando eu disser o seguinte. Estamos sem dinheiro? Não tem problema. Você é uma bruxa. Faça um feitiço, ora.

Ísis

Ela quase riu de tão chocada e envergonhada. Claro que Tommy tinha razão. Eles tinham acabado de sobreviver a uma guerra, e os três precisavam de abrigo. Ela mexeu o maxilar e se virou, deixando os dois rapazes para trás.

Ela foi até a recepção e olhou bem nos olhos do funcionário assustado.

– Preciso de um quarto silencioso com duas camas.

– Preciso de um cartão de crédito e da identidade – informou o funcionário, gaguejando.

– Eu já mostrei os dois – disse ela, com a voz ficando mais baixa. Ela fez com que suas palavras o atravessassem, enchendo-as com o poder de confundir a percepção dele da realidade.

Os olhos dele ficaram um pouco desfocados.

– Desculpe, você tem razão. Quanto tempo vai querer ficar?

– Eu aviso depois – assegurou-lhe ela.

Ele fez que sim com a cabeça distraidamente e entregou a chave do quarto. Ela pegou-a, deu uma última forçada na mente dele só para garantir e saiu. Lá fora, os seus joelhos ficaram um pouco bambos, mas ela continuou andando.

Ela juntou-se a Pablo e Tommy, e os três foram até o quarto. Era limpo e bem maior do que ela esperava.

Ela se virou e, pela primeira vez desde que tudo tinha começado, deu uma boa olhada em Tommy. Ele ficou encarando-a de olhos arregalados, e ela sentiu uma estranha vontade de rir.

As sobrancelhas de Tommy tinham desaparecido, sacrificadas para o fogo que tentou consumir todos eles. Sem elas, o rosto dele estava quase cômico. Instintivamente, ela colocou a mão nas próprias sobrancelhas. Elas pareciam ainda estar no lugar.

Com um olhar confuso, Tommy imitou o gesto dela. Os olhos dele esbugalharam quando percebeu por que ela o estava encarando. Ele virou-se para ver o próprio reflexo no espelho do banheiro.

– Isso que é brincar com fogo – disse ele, sarcástico.

De repente, Amanda sentiu um intenso amor por ele. Tommy sempre soube como aliviar um clima tenso. Devagar, ela virou a cabeça para também ficar de frente para o espelho.

Ela não se reconheceu. No reflexo, havia uma jovem de roupas esfarrapadas. Sangue seco ensopava o que tinha sobrado do tecido em vários pedaços, principalmente por cima das costelas do lado direito. O que não estava coberto de sangue estava cheio de terra. Os olhos se encontravam assustadiços, brilhando por debaixo de uma camada de cabelo queimado. O lado esquerdo do rosto estava totalmente coberto de sangue.

Agora entendi por que o cara da recepção se assustou.

Em silêncio, Pablo se juntou a eles e os três ficaram olhando para os reflexos horríveis. Amanda sentiu um aperto na garganta. *Será que é só isso? Somos tudo que sobrou da confraria?* Ela se segurou para não chorar. O rosto estava imundo demais, não queria que a sujeira escorresse para o resto do corpo.

No reflexo, lágrimas começaram a deslizar pelo rosto de Pablo. Ela colocou o braço ao redor dele enquanto também perdia o controle. Tommy a abraçou. Por um instante, o trio continuou olhando para o espelho. Era como um retrato de família deformado. Um calafrio percorreu o grupo, e eles caíram no chão, abraçando-se, chorando e gritando.

DOIS

HECATE

☾

Espinhos giram, a carne perfurando
As feridas frescas vão se renovando
De um a dez os cadáveres vá contar
E depois mais uma vez faça-os sangrar

Lágrimas pelos mortos estamos a chorar
Com os corações cheios de pavor e pesar
Deusa, encha-nos com o seu poder noturno
No nosso momento mais soturno

Avalon: Nicole Anderson

Quanto mais as coisas mudam, mais iguais elas permanecem, pensou Nicole com amargura enquanto dava uma olhada no quarto. Tanta coisa havia acontecido nos últimos dias e ainda assim lá estava ela no quarto de James outra vez, como se nada tivesse ocorrido. Pelo menos dessa vez era um quarto diferente. Ela não sabia ao certo onde estava, mas sabia que não era na sede da Suprema Confraria.

Lágrimas de frustração faziam os seus olhos arderem. Ela havia reencontrado a irmã e o pai, e sua prima tinha sido possuída. Tornara-se serva de Philippe. *Philippe.* E naquele momento nem sabia se ele estava vivo, muito menos se o veria novamente.

Miau!

Ela olhou para Astarte. A gata encarava-a atentamente, com o rabo enrolando e desenrolando ao redor do calcanhar esquerdo de Nicole. A gata tinha pulado no portal atrás dela quando James e Eli a sequestraram na cabana de Seattle. Ela colocou a gata no colo e a pressionou contra a bochecha.

– Da última vez que eu saí de Seattle, deixei a minha gata, Hecate, para trás. Ela morreu. E agora você é a minha gatinha querida e não vai deixar que eu abandone você, não é?

A gata encostou no nariz dela com a pata e ronronou, contente. Nicole beijou o topo da sua cabeça. Astarte tinha surgido no interior da Espanha, quando Nicole estava fugindo dos Deveraux. Philippe tomou conta dela quando Nicole foi sequestrada por Eli e James pela primeira vez.

Eli e James. Eles a puxaram para dentro do portal e os três foram parar na ilha. Sem falar nada, Eli foi embora e James a acompanhou até o seu quarto antes de trancá-la lá dentro. Dessa vez, além das barreiras físicas, ele também colocou proteções mágicas na porta.

Essa jamba da porta é nova, percebeu Nicole. Ela tinha destruído a antiga ao escapar pela primeira vez. *Ou então ele usou magia para consertar...*

Astarte contorceu-se nos braços dela e Nicole a colocou no chão. Depois, cansada, endireitou a postura e se sentou na cama.

Hecate

Tinha que haver algo que ela pudesse fazer. *Eu sou uma bruxa, caramba. Era para eu conseguir me virar sozinha.* Fechou os olhos e se forçou a respirar profundamente.

– Deusa, escute agora o meu choro, proteja-me agora, não me deixe morrer, eu ergo meu rosto para a Lua e suplico para que a libertação chegue logo.

As palavras encheram-na de força, ou ao menos de uma coragem renovada. Ela virou-se e abriu o compartimento escondido que ficava na cabeceira da cama. Estava vazio. James era esperto demais para colocar o anel e as outras coisas lá dentro, pois ela já tinha tentado roubá-las antes. Nicole virou-se e avistou uma mesinha no canto. Foi até lá e abriu a única gaveta. Havia algumas folhas de papel, uma caneta e várias velas. *Já é alguma coisa.*

Ela pegou a caneta e, de maneira metódica e cautelosa, desenhou um pentagrama no chão.

– Terra, vento, fogo, água, espírito. – Ela abençoou cada ponta da estrela à medida que as desenhava.

Afastou-se para observar a figura. O círculo ao redor da estrela parecia mais uma elipse, mas, considerando os instrumentos disponíveis, ela achou que a Deusa não se importaria com isso.

Em seguida, escolheu cinco velas brancas e colocou uma em cada ponta da estrela. Então, sentou-se no meio do desenho. Fechou os olhos e tentou ir para o fundo da sua mente, deixando toda a dor e o medo para trás. Quando praticava magia com Amanda e Holly, tudo era muito forçado, como se tivesse que usar toda a sua força de vontade para fazer as coisas.

Feitiço

Tentou se lembrar de uma época diferente, cheia de inocência, antes de toda a escuridão surgir. Quando não sabia que era parte de uma linhagem de bruxas, quando a sua mãe ainda estava viva.

Naquela época a magia era tão simples, ela nem sabia o que estava fazendo. Sentava-se em silêncio e tentava não forçar a magia; simplesmente a deixava fluir pelo corpo e ao seu redor. Sentiu o calor do corpo de Astarte enquanto a gata se aproximava e se acomodava no seu colo.

Abriu os olhos devagar e colocou o dedo na vela à sua frente. Uma chama surgiu. Em silêncio, levou o dedo de uma vela à outra até as cinco se acenderem.

– A minha força de vontade é forte, o meu propósito é íntegro, proteja-me agora do mal. Eu a invoco, justa Deusa, escute agora a minha prece. Proteja-me da besta e do homem, eu entrego o meu destino nas mãos da Virgem.

Uma rajada de vento surgiu no quarto, fazendo as chamas das velas tremeluzirem, sem extingui-las. Nicole ficou boquiaberta enquanto o vento percorria o seu corpo, enchendo-a de repente com uma paz que ela nunca tinha sentido antes.

Nas profundezas do castelo, numa mesa no ateliê dos magos, o chapéu de feiticeiro começou a brilhar.

Seattle: Michael Deveraux

Michael colocou a sua pedra premonitória na superfície com uma ruidosa *pancada*. Estava tentando encontrar o filho Eli e James Moore. Não tinha funcionado. *Eles devem estar me bloqueando*, pensou ele, com raiva. Com Holly subserviente a ele, era a hora perfeita para tentar tomar o Trono dos Crânios, a liderança da Suprema Confraria. Infelizmente, ele precisava da ajuda de Eli e de James para fazer isso.

– Se ao menos eu conseguisse invocar o Fogo Negro sozinho... – Ele suspirou, mais para si do que para o diabrete que chilreava na parte de trás do sofá da sua sala de estar.

Ele se virou e ficou olhando para Holly por um longo instante antes de balançar a cabeça. A garota estava encostada num canto, com os joelhos embaixo do queixo, murmurando sozinha. Mesmo que ele pudesse explicar o que ela devia fazer para ajudá-lo a conjurar o Fogo Negro, seria perigoso demais com ela naquelas condições. Não, ele tinha mesmo que encontrar o filho.

Em silêncio, ficou observando Holly por um instante. A magia e o potencial dela eram praticamente ilimitados. Se ao menos pudesse encontrar uma maneira de fundir isso ao seu próprio poder... Felizmente, a insanidade que a deixava imprevisível e perigosa também a mantinha distraída o suficiente para que seu poder ficasse disperso, até mesmo emitindo alguns feitiços vez ou outra. Era quase mais seguro para ele ficar perto dela nessas condições. *Já meus abajures não acham isso*, pensou ele com uma risada sombria. A única coisa que ela parecia querer evitar a todo custo era a luz. *Será que isso é o seu lado bruxa falando ou são os demônios?* Ele não sabia. Ela tinha destruído vários abajures antigos e valiosos antes de ele subjugá-la. Mas Michael teve sorte. Se a insanidade não tivesse mantido a energia dela sem foco, ela teria destruído o prédio inteiro onde estavam. *Com a gente dentro.*

Se eu pudesse me aproveitar do poder dela, ninguém poderia me deter. Seria fácil fazer dela a minha serva; não haveria nenhuma força de vontade para enfrentar. Ele sabia que Jer tinha perdido uma boa oportunidade quando não quis se tornar servo de Holly. *Que tolo. Ele não teve noção do poder que estava recusando. Juntos, os dois poderiam ter me destruído.*

Ele se agachou e se aproximou dela lentamente, com a palma da mão estendida como se ela fosse um animal selvagem. Quando Holly percebeu a aproximação, afastou-se da mão dele, encolhendo-se mais ainda. Ele ficou sentado em silêncio, esperando. Quando queria, sabia ser muito paciente. Ele tinha atraído inúmeros animais selvagens das matas exatamente assim, ganhando a confiança aos poucos até eles se aproximarem.

As manchas de sangue no seu altar eram prova disso.

Confraria Mãe: Santa Cruz, Califórnia

As pessoas iam para as Montanhas de Santa Cruz em busca de paz e de silêncio, de uma comunhão mais profunda com a natureza ou de um lugar para se esconder. Era possível se perder em qualquer uma das dezenas de ruazinhas sem nome ou das estradas de acesso sinuosas. Nas montanhas, moravam executivos do Vale do Silício que queriam mais qualidade de vida; antigos hippies que se recusavam a aceitar o fato de que os anos 1960 tinham acabado ou que estavam se escondendo do governo por acharem que ainda eram procurados; e bruxas.

Bem no topo da Summit Road, havia um pequeno caminho de terra que levava a um lugar ainda mais alto da montanha. Ele serpeava entre as árvores, a centenas de metros de altura do último lote de pinheiros que cobria as montanhas. No fim do caminho de terra, havia uma entrada para carros protegida por dois gatos gigantes de pedra, que pareciam egípcios, com os pescoços longos e postura alerta. No fim desse caminho, protegida por gatos, por encantamentos de proteção e pela própria Deusa, havia uma casa.

Um visitante – se é que alguém iria para aquele local isolado e ermo – sentiria uma sensação imensa de paz e de vida. Os espíritos da floresta e dos riachos estavam vivos naquele lugar. Até mesmo as árvores pareciam respirar como se fossem uma só, dando origem à névoa acinzentada que cobria a área.

A tranquilidade daquele local era sublime. O sofrimento dentro da casa era surreal.

A casa estava como um hospital em zona de guerra. Ela era de propriedade da Confraria Mãe, que a administrava, e as mulheres que sofriam dentro dela tinham enfrentado Michael Deveraux e sua família para tentar salvar Holly Cathers e sua confraria.

Deitada numa cama num quarto do andar superior, Anne-Louise tinha sorte de estar viva. O mesmo não podia ser dito a respeito de dezenas de suas irmãs. Mas, deitada na cama, recuperando-se com seus trinta ossos quebrados, ela não se sentia sortuda. Na verdade, estava furiosa. As curandeiras da confraria trabalhavam sem descanso para cuidar dela e das outras. Ainda assim, demoraria mais algumas semanas para que ela e as outras recuperassem uma certa sensação de normalidade.

Feitiço

O seu olhar fulminava a Sacerdotisa-Mor da Confraria Mãe, que estava em pé ao lado da sua cama. A mulher parecia até nervosa – ela não estivera presente no massacre. Na verdade, de todas as bruxas da Confraria Mãe, apenas uma pequena percentagem esteve presente, em boa parte apenas as mais fracas.

Mas lá estava a Sacerdotisa-Mor ao seu lado, murmurando palavras inúteis:

– Fizemos o possível...

– Sério? – conseguiu perguntar Anne-Louise com um sussurro rouco. As suas cordas vocais estavam bem queimadas e talvez nunca voltassem ao normal, nem com bruxas trabalhando para curá-las.

– As forças que enfrentamos eram poderosas demais. Agora temos que poupar forças e nos preparar para a batalha...

– Enquanto os nossos inimigos ficam cada vez mais fortes?

A Sacerdotisa-Mor permaneceu em silêncio, com os olhos desviando para a porta e voltando.

– Quer saber o que eu acho? – perguntou Anne-Louise. E prosseguiu, sem esperar resposta. – Acho que a Confraria Mãe não tem a mínima intenção de salvar aquelas três garotas ou a confraria delas. Acho que você está torcendo para que Michael Deveraux mate todos eles. Assim a Confraria Mãe vai poder voltar ao "normal". Se a Confraria Mãe estivesse mesmo contra a Suprema Confraria, teríamos feito algo contra eles há anos.

A Sacerdotisa-Mor pareceu ficar indignada.

– A Confraria Mãe sempre foi contra a Suprema Confraria – sibilou ela.

– É mesmo? Então como é que a Suprema Confraria ainda está de pé? Como é que as duas Confrarias continuam existindo se uma quer tanto destruir a outra? Não, acho que ter um inimigo declarado é sempre bom para os dois lados. Isso faz com que não lutemos entre nós nem questionemos a liderança dos nossos superiores.

A Sacerdotisa-Mor empalideceu. E Anne-Louise teve a impressão de ter visto um certo medo nos olhos da outra mulher. Ela insistiu.

– Se não é isso, então por que você só enviou as mais fracas da confraria para lutar, ou aquelas que tinham alguma simpatia pelas garotas, *ou aquelas que questionavam as decisões tomadas por você*?

Um forte silêncio, intenso como a lua cheia, tomou conta do quarto. Anne-Louise ficou encarando a líder. Provavelmente tinha chocado a mulher. Anne-Louise ficou órfã quando era bem nova e fora criada na confraria. Sempre foi a bruxa boazinha, obedecendo a todas as ordens, indo para onde mandavam, até mesmo estudando apenas o que determinavam.

Agora não estava nem aí para nada. Talvez fosse a dor, talvez fosse consequência de ter testemunhado o massacre das irmãs e amigas, talvez fosse o fato de ter passado a vida inteira cercada de perguntas que enfim teriam que ser respondidas. Seja lá o que fosse, ela sabia que tinha atingido um ponto fraco da Sacerdotisa-Mor. A mulher corria o risco de perder o seu lugar na confraria. Anne-Louise não era a única que questionava o bom senso dela após a batalha.

Feitiço

Ela continuou encarando-a; seis dias antes, não teria nem olhado nos seus olhos. Mas o mundo tinha mudado. *Eu mudei.* Ela sempre vira a Sacerdotisa-Mor como uma pessoa ungida pela Deusa, quase uma divindade por si só. Mas, naquele momento, tudo o que ela via era uma mulher cansada, que parecia mais assustada do que qualquer uma das jovens que tinham enfrentado a morte duas noites antes.

Tudo que Anne-Louise sabia era que não seria a primeira a piscar. A Sacerdotisa-Mor ergueu levemente o queixo, parecendo recobrar o misticismo ao redor de si. Os seus olhos começaram a brilhar de calor e de poder, um poder *de verdade.*

A porta se abriu e três bruxas entraram depressa, estragando o momento. Elas fecharam a porta, e a Sacerdotisa-Mor se virou para cumprimentá-las formalmente. Todas baixaram a cabeça em resposta.

– Vocês devem cuidar mais de Anne-Louise. – Era uma afirmação, não uma pergunta. As três concordaram com a cabeça e foram até a cama. – Vou deixá-la sob os cuidados delas – informou a Sacerdotisa-Mor para Anne-Louise. Ela deu um sorriso frio e saiu do quarto, atravessando a porta fechada. Era uma demonstração de poder bem simples, mas Anne-Louise tinha que admitir que foi algo bem eficaz.

Ela fechou os olhos enquanto as curandeiras colocavam as mãos em seu corpo quebrado. Sentiu um calor percorrendo o corpo, tão intenso que doía. Pedaços de ossos deslocados começaram a se endireitar dentro do corpo dela, rasgando ainda mais carne e músculos enquanto se movimentavam. Logo eles voltariam a se unir, mas não seria naquele momento. Primeiro elas tinham que encontrar todos os fragmentos de ossos.

Anne-Louise ficou quieta. As curandeiras tinham ido embora mais uma vez, pelo menos por um tempo, após terem feito o que podiam para aliviar a sua dor. Mas ainda doía quando ela se mexia, até mesmo quando respirava.

Miau!

Ela abriu os olhos no instante em que uma gata cinza pulou na cama. A gata ficou encarando-a com os olhos grandes, sem piscar.

– De onde você surgiu? – perguntou ela com um sussurro dolorido.

A gata começou a ronronar enquanto continuava encarando-a.

– Qual o seu nome?

Sussurro.

– Sussurro, sim, esse nome combina com você – disse ela, sentindo-se ficar grogue.

A gata se acomodou ao lado dela, compartilhando o calor do seu corpo. Uma sensação de bem-estar se espalhou pelo corpo de Anne-Louise, e ela pegou no sono com um sorriso nos lábios.

Confraria Tripla: Seattle

Amanda acordou com os raios solares batendo nos olhos. Virou de lado, gemendo, mas logo se sentou com as costelas quebradas protestando dolorosamente. Ela engoliu o choro. Ao seu lado, Tommy se mexeu. Ela olhou para o relógio.

Feitiço

Eram nove da manhã. Tinham dormido por quase vinte e quatro horas.

Ela olhou para o lado e viu que Pablo estava sentado na outra cama. O seu rosto estava tenso, como se ele estivesse sentindo dor.

– Você está bem? – perguntou ela, com o coração disparando de medo.

Pablo se virou para ela, com os olhos desfocados. Devagar, ele fez sim com a cabeça.

– Tem alguém aqui perto, alguém do nosso grupo. Eu não... – Ele parou. – Não sei quem é. Eles não estão... bem.

– Então como você sabe que eles são do nosso grupo? – perguntou ela, com o coração disparando mais ainda.

Ele balançou a cabeça.

– É a única coisa que consigo captar com nitidez.

Amanda concordou com a cabeça. Teria que aceitar isso e fim de história. Não era algo que a deixava feliz, mas os dons de Pablo estavam além da sua compreensão. Pelo menos ele tinha certeza de que era alguém do grupo. Ela sentiu um pouco de esperança. Talvez fosse o seu pai, ou talvez Nicole tivesse escapado. *Ou pode ser Holly.* Ela estremeceu e logo sentiu vergonha. Não desejava nenhum mal a Holly, mas, como ela estava possuída, Amanda não sabia se seria capaz de lidar com a prima. *Ainda não.*

– Eles estão por perto? – perguntou para Pablo, pedindo à Deusa que isso fosse verdade. Ela preferia saber logo quem eram a passar horas curiosa.

– *Sí*, a cerca de um quilômetro e meio. – Ele se levantou. – Vou até lá.

Hecate

Ela também se levantou, fazendo o máximo para ignorar a ardência na lateral do corpo.

– Vou com você. – Ela olhou para Tommy. – Vamos deixá-lo dormindo. Ele merece.

Pablo concordou com a cabeça, compadecendo-se.

– Todos nós merecemos, *señora*, todos nós.

Ela estava prestes a corrigi-lo, a dizer que, por não ser casada, era uma *señorita*. Então olhou para Tommy. Eles tinham se tornado servos um do outro, na cerimônia mais sagrada que podia ser feita entre um homem e uma mulher na confraria. Ela sentiu um nó na garganta. De certa maneira, Pablo tinha razão. Para ele, um jovem que nasceu e cresceu na confraria, ela era uma *señora*.

Amanda deixou um recado para Tommy no bloco de notas do hotel, para o caso de ele acordar e ela não estar lá. Em seguida, os dois saíram do quarto, deixando a porta trancada. Ela lançou um feitiço de proteção na porta, algo que deveria ter feito na noite anterior. *Mas nem todos os encantamentos de proteção do mundo conseguiram nos salvar*, pensou Amanda, lembrando-se da cabana de Dan e dos demônios que conseguiram invadi-la.

Ela estremeceu e quase não conseguiu sair. Começou a entrar em pânico. E se não voltasse? Pior ainda: e se, quando voltasse, visse que Tommy estava morto ou desaparecido? Não sabia se seria capaz de suportar. No meio da indecisão agonizante, com lágrimas escorrendo pelas bochechas, ela estendeu a mão em direção à maçaneta.

Pablo segurou o punho dela com delicadeza, detendo-a.

Feitiço

– Se algo for mesmo acontecer, vai acontecer, você estando aqui ou não – disse ele. – Talvez ele esteja até mais seguro sem você por perto.

Ela olhou nos olhos de Pablo. Ele era uns dois anos mais novo do que ela, mas a sabedoria que havia nos seus olhos era de um homem bem mais velho. Ela sabia que ele tinha razão.

Juntos, viraram-se e foram em direção à floresta por onde tinham se arrastado no dia anterior. Ao chegarem às árvores, pararam.

– Você sabe onde eles estão? – perguntou ela.

Pablo fechou os olhos por um instante, depois os abriu e fez que sim com a cabeça.

– Estão mais perto. Talvez a quinhentos metros de distância.

Ela tentou em vão ignorar o frio que percorreu a sua espinha. Pablo entrou na floresta por entre as árvores e começou a andar. Ela estreitou os olhos por um instante na direção em que ele estava indo, mas não conseguiu ver nada. Com o coração na boca, foi atrás dele.

Pablo parecia um cão de caça, parando a cada minuto como se quisesse captar algum cheiro. Cada pedaço do corpo dele estava tensionado e alerta. Era impossível não admirá-lo. Amanda nunca tinha conhecido alguém tão em sintonia com os próprios instintos. De repente, ele parou, com a cabeça erguida, e levantou a mão para que ela escutasse.

Ela não conseguiu escutar nada. Fechou os olhos, tentando *sentir* alguma coisa. Nada. Abriu os olhos.

– Onde? – sussurrou ela finalmente.

Hecate

Pablo balançou a cabeça.

– Aqui.

Os pelos da nuca dela se eriçaram.

– Onde?

– Bem aqui – disse uma voz, quase no seu ouvido.

Ela gritou e pulou para perto de Pablo, virando enquanto estava no ar.

Uma criatura gigantesca de pele preta e olhos resplandecentes estava diante dela. Tinha mais de um metro e oitenta de altura, com uma corcunda nas costas, e era musculosa. Na altura da cintura, havia uma tanga amarrada.

A criatura abriu a boca e falou novamente.

– Oi, querida.

Amanda ficou espantada.

– Papai?

A criatura fez que sim com a cabeça, e Amanda a olhou com mais atenção. Era mesmo o seu pai. Ele estava com algo por cima do ombro, e havia uma camada de fuligem e lama cobrindo-o dos pés à cabeça. Um alívio tomou conta dela.

– Papai! – gritou ela, lançando-se contra o peito dele. Ele colocou um braço ao redor dela e a apertou com força. Por um instante, ela sentiu como se tivesse cinco anos. Seu pai estava ali e faria com que tudo ficasse bem, ele a protegeria do resto do mundo.

– Princesa – disse ele finalmente, fazendo-a voltar ao presente. – Precisamos seguir em frente.

Ela se afastou devagar e só então percebeu que o que ele tinha por cima dos ombros era Barbara Davis-Chin. Assustada, ela olhou mais uma vez para o pai.

– Ela está...

– Viva.

– Venha com a gente... conseguimos um lugar para ficar – disse Pablo. Ele foi em direção ao hotel.

Eles seguiram Pablo. Amanda caminhou ao lado do pai, tocando o seu braço de vez em quando para ter certeza de que ele era de verdade. Após dez minutos, estavam de volta ao hotel.

Lá dentro, Tommy estava acordado e abriu o maior sorriso ao vê-los.

Devagar, Richard pôs a sua carga humana numa cama e endireitou a postura. Ele olhou Tommy nos olhos e depois foi abraçá-lo.

– Que bom vê-lo, filho.

Enquanto os dois se abraçavam, Amanda começou a chorar. Ela foi para a frente, e eles a trouxeram para dentro do círculo até os três ficarem se abraçando e chorando. Junto com as lágrimas, havia um certo afeto fluindo; os três estavam ficando mais próximos, transformando-se numa nova espécie de família.

É uma dádiva sua, Deusa, reconheceu Amanda. *Obrigada*.

Richard enfim se afastou. Amanda e Tommy se sentaram na cama ao lado do corpo inerte de Barbara.

Pablo já estava examinando-a. Os três ficaram olhando enquanto ele terminava.

– Ela está bem. A alma dela está bem.

Richard fez que sim com a cabeça.

– Ela recobrou a consciência umas duas vezes e desmaiou de novo há umas três horas. Ela parece mais tranquila.

– Ela precisa descansar. Você também – salientou Pablo.

– Primeiro preciso tomar um banho, se ninguém se incomodar – disse Richard, já indo em direção ao banheiro.

Amanda ficou sentada em silêncio nos vinte minutos seguintes. Escutou o chuveiro sendo desligado e ligado duas vezes. Por fim, foi desligado de vez. Após mais um minuto, o seu pai reapareceu com uma toalha amarrada na cintura.

Havia cicatrizes reluzindo no peito dele. Algumas eram pequenas, mal dava para ver. Outras eram maiores, algumas do tamanho de uma moeda. Mas uma chamou mais a atenção da garota. Era uma cicatriz longa, com saliências, que ia desde a área acima do coração até o meio da barriga. Sobressaltada, ela percebeu que nunca o tinha visto sem camisa. Nem mesmo durante as férias quando ela era pequena – ele sempre estava de regata quando ia nadar.

O pai sorriu com tristeza, como se pudesse ler os pensamentos dela. Sentou-se na outra cama e jogou mais uma toalha por cima do ombro, cobrindo parcialmente o peito.

– São da guerra, querida. Uma parte de mim que tentei esquecer por muito tempo. – Baixou o olhar por um instante e depois voltou com uma expressão distante nos olhos. – Talvez se eu não tivesse tentado esquecer, a sua mãe tivesse...

Ele parou abruptamente, balançado a cabeça com rapidez e colocando um sorriso no rosto. Amanda fez uma careta. Ela sabia que ele estava se referindo ao caso da sua mãe com Michael Deveraux, que depois terminou desempenhando um papel fundamental na morte dela. Naquela época, a única descrição possível para o seu pai era alguém "entediante". Marie-Claire, que sempre tinha sido uma mãe entusiasmada e extravagante, foi buscar mais animação em outro lugar. Até a própria Amanda se perguntava às vezes se a mãe ainda estaria viva caso o pai tivesse sido um pouco mais excitante – ou pelo menos mais cuidadoso ao proteger a mulher de outros homens.

Ela também balançou a cabeça. Era tarde demais para mudar o passado. Talvez a morte da sua mãe tivesse mesmo sido inevitável. Ela poderia ter morrido várias outras vezes e de várias maneiras diferentes desde então, igual aos outros que tinham morrido uns dias antes.

Ela olhou para Pablo. Os outros membros da confraria dele, Philippe, Armand e Alonzo, ainda estavam desaparecidos. Ela ficou se perguntando se ele não estaria captando alguma coisa deles. Se estivessem mortos, ele ficaria sozinho no mundo. *Exceto por nós.* Ela fez uma careta. *Talvez a gente também morra em breve.*

Os pensamentos dela foram parar nos outros desaparecidos: Sasha, Silvana, Kari, Holly, Dan e Tante Cecile. *Não*, corrigiu-se, *Tante Cecile está morta; os demônios que possuíram Holly a mataram.* Esse fato a abalou, mas ela tinha que se permitir sentir isso. *Caso contrário, serei igual a Michael Deveraux.*

E também havia as duas pessoas que estavam realmente desaparecidas. Jer Deveraux ainda se encontrava preso no Tempo do Sonho, aonde ele e Holly tinham ido para resgatar Barbara. Só a Deusa sabia se ele estava vivo, mas Amanda esperava que sim. A outra pessoa, a irmã gêmea de Amanda, Nicole, tinha sido sequestrada por Eli Deveraux e James Moore logo antes de a batalha começar. Amanda cerrou os punhos ao lado do corpo. *Juro que vou encontrá-la e tirá-la de perto daqueles monstros.*

– Ok, vamos pensar nas prioridades – disse Richard, interrompendo os pensamentos dela.

Ele pegou a sua carteira no bolso de Barbara. Tirou várias cédulas.

– Tommy, você está com uma aparência melhor do que o resto. Vá comprar roupas para todos, incluindo os outros. Também precisamos de remédios e comida.

Tommy pegou o dinheiro e bateu continência.

– Agorinha – disse ele, já indo em direção à porta.

Amanda começou a entrar em pânico ao vê-lo saindo, mas a voz do seu pai fez com que a sua atenção se voltasse para ele.

– Amanda, preciso que você cuide de Barbara. Veja se há algo que pode fazer para ajudá-la, um feitiço ou algo assim. Precisamos que ela fique bem, tanto em relação ao corpo quanto à mente. E será que você pode criar um alarme, alguma espécie de sensor de movimento mágico, capaz de nos avisar se tem alguém chegando?

Ela fez sim com a cabeça.

– Acho que posso fazer algo assim. – O seu estômago começou a revirar. Não tinha a mínima ideia se seria capaz de fazer o que ele pediu; Holly que era a mais forte. Mas tentaria.

– Ótimo, vá começar então – ordenou Richard à filha. Ele viu um certo medo nos olhos dela, mas também viu determinação. O que era bom. Era melhor que ela tivesse algum desafio, algo para fazer além de se preocupar com a segurança de Tommy.

Ele virou-se para Pablo e observou o jovem.

– Soube que você consegue sentir a presença de outras pessoas, não é?

O garoto concordou com a cabeça.

– Foi assim que o encontrei.

– Foi o que imaginei. Pelo que escutei Nicole dizendo, você também é capaz de impedir que outras pessoas nos encontrem, não é?

Ele concordou com a cabeça.

– Posso impedir que eles nos encontrem usando a magia, não por métodos comuns.

Richard concordou.

– Foi esse o nosso erro na cabana de Dan. Era um lugar óbvio para eles nos procurarem. Pelo menos este lugar aqui é um pouco menos provável. Há dezenas de lugares na beirada da floresta que estão mais perto da cabana, caso eles estejam nos procurando. Ficaremos seguros aqui pelo menos por um tempinho.

– Não acho que ele ainda esteja nos procurando.

– Ótimo. E você sentiu a presença de mais alguém do grupo?

Pablo balançou a cabeça, sombrio.

Richard estendeu o braço e apertou o ombro dele.

– Tente, Pablo, por favor.

Ele não contou ao garoto que tinha visto um dos membros da sua confraria morrendo. Não queria chateá-lo antes de descobrir quem tinha sido.

Hecate

Assim que esse pensamento passou por sua cabeça, Pablo o encarou com um olhar perspicaz, estreitando os olhos. Richard sentiu uma pressão, como se houvesse alguém forçando o seu cérebro, tentando entrar nele. O homem se afastou. *Nem pense nisso, garoto.*

Parecendo assustado e culpado, Pablo abaixou o olhar. Richard apertou o ombro dele mais uma vez antes de se levantar. Ele se afastou o máximo possível naquele espaço apertado.

Tommy voltou antes do que Richard imaginava. Amanda avisou que alguém estava chegando, e logo depois ouviram uma batida na porta. Enquanto abria a porta para Tommy, Richard percebeu que, da próxima vez, precisariam ser alertados com muito mais antecedência, pois talvez a visita não fosse muito amigável.

O jovem soltou o que tinha comprado em cima da cama vazia. Eram vários conjuntos de moletom, todos com WASHINGTON escrito. Também havia meias, um jornal, um pequeno kit de primeiros-socorros e uma sacola cheia de comida.

– Tem uma lojinha perto do lobby – explicou ele.

Richard fez que sim com a cabeça, pegou um conjunto de moletom e um par de meias e foi se trocar no banheiro. Limpo e agasalhado, saiu de lá se sentindo um novo homem. Em seguida, foi a vez de Amanda usar o banheiro e, enquanto ela estava lá, Tommy e Pablo também aproveitaram para trocar de roupa.

Quando Amanda voltou, abraçou Tommy com força, algo que, respeitosamente, Richard pareceu não perceber.

Feitiço

Amanda sempre foi o seu bebê. Nicole era extravagante, agitada, mais parecida com a mãe. Amanda, por sua vez, sempre foi forte e calma. Durante anos, foram eles dois contra o resto do mundo. Por mais que estivesse contente por ela, ainda era difícil ver a sua garotinha como uma mulher.

Pablo interrompeu os pensamentos dele.

– Estou sentindo pessoas! – disse ele, com a voz falhando de tanto entusiasmo.

– Quantas? – perguntou Amanda.

– Duas. Estou sentindo Armand e Kari.

Kari se arrastava para a frente, com o braço forte de Armand a segurando. As últimas trinta e seis horas tinham sido um borrão de dor e confusão. Ela nem sequer se lembrava de sair da cabana de Dan. Armand tinha lhe dito apenas algumas palavras. Tudo o que sabia era que a cabana tinha pegado fogo, que ele a tinha carregado para fora e que os outros talvez estivessem mortos. Ela caiu várias vezes e pensou em ficar no chão, mas toda vez ele a erguia e dizia algumas palavras para encorajá-la.

Assim Kari seguiu em frente, sem saber o que a aguardava no futuro ou se ao menos existia um futuro para ela. Como tinha se metido nessa confusão? Era apenas uma estudante de pós-graduação; ela estudava o ocultismo, não fazia parte dele. Tudo isso mudou, contudo, quando Jer Deveraux apresentou o seu mundo perigoso à vida dela. Não que ela tivesse lhe dado alguma escolha.

Ela não tinha coragem de perguntar a Armand se ele sabia o que tinha acontecido com o corpo de Jer quando a cabana pegou fogo. Kari esperava que ao menos ele estivesse apenas preso no Tempo do Sonho, e não morto. Mas se o corpo dele tivesse sido destruído, isso seria irrelevante. Se Jer não tivesse um corpo para o qual voltar, o seu espírito ficaria vagando para sempre. *Ou talvez desaparecesse imediatamente*, pensou ela.

Ela tentou banir esse tipo de pensamento da cabeça, mas não era fácil. Amar era um inferno, e ela era a rainha dos condenados à danação.

Seattle, 1904: Peter e Ginny

Ginny estava na plataforma do trem, com lágrimas escorrendo pelas bochechas. O seu marido, George Morris, já estava a bordo, aguardando-a. Em alguns instantes eles estariam a caminho de Los Angeles, deixando para trás todas as pessoas que ela amava.

O pai dela, Peter, abraçou-a. Eles tinham passado por tantas coisas juntos: a morte da mãe dela na enchente de Johnstown, a jornada para o oeste até fixarem residência em Seattle e as lágrimas, o sofrimento e a alegria inesperada de quando ele conheceu a querida Jane, que veio a se tornar a sua segunda esposa.

Ela deu um passo para trás, passando o dorso da luva no nariz. Não era um gesto digno de uma dama, mas ela não se importou. Peter encostou a mão na bochecha da filha, que fechou os olhos, imaginando que era pequena mais uma vez e que ele sempre estaria ao seu lado.

– Los Angeles não é tão longe daqui – tentou tranquilizá-la, com a voz falhando.

Feitiço

Era mentira e não era nada convincente. Los Angeles ficava do outro lado do planeta, e a ideia de ir para longe dele e da sua meia-irmã era demais para Ginny. Como se pudesse ler os pensamentos dela, Veronica se pronunciou.

— Vou visitá-la assim que vocês se organizarem, prometo.

Ginny olhou para a irmã e viu o seu sofrimento espelhado no rosto da garota. Ela tinha os olhos de uma criança e o corpo de uma adulta. Como era fácil esquecer que havia alguns anos de diferença entre as duas.

Então Veronica se jogou para cima dela e as duas se abraçaram com força, uma com medo de soltar a outra. Enfim Ginny sussurrou no ouvido de Veronica:

— Sei que você é muito jovem, mas papai vai aceitar Charles e permitir que vocês se casem se tiver a oportunidade de ver o quanto ele lhe faz bem.

O corpo esbelto de Veronica começou a tremer com os soluços que abafou nos ombros de Ginny. Elas ficaram paradas por mais um instante até o maquinista anunciar a última chamada.

Ginny se afastou com relutância e beijou a bochecha do pai depressa antes de subir no trem. Ela se segurou no corrimão e acenou bastante enquanto o trem rangia e começava a se mexer lentamente.

O seu pai e Veronica também acenaram, e Ginny continuou acenando até perdê-los de vista. Com lágrimas escorrendo pelo rosto, ela se virou e entrou no vagão. O seu marido estava esperando e estendeu os braços. Ela se acomodou no assento ao lado e deixou as lágrimas caírem no peito dele.

Hecate

O marido alisou o cabelo dela com delicadeza, murmurando palavras de amor e consolo que Ginny mal escutou.

– Estou ansiosa para começar a nossa vida juntos em Los Angeles, mas temo que eu nunca mais vá ver papai – sussurrou ela.

– Que tolice. Ele pode vir nos visitar quando quiser, e em breve voltaremos aqui para vê-lo – disse George, tentando tranquilizá-la.

Mas aquelas palavras não a tranquilizaram em nada, pois ela teve uma visão ao beijar a bochecha do pai: uma lápide com o nome dele. Ele morreria em breve, ela sentia isso.

Fique em paz, minha irmã. As palavras dóceis sussurravam no seu cérebro com a voz de Veronica. *Tudo vai ficar bem e nós nos reencontraremos em breve.*

Ela esperava de todo o coração que isso acontecesse e se sentiu relaxar um pouco. Desde que Veronica nasceu, Ginny conseguia escutar os pensamentos dela. Não acontecia o tempo todo, era apenas quando Veronica se concentrava e a mente de Ginny estava aberta. Mas o oposto não acontecia. Veronica nunca conseguiu escutar os pensamentos de Ginny.

Ela suspirou e olhou para o marido. Ela e George estavam casados havia apenas quatro meses, mas parecia que se conheciam desde sempre. *Queria conseguir ler os pensamentos dele*, afligiu-se ela e depois colocou a mão na barriga. *Queria saber o que ele vai dizer quando eu contar sobre o bebê.*

– Está tudo bem? – perguntou ele, tão repentinamente que a assustou.

Ela olhou nos olhos dele, em busca de uma resposta. Será que ele a tinha escutado? Mas os seus olhos estavam inocentes e vazios, não havia nenhum mistério ou informações escondidas. Não, foi apenas uma coincidência.

– Enquanto estivermos juntos, tudo estará bem.

Ele apertou os ombros de Ginny, que sentiu um calor se espalhando pelo corpo. Era bom estar apaixonada.

Confraria Mãe: Santa Cruz

Luna, a Sacerdotisa-Mor da Confraria Mãe, estava em apuros e sabia disso. Uma por uma, as mulheres que sobreviveram ao massacre passaram a questioná-la *ou pensaram em fazer isso*. Anne-Louise foi a que mais se manifestou, mas todas estavam se perguntando o que tinha dado errado e começando a duvidar das intenções da Sacerdotisa-Mor.

A verdade é que elas estão certas em duvidar, pensou ela. *Holly Cathers e a sua confraria são um incômodo, para dizer o mínimo. A Confraria Cahors nunca obedecia às regras de ninguém, apenas às suas próprias. Mas talvez eu as tenha julgado rápido demais. Amanda parece ser diferente do restante da família. Ela é calma e gosta de agradar à Deusa e aos outros.*

Luna suspirou. Ela devia agir, nem que fosse apenas pelo bem de Amanda. Além do mais, as mulheres da confraria estavam inquietas, o que nunca era bom. Era por isso que estava sozinha na sua câmara, cercada por velas roxas e queimando artemísia e absinto. Precisava encontrar Holly Cathers e teria que usar magia para isso.

Estava sentada em silêncio, com uma tigela de água na sua frente cercada por mais velas roxas. Cantarolou baixinho entredentes enquanto furava a ponta do indicador com uma agulha. Em seguida, espremeu três gotas de sangue na tigela.

Hecate

– Uma para Holly, uma para mim e uma para a Deusa – murmurou ela enquanto as gotas caíam.

Ela olhou para a mancha carmim na água por um instante e depois fechou os olhos. Respirou fundo.

– Deusa, venho a vós em busca do que foi perdido para que se possa encontrar uma bruxa Cahors que está em algum lugar. Conceda-me uma visão a fim de que eu consiga enxergar onde essa bruxa pode estar.

Na sua mente, um rosto apareceu, e ela ficou boquiaberta. *Não era o rosto de Holly.*

TRÊS

DECHTERE

☾

Dentro do fogo rimos e dançamos
E em nome do Deus sacrificamos
Acenda as piras e deixe o sino soar
Todos os demônios do inferno vamos convocar

Cerque-nos com o manto da escuridão
Rejeitando do Deus Cornífero a iluminação
Morte somos e morte trazemos
E do círculo sagrado ataquemos

Veronica Cathers Covey: Los Angeles, 21 de setembro de 1905, onze da noite

– Você tem mesmo que ir embora amanhã de manhã? – perguntou Ginny enquanto abraçava a irmã no lobby do Coronado Hotel. Era um lugar grande, espaçoso, havia até uma passagem pavimentada na frente da entrada. Ginny e Veronica haviam passado a infância em bairros bem mais baratos da chuvosa Seattle, onde até mesmo calçadões eram uma raridade... o que fazia da lama algo bem comum.

Veronica tentou dar uma risada leve, o que terminou saindo mais como um soluço de choro.

– Se eu pudesse ficar, você sabe que eu ficaria, mas tenho que voltar para cuidar de Charles e do bebê.

– Mas Seattle é tão longe!

As lágrimas de Veronica caíram nos cachos escuros da irmã. Parecia que não se viam havia séculos, e quem sabia quanto tempo demoraria para que se encontrassem outra vez?

– Nós nos vemos de novo em breve, prometo.

Ginny concordou e enfim se afastou da irmã. Chorosa, ela se virou, deu uma última olhada por cima do ombro e acenou antes de subir na carruagem.

Veronica continuou acenando até perder a carruagem de vista. Então, triste, virou-se para a recepção do hotel. *Pelo menos logo mais estarei em casa com Charles e o nosso filho, Joshua.* Ela sorriu, contente com o pensamento. Foi em direção à escada.

– Senhora?

Ela se virou e viu o gerente da noite se aproximando com um telegrama na mão. Confusa, pegou o papel. Ele fez uma mesura rápida com a cabeça e voltou aos seus afazeres. Agarrando o telegrama, ela subiu apressadamente.

Dentro do quarto, sentou-se no sofá que ficava na frente do lavatório. Os seus olhos foram parar no nome da remetente: Amy. A sua cunhada.

Com as mãos trêmulas e um aperto no coração, rasgou o telegrama e começou a ler em voz baixa.

QUERIDA VERONICA. PONTO. VENHA LOGO PARA CASA. PONTO. CHARLES SE AFOGOU HOJE DE MANHÃ. PONTO. JOSHUA ESTÁ COMIGO E BEM. PONTO. MINHAS PRECES COM VOCÊ. PONTO. AMY.

Feitiço

Um grito se rasgou bem do centro do seu coração. Levantou-se e arremessou o telegrama do outro lado do quarto. A folha se agitou como um triste barco de papel e parou no assoalho de madeira.

— Não – sussurrou ela.

Ela escutou uma leve batida na porta, e logo depois a voz de um homem:

— Madame, a senhora está bem?

Em choque, abriu a porta. Ficou encarando-o, tentando fazer a boca funcionar. Por alguns segundos, nenhum som quis sair.

— Não – disse ela. E desmoronou no chão.

Havia alguma coisa queimando perto dos olhos e do nariz de Veronica. Ela se endireitou depressa e percebeu que estava encostada no sofá com uma pequena multidão ao seu redor. Um homem de bigode e cabelos brancos dava tapinhas no seu punho. Ao lado dele, uma mulher robusta afastava do nariz de Veronica um frasco de vidro contendo sais de cheiro após perceber que ela tinha acordado.

— Meu marido – foi o que ela conseguiu dizer.

Docilmente, a mulher fez que sim com a cabeça.

— Eu li o telegrama. Espero que a senhora não se importe.

Como ele pode estar morto? Tínhamos tantas coisas a fazer ainda, a vivenciar. Íamos ter outro filho...

— Tome isto. É láudano. Vai ajudá-la a dormir – ordenou o homem de bigode enquanto segurava uma taça com um líquido leitoso. Com mais delicadeza, ele acrescentou: — Sou médico. E me permita lhe apresentar a minha esposa, a sra. Kelly.

Os olhos da sra. Kelly brilhavam com lágrimas.

– Ah, querida garota – disse ela. – Ah, querida. – Ela apontou para a taça. – Tome isto. Vá descansar. Fico ao seu lado até você pegar no sono.

Mais chocada do que qualquer coisa, Veronica bebeu. Depois, em um torpor, encostou a cabeça no travesseiro e fechou os olhos.

Ela acordou muito tempo depois e percebeu que os Kelly tinham ido embora. Ainda grogue, sentou-se e colocou as pernas para fora da cama. Encontrou as pantufas, colocou os pés dentro delas e se levantou.

O quarto estava girando, inclinando-se, e ela segurou-se na coluna da cama. Vestiu o roupão e caminhou em silêncio até a porta.

Havia algo sussurrando para ela abrir a porta. Franziu a testa, sabendo que sair andando pelos corredores de um hotel no meio da noite, apenas de roupão, não era algo que devia fazer; mas os sussurros persistiram, insistindo para que ela agisse.

Antes que percebesse, a sua mão havia girado a maçaneta. Desorientada, começou a percorrer o corredor vazio. Era como se houvesse alguém ao seu lado, guiando-a, sussurrando o caminho no seu ouvido.

Após um tempo, percebeu que de alguma maneira tinha chegado ao quarto andar. Um calafrio percorreu o seu corpo e ela se virou, tremendo. A porta no fim do corredor pareceu tremeluzir brevemente diante do seu olhar. Queria se virar e sair em disparada pelo corredor, mas não foi o que fez. Em vez disso, notou que estava vagando em direção à porta, sendo puxada contra a própria vontade. Enfim parou diante dela e conseguiu sentir que havia alguém, *alguma coisa*, do outro lado.

Como se fosse capaz de se mexer sozinha, sua mão se ergueu. Tentou impedi-la, mas havia perdido o controle. O medo tomou conta dela, fazendo o estômago se revirar e os joelhos tremerem.

Toque na porta, ordenou uma voz dentro da sua mente.

– Não – sussurrou Veronica. Mas a escolha não era mais dela.

Os seus dedos encostaram na madeira, e o contato fez uma corrente elétrica disparar ao longo do seu braço. Pressionou a palma da mão na porta e, por um instante, sentiu a coisa que estava do outro lado. Havia raiva e ódio e... curiosidade.

De repente, foi como se tivesse reconquistado o controle. Afastou a mão gritando e se virou, erguendo a saia e disparando pelo corredor. Quando chegou ao topo da escada, escutou a porta sendo aberta; o ruído acelerou-a mais ainda.

Saiu desembestada escada abaixo até chegar ao térreo do Coronado. Deu uma olhada nas portas duplas da entrada. *Não*. Era o meio da noite e lá fora ela ficaria desprotegida.

Precisava de um lugar onde pudesse se esconder. Estava apavorada, paralisada; por um instante se perguntou se tudo aquilo era por causa do láudano, mas achava que não. A sua intuição de Cathers estava a todo vapor, e ela sentia do fundo do coração que estava de fato correndo perigo.

Ao avistar uma porta, correu até lá, escancarou-a e encontrou mais uma escada. De saias erguidas, desceu os degraus apressadamente, com o coração acelerado e os pulmões ardendo.

Entrou correndo no porão. Um único lampião tentava iluminar a escuridão, mas não conseguia. Ela parou, respirou fundo algumas vezes e olhou ao redor. *Tem que haver algum lugar onde eu possa me esconder.*

Mas por que você quer fazer isso? Era a voz suave e insistente se manifestando mais uma vez, a que tinha falado com ela atrás da porta lá em cima... mas dessa vez falou tão alto que Veronica conseguiu escutar o seu timbre. Era a voz de uma mulher.

– Quem é você? – sussurrou ela. – Você é um anjo ou um demônio?

Sou Isabeau.

– Isabeau? – Ela sentiu o gosto do nome na língua. Parecia muito familiar, mas não se lembrava de tê-lo escutado antes. – Mas... quem é você?

Antes que a voz pudesse responder, a porta do topo da escada se abriu. Em seguida, passos começaram a ecoar com a força de um trovão.

Havia uma pilha de farrapos no chão; talvez ela pudesse se esconder debaixo deles. Antes que Veronica desse um passo em direção a eles, entretanto, uma voz ressoou:

– Pare!

Ela se virou, com os pelos da nuca se arrepiando. Um par de olhos ardentes a paralisou. A luz do fogo dançava pelo cabelo dele, e as suas feições se distorciam diabolicamente.

Feitiço

Mas, mesmo assim, havia algo de estranhamente irresistível naquele homem moreno, de feições fortes...

– Ora, ora, parece que encontrei uma bruxa Cahors – disse ele. – Uma das duas que restaram, se não me engano. Fora o pai delas, claro.

– V-Você está enganado, senhor – gaguejou ela. – O meu nome é Veronica Cathers, e não sou nenhuma bruxa. E... e nem o meu... pai... nem ninguém que eu conheça.

Por um instante, uma sombra de dúvida surgiu no rosto dele. E depois ele balançou a cabeça.

– O seu nome não significa nada para mim. Estou interessado em quem você é, não no seu nome. E, minha querida dama, você é uma bruxa.

– Não sou nenhuma bruxa – argumentou ela de novo, afastando-se dele. *Sou uma viúva*, lamentou a sua mente. *Uma viúva. Meu Deus, minha família está morta! Meu verdadeiro amor...*

Meu verdadeiro amor...

Jean...

O homem, imponente de uma maneira sombria, sorriu e ergueu a mão direita. Uma bola de fogo surgiu, e ele a lançou lentamente para cima de Veronica. Ela abriu a boca para gritar, mas tudo que saiu foram palavras que os seus ouvidos desconheciam, e a bola de fogo chiou, extinguindo-se no ar.

Ela ficou tão estupefata que as pernas cederam; segurou-se numa cadeira que estava à venda, ofegando sem controle. Um suor frio irrompeu na sua testa, e ela sentiu um calor imenso, apesar de estar vestindo somente a camisola e o roupão.

O homem riu com crueldade.

– Está vendo? Uma bruxa.

A mente de Veronica se acelerou. Ela se afastou mais ainda.

– Vá embora. Por favor.

Ele sorriu.

– Não vou embora por nada neste mundo, minha cara dama. Permita-me que eu me apresente. Sou Marc Deveraux, da Confraria dos Deveraux, um bruxo e seu inimigo mortal.

– Meu... inimigo? – disse ela devagar.

Será que ele teve algo a ver com o afogamento? Será que ele matou... que... assassinou...

Non, *ele é Jean, o meu amor, o meu inimigo, o meu marido,* sussurrou a voz. *Jean vem até mim por meio dele. Você vai ficar aqui. Vai permitir que ele a toque e a beije e que faça amor com você.*

E depois... você vai matá-lo.

Por mim.

Marc Deveraux inclinou a cabeça para o lado, e os seus olhos ficaram com uma expressão distante, como se ele também estivesse escutando alguma coisa.

– Isabeau – sussurrou ele.

– Jean – respondeu ela.

O rosto dele ficou mais sereno. Ele estendeu a mão.

– Meu amor. *Mon amour, ma femme, tu est ici, avec moi...*

– *Oui*, estou aqui... *je suis ici, mon homme, mon seigneur...*

Veronica se aproximou de Marc como se estivesse num sonho. As suas mãos se ergueram na direção dele.

– Não – sussurrou ela. – Não! – repetiu com mais firmeza.

Feitiço

O grito perfurou o ar, e o rosto de Marc voltou a ficar frio e concentrado.

– Então morra! – gritou ele.

Ergueu a mão e lançou uma bola de fogo na direção dela, dessa vez com toda a velocidade. Veronica gritou e se jogou para o lado. O fogo atingiu a pilha de farrapos em que ela queria se esconder. Numa questão de segundos, as chamas ficaram totalmente fora de controle.

De algum lugar lá no fundo, Veronica tirou uma recordação, escondida no meio da névoa de sua infância. Era uma bela mulher, de cabelos esvoaçantes, murmurando algo numa língua estranha. Veronica abriu a boca e aquelas mesmas palavras jorraram, com a lembrança ficando cada vez mais forte. Uma bola de fogo apareceu no ar diante dela, e ela a jogou.

Marc pulou para o lado, mas o fogo encostou na manga do seu casaco e começou a queimar. Furioso, ele gritou em francês e o tirou.

Eles ficaram se encarando por um longo momento, andando em círculos com cautela. Veronica conseguia sentir o calor do fogo que se espalhava para outras partes do porão; num dos cantos, ele estava quase encostando no teto. Tentou chegar mais perto da escada para ficar em segurança. Então ouviu um estalo seguido de um grito a distância.

Talvez alguém nos encontre, esperava ela. De repente, Marc gritou e o cômodo começou a se desintegrar ao redor dela, transformando-se num rodopio alucinante de ferramentas, latas e madeira. Ela se abaixou quando o lampião voou em direção à sua cabeça.

Ao dar um passo para trás, os seus tornozelos encostaram na escada. Ele começou a se aproximar dela. Lá em cima, mais gritos ecoaram no ar.

Parte do teto caiu num dos cantos, formando uma chuva de faíscas. A porta do porão se abriu, e ela escutou um homem gritando:

– O incêndio é aqui embaixo!

Veronica se virou e subiu as escadas o mais rápido que pôde, com Marc logo atrás. Ele esticou o braço e agarrou a bainha do roupão dela, que escutou o tecido rasgando. Parte da sua saia se soltou e ela passou correndo pelo homem que estava gritando no topo da escada.

Ele soltou um palavrão baixinho e gritou:

– Senhora, o que está acontecendo?

Ela o ignorou e continuou correndo. Empurrou a porta da frente e foi em disparada para o ar livre. Os seus pulmões ardiam, e a mulher sentia como se o coração fosse explodir para fora do peito. Começou a escutar mais gritos do hotel atrás de si, mas não parou para olhar.

Ela continuou correndo até a noite a envolver por completo.

Marc Deveraux tentou se livrar dos braços daqueles que tentavam segurá-lo e que perguntavam a respeito do incêndio. Ele os ignorou, furioso. A bruxa tinha fugido. Nas suas mãos estava um pedaço da saia de Veronica, que havia sido rasgado; ele o esfregava entre o dedão e o indicador.

Um calor, que não tinha nada a ver com as chamas que começavam a engolir o hotel, tomou conta do seu ser.

Feitiço

Veronica Cathers, nós vamos encontrá-la, Isabeau, soluçou a voz na sua cabeça. *Volte, meu amor. Volte.*

Confraria Tripla: Seattle

O grupo – Kari, Tommy, Amanda, Richard e Armand – deixou Barbara no hotel e foi investigar as ruínas da cabana de Dan. Apesar de terem esperança de encontrar mais sobreviventes, a morte se espalhava pela paisagem chamuscada como um manto. O crepúsculo tinha sugado todas as cores que ainda restavam, e eles caminhavam pela paisagem estranha, bem similar ao conceito que Amanda tinha de limbo.

Ela encontrou Silvana deitada na beirada da linha de árvores. Os seus olhos estavam arregalados e fixos, e havia uma expressão de terror no seu rosto. Amanda caiu de joelhos. Silvana tinha sido a sua melhor amiga durante anos. Ela e a sua tia tinham vindo para ajudar quando toda a loucura começou. E agora ela tinha morrido – as duas tinham. *Elas morreram por minha causa.*

Amanda cerrou os punhos. Não, não era por causa dela, era por causa de Michael Deveraux. Foi a maldade dele que trouxe sofrimento e morte para todos.

Não sabia de que Silvana tinha morrido. Esticou o braço e colocou a cabeça dela no colo. Alguma coisa grudenta cobriu as suas mãos. Segurou-se para não vomitar quando percebeu o que era. Silvana estava sem a parte de trás da cabeça.

Uma raiva percorreu o seu corpo. Silvana não merecia morrer. Um grito de Tommy atravessou a sua névoa de aflição e fez com que ela se levantasse.

Ele estava em pé nas ruínas fumegantes da cabana de Dan. Estava paralisado, encarando alguma coisa que ela não conseguia ver. Abrindo caminho com cuidado entre os destroços, ela se juntou a ele. Tommy estava diante de uma estante que tinha quebrado no meio, formando uma espécie de tenda ao cair.

Entre as duas metades, havia uma pessoa esmagada. Amanda estendeu o braço para tocar na estante, mas foi fortemente repelida. A área estava bem-protegida.

– Está vivo? – perguntou ela, sem saber se era algo humano, quanto mais se era homem ou mulher.

– Não sei – respondeu Tommy baixinho. – Também não consegui encostar. Precisamos de ajuda.

– Você encontrou mais alguém?

Ele balançou a cabeça em um gesto negativo.

– E você?

– Encontrei o corpo de Silvana... o que sobrou dele.

Ele pegou a mão dela e a apertou com força.

– Alguém mais deu sorte?

– Não sei, vamos...

Ele foi interrompido por um uivo alto e agudo, que parecia de um animal. Tommy lançou um olhar sério para ela, e os dois correram na direção do barulho.

Encontraram Pablo um pouco adiante. Ele estava ajoelhado perto de um monte de terra. Havia dois gravetos amarrados com um pedaço de tecido, formando uma cruz. A cruz tinha sido enfiada numa das pontas do monte. Na terra sobre ele, um pentagrama havia sido desenhado junto com outros símbolos que Amanda desconhecia. Ela agarrou o ombro de Pablo.

– Quem é? – sussurrou ela.

– Alonzo.

O membro mais velho da Confraria Espanhola. Lágrimas fizeram os olhos dela arderem. Mais um morto. Pablo baixou a cabeça e soluçou.

Um pensamento passou pela cabeça de Amanda: *Se Alonzo está enterrado, quem foi que o enterrou?* Um raio de esperança surgiu. *Deve ter sido Philippe.* Dos membros desaparecidos da Confraria, ele era o único que colocaria os dois tipos de símbolos – cristãos e wicca – no túmulo.

– Pablo!

O garoto olhou para cima, assustado.

– Consegue sentir Philippe? Ele deve ter enterrado Alonzo.

O garoto fechou os olhos. Após um instante, uma expressão frustrada surgiu no seu rosto. Ele estendeu a mão, tocando os símbolos feitos na terra. De repente, os seus olhos se abriram, e ele fez que sim com a cabeça, entusiasmado.

– Sim, e ele não está tão longe.

Como se tivesse ouvido a deixa, um galho quebrou atrás deles. Ao se virarem, avistaram Philippe surgindo cautelosamente entre as árvores. Pablo se levantou com um pulo e disparou até ele. Philippe o abraçou com força. Amanda se aproximou mais devagar. Ao alcançá-los, Pablo soltou Philippe, que a abraçou.

– Que bom vê-la.

– Também é bom vê-lo – disse ela.

– E Armand? – perguntou ele.

– Está em segurança. Ele também salvou Kari.

Philippe suspirou profundamente, como se um peso tivesse sido tirado das suas costas.

– E os outros?

– Dan, Holly e Sasha continuam desaparecidos. Silvana e Alonzo estão mortos. O restante está vivo.

– Soube alguma notícia da Nicole?

Ela balançou a cabeça.

– Não, não soube nada desde que James e Eli a sequestraram.

Tommy interrompeu.

– Nós encontramos alguém, ou alguma coisa, nos destroços. Mas a área está protegida, não conseguimos alcançá-la.

– Me mostrem.

Minutos depois, eles estavam agrupados diante da estante quebrada. Armand, Kari e Richard também se aproximaram, e todos deram uma olhada no amontoado, revezando-se.

– As proteções são fortes demais – disse enfim Philippe. – Vamos ter que trabalhar juntos para conseguir quebrá-las.

Amanda concordou. Os outros, tirando Richard, formaram uma corrente com Philippe numa ponta e Tommy na outra. Eles começaram a entoar cânticos bem baixinho, cada um da sua própria maneira, mas todos com o mesmo propósito.

Philippe e Tommy colocaram as mãos livres nos ombros de Amanda. Ela conseguia sentir o poder do grupo cobrindo e atravessando o seu corpo.

Feitiço

Ela respirou fundo e estendeu o braço em direção à proteção, que já estava mais fraca por causa dos cânticos. Agarrou o braço da criatura e o puxou. O corpo se moveu apenas um pouco. Tensionou todos os músculos e deu mais um puxão. O corpo saiu voando e foi parar nos seus braços.

Ela cambaleou para trás, e o grupo a segurou. Tommy pegou o corpo e o colocou no chão. Era Sasha.

Querendo vê-la, todos se inclinaram para a frente. Os olhos dela se escancararam, e todos deram um pulo para trás. Sasha olhou para Amanda e, com a voz estranhamente normal, perguntou:

– O que aconteceu?

Amanda não conseguiu se segurar e começou a rir. Então, quando um portal se abriu na sua frente e quatro criaturas pesadas e acinzentadas saíram lá de dentro, ela começou a gritar.

Philippe lançou uma bola de fogo imediatamente, mas ela não teve nenhum efeito ao colidir com a criatura. Ele arremessou outra e depois mais outra, mas foi inútil. Enquanto o grupo cambaleava para trás, Amanda ergueu uma barreira. A primeira criatura a atingiu e, sem nenhuma dificuldade, fez um portal se abrir do outro lado dela.

– O que são essas coisas? – berrou Amanda.

– Não sei, mas temos que fugir! – respondeu Philippe.

– Para a floresta, pessoal, rápido! – gritou Richard com a voz firme.

Eles se viraram e fugiram; as criaturas foram atrás. No entanto, mais um portal surgiu na frente de Amanda, e as criaturas os bloquearam.

— Eles estão atrás de Amanda! – gritou Tommy, puxando-a para longe de um braço que tentava pegá-la.

— Armand, faça alguma coisa! – berrou Philippe.

O bruxo concordou com a cabeça e ergueu os braços. De repente, as criaturas pararam. A que estava mais perto de Amanda lançou a cabeça para trás e para a frente como se estivesse buscando um cheiro que tinha acabado de perder.

— O que foi? O que está acontecendo? – sussurrou ela.

— Ele está protegendo a sua energia das criaturas, fazendo com que elas não consigam sentir a sua presença.

— Mas elas sabem que tem outras pessoas aqui... elas conseguem nos ver! – sibilou ela.

— Sim – sussurrou Tommy. – Mas acho que só querem você.

— É isso mesmo – disse Armand entredentes. – Agora, pessoal, tentem se afastar em silêncio. Sem atrair nenhuma atenção indevida. E não me distraiam!

O grupo obedeceu e se afastou devagar das criaturas. Amanda conseguia sentir o coração martelando o peito. *Eles estão atrás de mim! Por que só de mim?* Ela olhou para trás e viu as criaturas paradas, parecendo cachorrinhos perdidos.

— Nós protegemos o hotel, bloqueamos a nossa presença. Quando saímos de lá, acho que eles conseguiram captá-la e vieram para onde você estava – disse Philippe após trocar algumas palavras com Pablo.

Amanda estremeceu.

— Me lembre de nunca mais sair para nenhum canto sem Armand.

Ela olhou para Tommy, que estava de olhos arregalados.

– Nenhum canto? – perguntou ele, parecendo desamparado.

Ela pegou a mão dele e a apertou, mostrando a sua estima.

– Bem, tenho certeza de que ele também consegue bloquear as minhas vibrações estando no quarto ao lado.

Tommy sorriu.

– Assim tudo bem.

– Algum sinal das gatas, pessoal?

– Não vi nenhuma – respondeu Philippe. – Mas vi os rastros delas, acho que escaparam.

Deusa, esteja com elas, pediu Amanda. *Leve-as para jovens que precisam de força e de orientação.* No fundo do seu coração, ela sabia que não as veria de novo, mas também sabia, de alguma maneira, que elas estavam em segurança, e isso facilitava um pouco as coisas.

Os pelos da sua nuca se eriçaram de repente, e Amanda virou a cabeça para o lado. Ficou boquiaberta e parou bruscamente.

Lá estava Dan, de costas para uma árvore. Estava coberto de sangue seco, e moscas zuniam ao seu redor.

Depressa, o seu pai foi até ele.

– Está morto – anunciou ele, sem nem encostar no corpo.

Lágrimas surgiram nos olhos de Amanda.

– É morte demais – murmurou ela.

– Ele deve ter resistido um bocado – salientou Richard.

– Mas isso não garantiu que sobrevivesse – sussurrou ela.

— Vamos, Amanda, temos que seguir em frente — lembrou-a Tommy com delicadeza enquanto colocava o braço ao redor dos ombros dela.

Quando é que isso tudo vai acabar?, pensou ela, desesperada. *E quantos mais do nosso grupo vão acabar morrendo?*

Seattle: Michael Deveraux

Michael Deveraux bateu com o punho no altar. Cacos de vidro cravaram na sua carne. Ele ergueu a mão devagar, deleitando-se com a dor e com a sensação do sangue pingando da mão para o altar. Lentamente, tirou da mão o vidro que tinha restado do sacrifício da noite anterior.

Sabia que membros da Confraria Cathers tinham sobrevivido ao incêndio, mas as suas pedras premonitórias, o seu diabrete e toda a sua magia ainda não tinham conseguido localizá-los. Mas isso mudaria. O que tinha planejado não apenas aumentaria o seu poder, mas também lhe daria uma compreensão singular a respeito de como as Cathers e a sua confrariazinha ridícula trabalhavam.

Chilreando sozinho, o seu diabrete surgiu no cômodo. Michael o observou em silêncio por um instante. Nunca descobriu por que o diabrete quis se ligar a ele. Mas a verdade era que raramente se sabia das motivações dos diabretes em relação a qualquer coisa.

— E então? — perguntou ele.

— Está tudo pronto — disse o diabrete gargalhando, claramente muito satisfeito consigo mesmo.

Michael sorriu. Seattle era uma cidade interessante, um centro de atividade sobrenatural. Dava para entender por que

Feitiço

os Deveraux e os Cathers escolheram morar lá. Havia lugares mal-assombrados que deixavam até o próprio Michael arrepiado.

Um desses lugares era para onde ele ia naquela noite. Um calafrio delicioso percorreu a sua espinha, e ele parou um instante para curtir aquela sensação.

– Holly está pronta?

O diabrete ficou pulando, balançando a cabeça de alegria. Michael fez que sim com a cabeça.

– Vamos.

Holly estava no banco de trás do carro, bastante dopada e babando um pouco. O diabrete ficou pulando em cima dela, até parando em cima da sua cabeça, e ela nem percebeu. Michael olhou pelo espelho retrovisor e sorriu, sombrio. O céu noturno estava límpido, e o brilho das estrelas era forte. A lua amaldiçoada não estava em nenhum canto. Michael tinha planejado fazer o rito numa noite sem lua – era melhor não ter o símbolo da Deusa presente. Ele teria preferido fazer a cerimônia enquanto o Deus estivesse como soberano no céu do meio-dia, mas em nome da discrição era melhor ter o manto da noite para escondê-los. Assim, quando chegou no estacionamento da igreja batista, não havia ninguém por perto.

Ele saiu do carro devagar, quase de maneira reverente. O que ia fazer não tinha nenhuma relação com a função atual da igreja, mas sim com seus antigos propósitos. O lugar já tinha sido uma igreja maçônica e dizia-se que sacrifícios eram feitos ali, tanto de animais quanto de pessoas.

Dechtere

Ele nunca conseguiu descobrir a identidade dos que fizeram os sacrifícios, mas tinha visto o suficiente nas paredes da igreja e em salas escondidas no subsolo para saber que coisas bem piores do que sacrifícios humanos costumavam acontecer ali.

Ele abriu a porta de trás e arrastou Holly para fora. Quando tentou fazê-la ficar em pé, ela só fez se desequilibrar; então, ele a colocou por cima do ombro e, com o diabrete saltitando ao lado, foi em direção à porta lateral do prédio.

A porta estava destrancada – *os cristãos confiam demais nos outros* –, e ele entrou. Foi em direção ao armário, tentando não tocar em nenhum banco pelo caminho. A porta do armário estava destrancada, e o diabrete a manteve aberta para que Michael pudesse entrar, com Holly ainda em cima do ombro.

Ele colocou-a no chão, encostando-a num canto na esperança de que assim não caísse. Em seguida, ajoelhou-se com cuidado perto da parede dos fundos e passou os dedos por baixo da beirada do carpete, que se suspendeu. Com um forte puxão, Michael dobrou-o, deixando à mostra um alçapão no chão descoberto.

Após prender o carpete para que não caísse de volta em cima do alçapão, ele o abriu e ergueu Holly mais uma vez. O diabrete agarrou a lanterna e desceu os degraus cambaleando na frente dos dois, com o feixe de luz balançando descontroladamente de um lado a outro.

Foram adentrando uma escuridão tão densa que Michael se perguntou se eles não teriam chegado ao inferno. Odores

Feitiço

violentos atacavam as suas narinas, o ar úmido e frio carregava o cheiro de sangue e morte. Então chegaram ao final da escada e se encontraram no porão que a igreja batista desconhecia por completo. Havia algo maléfico cobrindo as paredes e se infiltrando pelo chão. Michael tremeu enquanto aquilo o envolvia, deixando-o arrepiado. Aquele lugar era sombrio, maléfico e tinha presenciado coisas bem piores do que tudo que Michael já tinha feito. Aquilo o assustava e, como pouquíssimas coisas tinham essa capacidade, isso lhe causou prazer. Tinha estado ali uma vez quando era criança. O pai o tinha levado, e toda aquela experiência ainda estava bem nítida na sua memória. Na época, ele não teve coragem de perguntar como o pai tinha descoberto aquele lugar.

Ele fez Holly ficar de pé mais uma vez e colocou o braço ao redor dela para fazê-la ficar com a postura ereta. Ela se virou, olhou para ele com os olhos selvagens arregalados e começou a arrulhar baixinho. Quase parecia que ela estava cantando cantigas de ninar. Ela soltou uma gargalhada alta, e o som ecoou pelas paredes, voltando mais animalesco e grave.

Michael tremeu de novo enquanto analisava os olhos da garota. Holly parecia... feliz... como se o que quer que a estivesse possuindo tivesse encontrado um lugar que apreciava. Ele ficou contente com isso. O diabrete saltava de um canto para o outro, deixando tudo pronto. Finalmente ele terminou e se aproximou de Michael. A estranha criatura se endireitou e fez uma lenta reverência, com mais dignidade do que Michael imaginava que ele era capaz. Era mesmo uma ocasião importantíssima.

Dechtere

Um pentagrama invertido estava desenhado na parede oposta ao local onde estavam. O símbolo tinha sido inscrito com sangue fresco – de quem, ele não sabia. De repente, a silhueta de um velho apareceu, surgindo da parede e atravessando o pentagrama, fazendo o sangue dos cinco pontos cobrirem a sua roupa.

Michael o tinha visto quando foi ao porão com o pai. O velho era uma espécie de sacerdote das trevas – ou pelo menos o espírito de um. Ele fazia rituais para aqueles que precisavam e assombrava os cristãos lá de cima quando não tinha o que fazer.

– O que você deseja? – perguntou ele, com a voz ficando aguda.

– Desejo que esta mulher vire minha serva.

O velho se aproximou, com os olhos flamejantes.

– Esta? – perguntou ele, erguendo o queixo de Holly com o dedo longo e ossudo.

– Sim.

– Com cuidado você deve fazer isso. Ela não é do seu tipo.

Michael deu um sorriso fraco. *Um fantasma dando uma de Yoda.*

– Nem está ciente das coisas.

– É verdade. Mas é melhor temer o dia em que isso vai mudar. Você estará igualmente preso ao que eu o prender agora.

– Eu assumo o risco – disse-lhe Michael.

O velho fez que sim com a cabeça devagar, e Michael conseguiu escutar o ranger dos ossos quebradiços. Os dedos

Feitiço

pálidos do sacerdote adentraram o manto antigo e tiraram de lá um *athame*. Ele reluzia uma luz própria e malévola, e Michael conseguia escutar gritos distantes vindos da arma. *Uma lembrança dos sacrifícios de outrora*, pensou ele.

O velho estendeu a mão e cortou a palma de Holly e depois a de Michael. Michael não conseguiu se conter e sibilou de leve por causa da dor. Estava acostumado a ser cortado durante cerimônias, mas por alguma razão aquela dor era diferente, era como se fosse mais intensa devido ao local, à hora e à sua intenção.

O velho olhou para ele por debaixo das sobrancelhas peludas.

— Tornar-se servo de outra pessoa é compartilhar poder... e dor.

Michael hesitou, imaginando brevemente o que isso acarretaria quando chegasse a hora de matar Holly. Mas deu de ombros, livrando-se do pensamento. Milhares de bruxas e bruxos tinham passado por aquela cerimônia, e era raro que essas uniões durassem mais do que os casamentos dos mortais. Com certeza encontraria alguma maneira de rescindir o contrato.

O sacerdote segurou as mãos ensanguentadas e as pressionou uma contra a outra até que o sangue de Holly estivesse fluindo nas veias de Michael e vice-versa. Em seguida, o sacerdote pegou um cordão preto de seda com o diabrete e amarrou as mãos unidas.

— Sangue com sangue, magia com magia, neste exato momento vocês estão dobrando seus poderes. Assim como Eva se prendeu à serpente, esta mulher agora está presa a você. – Então o sacerdote circulou cada um deles devagar, cortando as roupas deles com o *athame*. Ao terminar, os dois estavam nus, ainda de mãos presas, sangrando por causa dos vários cortes superficiais da lâmina.

Michael encarou Holly e sentiu a luxúria espalhando-se pelo seu próprio corpo. Ele não tinha refletido muito sobre essa parte da cerimônia, um evidente lapso de sua parte.

– Possua-a, pois ela é sua – ordenou o sacerdote.

Michael deu um passo adiante para fazer justamente isso, mas Holly cambaleou e caiu no chão, inconsciente. A força da queda desfez o cordão preto que unia as duas mãos, e Michael ficou encarando-a.

Ela era dele, e ele a possuiria... mas não sentiria nenhum prazer se ela estivesse inconsciente. Tinha aprendido isso da pior maneira possível, com a tia de Holly, Marie-Claire – a mãe das duas outras bruxas Cahors, Nicole e Amanda Anderson.

Ele suspirou.

– Traga as mudas de roupa – ordenou ele para o diabrete enquanto dava as costas para o corpo inerte de Holly.

Seattle: Confraria Tripla

Richard andava de um lado para outro como um animal enjaulado. Sentia como se as paredes estivessem se aproximando. Conseguia sentir que a filha o observava. Sasha, a outra mulher no aposento, também o observava. Apenas os três estavam acordados, mantendo vigília durante a noite enquanto os outros dormiam.

Feitiço

Agora que sabiam do paradeiro de todos – exceto de Holly e de Nicole –, os outros tinham começado a falar sobre planos de resgate. Sasha insistiu muito em que alguém tentasse entrar no Tempo do Sonho para encontrar o seu filho Jer. Se ele ainda estivesse vivo. Pelo menos o corpo ainda estava. Eles o tinham encontrado a alguns metros da cabana arruinada. Alguém o tinha carregado até lá.

Considerando que Holly tinha voltado do Tempo do Sonho louca e possuída, quase ninguém concordava com Sasha. No entanto, ele compreendia o que ela estava dizendo. Se Jer estivesse vivo, eles precisavam pelo menos tentar resgatá-lo. Se estivesse morto, poderiam seguir em frente e focar as energias em outra coisa.

Sasha interrompeu os pensamentos dele.

– Você viu muito sofrimento durante a guerra.

Era uma afirmação, não uma pergunta, e ele olhou-a, surpreso.

– É tão óbvio assim?

Ela deu um leve sorriso.

– Para mim, é. Mas eu sei uma coisa ou outra sobre sofrimento.

Ele a encarou. Amanda tinha lhe contado que Sasha tinha sido casada com Michael e que tinha abdicado dos dois filhos quando fugiu dele e de todo o seu mal. Ele achou que ela realmente devia saber algo sobre sofrimento... e sobre perda.

Richard puxou uma cadeira e se sentou na beirada.

– Sim, imagino que saiba mesmo.

Amanda olhou para os dois com uma expressão confusa no rosto.

Richard se inclinou para a frente.

— Passei um ano no meio da selva. Com pouquíssima comida, pouco sono, amigos morrendo todos os dias. Quando achávamos que tínhamos ganhado algumas horinhas de paz, os vietcongues apareciam, cercando a gente, e o barulho dos disparos praticamente abafava os gritos de quem estava morrendo. À noite, quando eu nem sabia se veria o sol nascer, a única coisa que me mantinha vivo era a esperança de voltar pra casa e passar o resto dos meus dias em paz, com sossego, ao lado da minha esposa.

Ele olhou para Amanda e viu as lágrimas escorrendo pelo rosto dela.

— E agora nós sabemos o quanto esse plano deu certo — disse ele, sarcástico.

— Mamãe não compreendia — sussurrou Amanda, arrasada.

— Não, não compreendia. Mas acho que você compreende — disse ele, tocando na bochecha da filha. — Desculpe mesmo, filha. Eu daria tudo para poupar você de todo esse sofrimento e medo.

— Eu sei, papai — disse ela, chorosa. Então se jogou nos braços dele, e ele a abraçou enquanto os dois choravam, por si mesmos e um pelo outro. Sasha colocou a mão no braço do pai, e ele também conseguiu sentir o sofrimento da filha, assim como o luto que ela sentia por eles. Naquele instante, ele percebeu que precisava encontrar o filho dela.

Santa Cruz: Confraria Mãe

Luna, Sacerdotisa-Mor da Confraria Mãe, estava perplexa. Ela tinha pedido ajuda à Deusa para encontrar Holly. Em vez disso, a Deusa tinha lhe mostrado outra bruxa Cathers.

Feitiço

— Deusa, como isso é possível? Quem é essa bruxa que vejo?

Uma gata cinzenta de grandes olhos amarelos entrou rapidamente no cômodo e se sentou diante dela. Então a gata abriu a boca, e uma voz retumbante de mulher se manifestou:

— O que você procura foi perdido há um século. Duas irmãs, separadas uma da outra, uma que devia permanecer na Cidade dos Demônios e a outra que ficaria com o pai. A morte chegou para ambas e os filhos que nasceram delas terminaram se perdendo, e os seus descendentes esqueceram quem eram. A Confraria Cahors ficou praticamente extinta.

Luna ficou sentada, perplexa, sem conseguir nem respirar, muito menos falar. A Deusa tinha aparecido para ela dessa maneira apenas duas vezes, muitos anos antes. Ela baixou a cabeça, sentindo que não era digna daquilo.

— Minha Deusa, eu estava procurando Holly.

— E para encontrá-la você deve primeiro encontrar quem a complementa. Procure o outro bruxo na cidade em que a escuridão impera. Busque um nome derivado do antigo. Você está procurando um Carruthers que talvez possa ajudar a restaurar a sanidade de Holly.

A gata ficou parada, piscou uma vez e saiu do cômodo, deixando Luna abalada e humilhada.

— Para a Cidade dos Demônios eu vou – jurou ela.

Ela podia jurar que escutou a Deusa suspirando em resposta.

QUATRO

ÁRTEMIS

☾

Triunfantes, os Deveraux estão a reinar
Nada jamais o mesmo será
Cahors gemem e Cahors choram sem igual
Debaixo do céu de veludo a dor é fatal

Tudo que é puro não passa de um rumor
E também não passa de um pretexto o amor
Nós o usamos para tudo, a bondade é fugaz
E não há absolutamente nada veraz

Seattle: Michael e Holly

Michael achou que Holly talvez estivesse com uma aparência melhor. Mas era tão difícil ter certeza disso. Os olhos dela estavam brilhando... *ela pode estar com febre, ou uma das bestas infernais dentro dela pode estar ficando mais forte.* Ela não estava mais babando... *talvez esteja desidratada.* Holly até conseguiu comer alguma coisa sem ajuda... *mas está com mais comida no rosto do que dentro da boca.* Ele suspirou. Só tinha uma maneira de descobrir.

Ela estava sentada no sofá, contemplando os joelhos. Com cautela, ele se sentou ao seu lado.

– Holly, você está me ouvindo? – perguntou ele.

Feitiço

Ela fez um rápido sim com a cabeça.

– Está me entendendo?

Ela olhou para ele e fez que sim mais uma vez.

A-ha, um progresso!

– Holly, quero que você preste bastante atenção no que vou dizer.

Ela ainda estava olhando para ele. Era um bom sinal.

– Holly. Quero que você mate Amanda e Nicole Anderson.

Ele esperou um instante enquanto ela parecia pensar sobre aquilo.

– Matar Amanda e Nicole – repetiu ela devagar.

Ele queria prender a respiração. Era algo tênue, mas parecia haver alguma conexão lá dentro. Tentou se ligar à mente dela, pressionando um pouco. *A minha vontade é a sua.* Era assim que a servidão funcionava.

– Holly, pode fazer isso? – perguntou ele em voz alta.

Ela ergueu a mão.

– Matar – sussurrou ela. Todas as lâmpadas do cômodo explodiram de uma vez.

Na escuridão repentina, a única coisa que Michael conseguiu dizer foi:

– Muito bem, muito bem.

Luna: Los Angeles

Luna, Sacerdotisa-Mor da Confraria Mãe, olhava pela janela enquanto o avião sobrevoava o Aeroporto Internacional de Los Angeles. Uma névoa pesada e venenosa pairava sobre a cidade como uma mortalha sobre um corpo em decomposição. A terra, o mar, o próprio ar – ali isso tudo era veneno, e todas as pessoas eram cadáveres ambulantes, carcaças de seres humanos, vazios e ocos. No entanto, isso não era a origem da escuridão, da escuridão que ela conseguia ver, mas a maioria das pessoas não. Havia um manto cobrindo toda a área, era preto e se contorcia como tantas outras sombras. O mal que fervilhava dos prédios, das pessoas e da própria terra era intenso demais.

Ela moveu os lábios, suplicando à Deusa proteção e orientação. A sua pele se arrepiou quando o avião começou a descer. A adolescente sentada ao seu lado, constrangida, se ajeitou no assento, se afastando de Luna. *Ela acha que sou louca*, pensou Luna com tristeza. Observou a roupa decotada da garota, o seu olhar desalmado e as feições aperfeiçoadas por cirurgia plástica. *Na verdade é ela que está louca, sacrificando a juventude e a alma para essa cidade do mal, que devorou tantos outros antes dela e que vai devorar muitos outros depois dela.*

Luna se virou mais uma vez para a janela. O avião nem tinha pousado ainda e ela já estava se sentindo cansada, exausta, velha. Continuou com as preces, fortalecendo a mente e tentando acalmar até as células do seu corpo, que se encolhiam por causa dos horrores lá de baixo.

Quando o avião pousou, sentiu-se mal por dentro e por fora. Levaram quinze minutos para chegar ao portão, e, quando o aviso de apertar os cintos enfim foi desligado, a garota ao seu lado saltou do assento e foi em direção à frente do avião. A porta se abriu e o ar do terminal jorrou para dentro, misturando-se com o do avião; Luna sentiu o estômago revirar, com náusea. Deu uma olhada ao redor: ninguém

Feitiço

pareceu perceber a mudança, todos estavam ocupados com as malas. Ela suspirou profundamente e fechou os olhos. *Às vezes ser bruxa é um inferno.*

Atravessou o aeroporto o mais rápido possível. O lado feio da cidade conseguia prosperar até mesmo ali. Pedintes andavam pelos cantos vendendo adesivos e outras quinquilharias, esfregando a sua presença na cara de todos. Luna balançou a cabeça devagar para uma pedinte. A jovem ganhava mais em um ano mendigando do que a maioria das famílias de férias que lhe jogavam dólares por culpa.

Quando a mulher se aproximou dela, Luna olhou bem nos seus olhos.

– Acho que você deveria ir para casa. Deixe de ser um fardo para a sociedade, trabalhe para melhorá-la.

Confusa, a jovem fez que sim com a cabeça lentamente e se virou para ir embora. O encantamento passaria em algumas horas, mas pelo menos ela tinha garantido alguns momentos de paz para o jovem casal de Ohio que seria o próximo alvo da mulher.

Luna foi atrás do transporte terrestre, com a mala para uma noite bem firme na mão. Los Angeles era um lugar perigoso, até mesmo para uma bruxa. E, em algum lugar no meio de todo o caos e insanidade, estava um jovem que ela precisava encontrar. Rezava para que o coração dele não tivesse sido deturpado pelo mal ao seu redor. Rezava para que ele servisse à Deusa. E rezava para que pelo menos não servisse ao Deus Cornífero... *ou a algo pior.*

Lá fora, os carros engarrafados disputavam entre si as vagas perto do meio-fio. As buzinas e os gritos se misturavam aos apitos do guarda de trânsito, formando uma cacofonia ensurdecedora.

Ela chamou um táxi e entrou nele. Precisou de todas as suas forças só para comunicar ao motorista o nome do hotel ao qual queria ir. O Wilshire Grand Hotel era um dos hotéis de maior prestígio em Los Angeles; ficou sem entender por que tinha sido tão difícil explicar para onde ia. Suspirou e se afundou no banco. O trajeto não seria nada fácil.

Meia hora depois, o táxi parou no hotel e Luna soltou as unhas do banco. *Devo ter perdido uns dez anos de vida*, pensou ela, com amargura. O caminho faria até o guerreiro mais resistente ficar verde de enjoo e pálido de medo.

Ela fez o check-in e foi levada até o quarto. Não tinha muitas coisas na mala para arrumar. No entanto, precisou de tempo para proteger o quarto e espalhar bastante magia arcana pelos cantos.

Pediu um jantar leve pelo serviço de quarto e comeu sem pressa. Após terminar, vestiu-se para a noite. Escolheu um vestido branco e simples que adornou com joias prateadas em forma de lua. Deu uma olhada no espelho antes de sair. Estava na hora de ir ao teatro.

Em questão de minutos, estava no Ahmanson Theatre. Aceitou o encarte com o programa e encontrou o assento uns dez minutos antes de o espetáculo começar. Aproveitou o tempo para ler o programa.

O histórico Ahmanson Theatre tinha sido o local de estreia de *O Fantasma da Ópera* na Costa Oeste do país. Agora o musical estava de volta, com um jovem de ascensão meteórica no papel do Fantasma. Ela leu a biografia dele com um sorriso no rosto. Alex Carruthers estava impressionando plateias do país inteiro ao interpretar o Fantasma atormentado. Ele atuava desde os sete anos, quando ganhou o papel de Winthrop Wallace numa produção teatral local de *Vendedor de ilusões*. Após o colégio, tinha estudado numa famosa escola para atores em Los Angeles. Aos 23 anos, era o ator mais jovem da história a estrelar *O Fantasma da Ópera*.

As luzes do teatro se enfraqueceram, indicando que as pessoas deviam se acomodar. Cinco minutos depois, as cortinas se ergueram. Quando o primeiro ato terminou, Christine, a bela heroína da história, não era a única pessoa enfeitiçada pelo Fantasma.

Alex Carruthers tinha cativado a plateia inteira.

Alex Carruthers mexia com a multidão, que o adorava. Luna ficou observando-o como Fantasma. Enquanto ele cantava "The Point of No Return", tentando seduzir a jovem que interpretava Christine, a energia sexual emitida por todas as mulheres do teatro foi algo avassalador. E, quando o ato final acabou, até os homens estavam chorando.

Após cinco chamadas ao palco, as luzes do teatro se acenderam e a correria para sair começou. Luna ficou sentada por um instante, aguardando que sua fileira se esvaziasse.

O jovem era mesmo poderoso. Se possuísse outras habilidades tão fortes quanto seu carisma, ele realmente seria de um valor formidável. *Agora é hora de descobrir a quem ele serve.*

Ela se levantou e foi em direção ao palco.

– O meu percurso de todos os olhos proteja, que a invisibilidade a minha aparência seja – murmurou ela.

Sorriu para si mesma. Como era a Sacerdotisa-Mor, não precisava mais dizer os feitiços em voz alta. O clima de revolta na confraria devia estar afetando-a mais do que imaginava.

Subiu no palco e foi para trás da cortina, passando pelos ajudantes que já guardavam as coisas para a apresentação da noite seguinte. Enquanto passava por um dos camarins, a atriz que interpretava Carlotta olhou para ela desconfiada. *Ela é uma bruxa e sentiu a minha presença. Faz bem em se preocupar; ela tem muito a esconder.* Ironicamente, a atriz que fazia o papel da diva que o Fantasma desprezava não cantava tão bem. Ela tinha lançado um feitiço na própria voz para que ficasse aceitável. Luna parou por um instante enquanto um novo pensamento passou pela sua cabeça: *Ou talvez alguém tenha feito esse feitiço por ela.*

Seguiu em frente; a mulher não era quem Luna estava procurando. Quando parou diante do camarim masculino, Alex estava esperando por ela. Ele se levantou e foi até ela. Somente ele a enxergava; o restante continuava sem perceber a presença dela. *Me acompanhe.*

Ela acompanhou os passos dele. Após alguns instantes, chegaram ao camarim particular dele e entraram. Lá dentro, ela permitiu que a invisibilidade cessasse para que ele pudesse vê-la com nitidez.

Ele era alto, tinha um pouco mais de um metro e oitenta. Tinha o cabelo bem loiro e olhos azuis que crepitavam de tanta energia. *Ele não parece em nada com os Cahors, mas consigo sentir o sangue da família percorrendo as veias dele.*

Talvez não houvesse nenhuma semelhança física, mas a psíquica era inegável.

Alex se sentou e gesticulou para que ela também se sentasse. Ela se acomodou e começou a investigar a mente dele enquanto ele fazia o mesmo com a dela. Por vontade própria, Luna abriu áreas da sua mente aonde queria que ele fosse e fortaleceu os bloqueios mentais ao redor das coisas que ela não estava pronta para compartilhar. Ele fez o mesmo, e os dois ficaram fazendo essa dança, um forçando a mente do outro, defendendo-se do ataque do outro.

Enfim chegaram a uma trégua e foi bem na hora certa. Ele quase tinha destruído as defesas dela. *Minha Deusa, como ele é forte!*

– Por que você veio aqui? – perguntou ele.

– Para vê-lo.

– A quem você serve?

– Eu pertenço à Deusa. Sou Luna, Sacerdotisa-Mor da Confraria Mãe. – Ela ergueu o queixo. – E você?

– Sou Alex Carruthers, da Confraria do Ar. Também sirvo à Deusa.

Ela estreitou os olhos enquanto o observava. Por alguma razão, ela não achava que aquilo era totalmente verdade; não parecia ser a primeira resposta que surgiu na mente dele. Luna deu uma olhada ao redor. Atrás da porta havia um manto de seda azul-marinho com uma enorme lua nas costas. Na penteadeira, havia uma pequena estátua de Afrodite. Fora isso, o cômodo não tinha nenhum símbolo de magia.

Ela se forçou a relaxar um pouco. *Os dois são símbolos da Deusa. Se ele não recebeu instrução formal, deve haver alguma pe-*

quena variação na maneira como ele faz as suas adorações, e talvez seja isso que está me incomodando.

Ela deu um sorriso sombrio. Assim como a Deusa tinha diversas formas, também havia inúmeras maneiras de adorá-la, adotadas por culturas diversas. No fim das contas, todas elas tinham mais semelhanças do que diferenças e louvavam o mesmo ser. *É como os protestantes discutindo se são luteranos ou metodistas.*

Alex deu-lhe um sorriso encantador.

– Creio que louvamos a mesma Dama?

Ela concordou com a cabeça.

– Os outros da trupe... são a sua Confraria?

– Alguns – admitiu ele. – Nós, da magia, temos que ficar juntos.

– E a atriz que faz o papel de Carlotta... foi você que enfeitiçou a voz dela?

Ele suspirou, frustrado.

– Sim. Ela é uma atriz maravilhosa e sempre foi como uma tia para mim. Mas nunca cantou bem.

– Ninguém na plateia percebeu isso.

– Só você – salientou ele.

– Só eu – admitiu ela.

Alex a encarou por um longo instante.

– Você disse que veio aqui para me ver, Luna, da Confraria Mãe. O que deseja?

Ela sorriu e se inclinou para a frente.

– Quero que você se reconecte com as suas origens.

Ele franziu a testa, e Luna percebeu que o tinha surpreendido. Após um momento, Alex disse:

— Aos cinco anos descobri que era diferente, que conseguia fazer coisas acontecerem. Quando tinha dez anos, percebi que era um bruxo e que a minha mãe também tinha sido uma bruxa. Um ano depois, me juntei a uma confraria, e quando tinha quinze anos já era o líder da minha própria confraria. Sou um bruxo e tenho que esconder isso de uma sociedade que não progrediu tanto desde os julgamentos das bruxas de Salém. Não imagino que você tenha algo de novo para me dizer.

Ela riu baixinho.

— Pelo contrário.

Confraria Tripla: Seattle

Holly, ou o que tinha restado dela, estava parada diante do quarto de hotel onde os outros se escondiam. Ela inclinou a cabeça para o lado, escutando as incontáveis vozes lá dentro. Alguma coisa estava sendo dita sobre a morte.

Havia barreiras ao redor do hotel, mas eram fracas — ao menos *pareciam* fracas. Ela ergueu as mãos, sussurrando:

— Matar todos, matar todos eles.

Bolas de fogo apareceram no ar diante dela, centenas delas, brilhando e pulsando com uma energia mortal. Elas tremiam, ansiosas para serem lançadas no alvo.

— *Aggredior!* — exclamou ela, e as bolas de fogo dispararam como se fossem um bando de flechas.

A primeira onda colidiu contra as proteções, enfraquecendo-as. A segunda conseguiu perfurá-las, mas as esferas reluziram por um instante antes de desaparecerem. A terceira onda atingiu o prédio, fazendo-o pegar fogo imediatamente.

Ártemis

As pessoas gritaram lá dentro, e as portas se escancararam. Os membros da confraria se lançaram para fora do lugar, arremessando as próprias bolas de fogo enquanto tentavam encontrar algum tipo de abrigo. Holly riu e ergueu os braços para disparar mais uma salva na direção deles.

Antes que pudesse fazer isso, alguma coisa agarrou-a por trás, deixando-a sem ar. Ela ficou deitada no chão por um instante, perplexa. *Levante-se, levante-se*, sibilava uma voz na sua mente. Será que era a sua própria voz? Ela não sabia. *Corra logo. Não! Fique aqui e lute, destrua!*

Ela tapou os ouvidos com as mãos e gritou. As vozes estavam discutindo, pedindo para ela fazer uma coisa e depois outra.

– O que vocês querem de mim? – berrou. – Me deixem em paz!

– Holly! – Ela escutou uma voz gritar a distância, abafada, como se estivesse debaixo d'água. – Holly, cuidado!

O que eles querem de mim?, perguntou-se ela, erguendo a cabeça com raiva e virando-se para olhar. O que viu não fazia nenhum sentido. Era uma besta humanoide gigantesca e cinzenta, pairando sobre ela.

Holly rolou para o lado enquanto um punho enorme esmagava a terra onde estivera deitada. Ela soprou e um fogo irrompeu das pontas dos seus dedos, envolvendo a criatura.

O fogo não abalou o monstro, que foi para cima dela de novo. Ele a ergueu e começou a apertá-la, esmagando as suas costelas. A garota deixou a cabeça cair para o lado enquanto a sua vista escurecia.

Finalmente o fim... graças à Deusa.

Feitiço

Não! Mate-o. Destrua-o.
Eu não sei o que é isso.
Golem. Apague o primeiro símbolo na testa dele.

Holly estendeu a mão e enfiou o dedo no "e" da palavra "emet" que havia na testa da coisa. Pressionou-o. A criatura uivou de dor e a soltou, lançando as mãos para a própria cabeça.

Ela conseguiu se levantar, pronta para terminar o que tinha começado. Outra voz em seu interior, mais insistente, gritou: *Corra!*

E foi o que ela fez.

Sem poder fazer nada, Amanda estava parada, ofegante, observando Holly fugir de quatro criaturas enormes e pesadas.

— Espera, o que são aquelas coisas? — disse ela arfando.

— Golems — respondeu Sasha, solene. — Criaturas feitas de argila e imbuídas da vontade de quem as criou.

— Quem as fez? Michael? — perguntou Philippe.

Sasha balançou a cabeça devagar.

— São necessários anos de estudo detalhado dos ensinamentos cabalísticos para fazer um desses. É uma das magias mais difíceis e perigosas que podem ser feitas. Michael desconhece esses ensinamentos.

— Tem certeza? — perguntou Richard, ríspido.

Sasha fez que sim com a cabeça.

— A magia de Michael não se baseia nisso, e, pelo que sei, ele nunca se dedicou a outras religiões com zelo suficiente para chegar ao ponto de aprender essas coisas.

— Se não foi Michael, quem foi? — perguntou Philippe.

Ártemis

— Não sei, e é isso que me dá medo.

— O líder da Suprema Confraria — sussurrou Pablo, tão baixinho que eles mal o escutaram.

Armand concordou com a cabeça.

— Você disse que esses Golems estão impregnados com a vontade de quem os criou?

Sasha concordou.

Armand se virou para Pablo.

— E foi o líder da Suprema Confraria que você sentiu quando eles estavam aqui.

Pablo tremeu ligeiramente.

— Sim. E eles estavam procurando Amanda.

— Se eles estavam me procurando, provavelmente também há outros atrás de Holly e Nicole — murmurou Amanda.

Sasha colocou o braço ao redor dos ombros de Amanda.

— Vamos cuidar de você, querida. Mas não estamos mais seguros aqui, precisamos ir embora.

— Para onde? — perguntou Amanda, com o coração pesado de tanta preocupação.

Por um longo minuto, houve silêncio. Kari, que não dizia nada desde o ataque, foi quem finalmente falou algo:

— Eu conheço um lugar.

Alex e Luna: a caminho de Seattle

Alex estava sentado ao lado de Luna, no avião a caminho de Sacramento. Uma ligação de uma das mulheres da confraria de Luna antes de saírem de Los Angeles os fez voar para lá. O avião estava quase vazio, e eles eram os únicos viajando na primeira classe. Alex parecia... nervoso. *Eu também estaria se estivesse prestes a conhecer um ramo novo da minha família e a me juntar a eles numa luta contra o mal.* Ele se virou e sorriu para ela.

O restante da confraria dele tinha ficado em Los Angeles, apesar das fortes objeções. No fim das contas, Alex não ordenou que eles ficassem; convenceu-os a fazer isso. O grupo acabou concordando em ficar para trás não porque o que ele ia fazer era perigoso, nem porque era melhor ele conhecer a sua família sozinho, muito menos porque era o que ele queria. Eles ficaram porque o espetáculo tinha que continuar. Havia um substituto que podia fazer o papel do Fantasma por alguns dias, mas não substitutos suficientes para que todos pudessem se ausentar. Então, após muitos suspiros e bênçãos rituais, deixaram que Alex fosse embora, desejando que a Deusa o trouxesse de volta em breve. A proximidade entre os membros do grupo a surpreendeu.

O fato de a confraria dele funcionar há tantos anos sem a Confraria Mãe saber a deixava nervosa. *Como é possível se nós dois louvamos a Deusa?* Era um mistério, e ela sabia que não obteria nenhuma resposta de Alex. As sacerdotisas teriam tempo para quebrar a cabeça com isso, já que ela precisava reunir Alex com as primas.

Os dois estavam no avião havia menos de meia hora e já estava bem claro que uma das aeromoças achava Alex irresistível. Parecia que uma energia emanava dele, e o seu rosto era estranhamente iluminado. Não ficou surpresa ao ver jovens se sentindo atraídas por ele.

Mas a seu favor havia o fato de ele não ter dado corda para a aeromoça. Na verdade, mal percebeu a presença dela;

era como se ela nem existisse. Luna estreitou os olhos enquanto o observava.

– Gostaria de beber alguma coisa? – perguntou a aeromoça, enfim voltando os olhos para Luna.

– Refrigerante – disse ela. – E o esqueça, garota – acrescentou baixinho.

A mulher ficou sem reação, encarando-a inexpressivamente por um momento antes de abrir mais uma vez o sorriso de ninguém-encheu-o-meu-saco-ainda-nesse-voo.

O voo parecia interminável, mas enfim o avião pousou. Eles foram pegar as bagagens. Luna pegou o celular e ligou para uma pessoa da Confraria Mãe que tinha ficado em Seattle quando o restante do grupo foi para Santa Cruz. A mulher atendeu no primeiro toque e falou apenas três palavras: *indo*, *casa* e *Winters*.

Luna desligou sem dizer nada. Após pegarem a mala de Alex, eles saíram e chamaram um táxi.

– Para onde vamos? – perguntou o motorista, olhando para os dois.

– Winters.

– De que país vocês são? – perguntou o motorista com chiclete na boca.

– Canadá – disse ela sucintamente.

– Ah, Canadá. Lindo país. Estão de férias?

Com um movimento do punho, Luna fez o interesse do motorista desaparecer e se recostou para relaxar durante o percurso. Considerando a sorte que a Confraria Cathers tinha, era melhor guardar as energias para quando os encontrasse.

Feitiço

Confraria Tripla: Winters, Califórnia

Richard tinha ganhado a discussão: de todos os presentes, ele tinha sido o escolhido para entrar no Tempo do Sonho e ir atrás de Jer Deveraux. Tinha argumentado que, por estar em boa forma, suportaria melhor a austeridade do local. Armand queria ir, mas Richard vetou; caso os Golems aparecessem, seria melhor que ele estivesse perto da sua filhinha, protegendo-a.

Agora, na cabana que Kari tinha mostrado a eles – e que pertencia à sua família –, Richard sentia o pulso acelerando, como se estivesse se preparando para uma batalha. *E deve ser bem parecido mesmo*, pensou. Queria que eles tivessem conseguido obter alguma informação sobre o Tempo do Sonho com Holly, mas ela só tinha balbuciado sobre fogo. E, claro, sobre demônios. Ele fez uma careta. Barbara também não tinha ajudado muito mais do que isso. Tudo o que ela dissera foi que ficou presa em alguma espécie de caverna – ou pelo menos era isso que ela achava.

Ele se levantou e aceitou as marcações que o xamã foi fazendo no seu corpo. Tinha sido alertado de que, no Tempo do Sonho, a mente seria a sua arma mais poderosa. O que era algo bom. Ele não tinha nenhuma habilidade mágica, mas com certeza era capaz de imaginar uma carnificina. Uma carnificina imensa.

Não tinha muita certeza se valeria a pena ir atrás de Jer, mas ninguém parecia ter muita certeza disso, tirando Sasha e Barbara. Barbara insistiu em que eles não podiam abandoná-lo lá dentro. Ela mesma tinha passado mais de um ano ali antes que Jer e Holly a resgatassem e achava insuportável saber que havia alguém preso por lá, vivenciando o mesmo inferno que ela havia experimentado.

O instinto de Richard dizia que ela estava certa; afinal, ele tinha sido um Ranger, um soldado de elite. *Os Rangers nunca deixam ninguém para trás. Não podemos permitir que os cadáveres sejam identificados.*

Ele respirou fundo e se deitou no meio do círculo. Exalou profundamente, permitindo que a mente ficasse focada por completo e se livrando de todas as distrações exteriores.

Fechou os olhos e, ao abri-los, estava em outro lugar. A terra debaixo dos seus pés estava ressecada. Uma rajada de vento quente passou por ele, deixando-o arrepiado. O mal estava em ação e permeava o ar como se fosse uma umidade. Richard temeu que cobrisse sua pele e a fizesse se decompor.

Balançou a cabeça para afastar esses pensamentos ridículos. Tinha um trabalho a fazer. Virou-se devagar, assimilando o que havia ao redor. Sorriu. Não tão longe, havia uma gigantesca montanha feita de pedra. Devia ser onde Barbara tinha ficado presa e, por conseguinte, o último lugar onde Jer tinha estado.

Caminhou naquela direção com os sentidos em alerta. Pela mente, colocou barreiras ao redor de si, muros impenetráveis. E, depois das barreiras, alarmes que o avisariam caso alguma criatura se aproximasse. Um ano na selva o ensinara a erguer barreiras na mente e a controlar os próprios pensamentos quando queria. Nunca imaginou que precisaria fazer isso novamente.

Sabia que Marie-Claire odiava esse autocontrole. Ela reclamava que, após voltar da guerra, ele não "se abriu com ela".

Feitiço

Só Deus sabe o quanto ele tentou. Mas ela cansou de esperar. Nos últimos tempos, ele se perguntava se ela não ficaria contente em saber que todas as suas barreiras desmoronaram após a morte dela, deixando a mente dele exposta para todos.

No entanto, agora esses pensamentos não faziam parte dele. Richard tinha reassumido o controle da sua vida e era hora de ativar o seu instinto de sobrevivência.

Logo chegou à montanha. Até a pedra tinha sido queimada pelo incêndio que devastara tudo. Devagar, minuciosamente, ele começou a dar a volta na montanha no sentido horário, em busca de alguma abertura, fissura, de qualquer coisa.

Estava andando havia vários minutos quando avistou uma coisa. Era uma saliência de pedra no formato de uma mão humana. Com o couro cabeludo formigando, ele se aproximou para olhar mais de perto.

Não era algo parecido com uma mão, *era* uma mão. Era como se ela estivesse pressionando a pedra para fora, presa lá dentro, tentando se soltar. Ele ergueu os dedos para tocar a mão e fechou os olhos. Estendeu a mente, atravessando a camada de pedra e indo parar lá dentro.

Sentiu dor, raiva e... surpresa. Sorriu ao perceber que tinha encontrado Jer. Forçou os pensamentos da cabeça, fazendo-os percorrer os braços até os dedos e entrar na pedra e na mão de Jer, subindo em seguida pelo braço até chegar à mente dele. Tinha conseguido estabelecer uma conexão, estava sentindo-a.

Você está bem?

Ártemis

A resposta veio fraca, mas nítida. *Não estou ferido, mas estou meio que pirando.*

Ótimo, estou aqui para ajudar.

Quem é você?

Sou o pai da Amanda e da Nicole.

Uma forte sensação de surpresa se espalhou, e ele não conseguiu conter a risada. *Nunca subestime um homem de mais idade.*

Nunca mais cometo esse erro, respondeu Jer.

E então, o que foi que aconteceu?

Holly não lhe contou?

O que ela disse não fez muito sentido.

Por um instante houve um silêncio, e ele percebeu que Jer estava pensando no significado daquela resposta. Mas não fez nenhuma pergunta sobre isso.

Bem, a pedra se transformou em duas cobras que estavam brigando entre si. Uma delas me engoliu e então elas viraram pedra de novo.

Richard deu um passo para trás e deu uma olhada na pedra. Parecia uma montanha comum. Mas ele estava olhando com os olhos. Fechou-os e viu a imagem em sua mente. Aos poucos, começou a distinguir duas formas diferentes, serpentes que se picavam. Jer estava preso dentro de uma delas, a apenas alguns metros da boca.

Ele se aproximou para tocar novamente a mão de Jer e sentiu o pânico do rapaz por ter sido abandonado de repente mais uma vez.

Está tudo bem. Não vou abandoná-lo, assegurou-lhe ele.

O Fogo...

Feitiço

Não tem nenhum fogo agora. Vou desconectar por um instante, mas não vou embora.

Jer não respondeu, mas Richard sentiu que ele foi relutante em aceitar. Afastou a mão de novo e ficou observando a montanha.

Naquele momento conseguia ver as serpentes com os olhos. Observou-as. Jer estava na garganta de uma. Concentrou o olhar na pedra ao redor da mão de Jer. Imaginou a pele da cobra se esticando, ficando mais fina e, por fim, rompendo e soltando o seu tesouro.

A pedra gemeu, angustiada, e, com um grito agudo, começou a se romper ao redor da mão de Jer. Devagar, como num parto, a mão conseguiu fazer com que um corte se formasse na pedra. Era terrivelmente cicatrizada, mal parecia humana. O corte se alargou e o restante do braço apareceu. Em seguida foi a vez da outra mão e depois do braço.

Enfim a cabeça saiu, e Jer buscou ar, arfando. Ele estava medonho, mas Richard tinha se preparado para isso. O jovem tinha sido queimado pelo Fogo Negro, e Sasha tinha dito a Richard que ele só estava vivo devido à força de uma magia muito poderosa. Após dar várias inaladas ofegantes, ele berrou:

– Me ajude!

– Me ajude a ajudá-lo – disse Richard com calma. – Imagine a rocha se partindo, imagine o pescoço da serpente rompendo e o libertando.

Jer fechou os olhos, e Richard conseguiu *sentir* que estava ajudando. Conseguiu sentir a pedra se separando mais depressa. Momentos depois, Jer estava caindo no chão, segurando-se para não vomitar.

Ártemis

Richard esperou um instante para que ele se acalmasse antes de se aproximar e ajudá-lo a se levantar. O rapaz se ergueu devagar, com as pernas tremendo.

– Há quanto tempo estou preso aqui?
– Só alguns dias – assegurou-lhe Richard.
– Pareceu uma eternidade.
– Imagino. Você consegue andar? É melhor sairmos logo daqui – disse Richard. Como se tivesse ouvido a deixa, um dos seus alarmes disparou. Algo estava se aproximando.

Parte Dois
Fogo

☾

Alguns devido ao fogo padecem
Outros pela água esmorecem
O ar pode trazer morte; vida, não
Mas todos à terra retornarão

Então desses três o fogo vou escolher
Para dançar queimando com o desejo de morrer
E enquanto a carne do meu osso derreter
Você vai me ouvir alegremente gemer

CINCO

MAGOGUE

☾

As bruxas agora estão em debandada
Pelo grande deus, o Sol, foram surradas
Elas gritam e falecem de pavor e preocupação
E desaparecem agora com a escuridão

Cahors deverão voltar dançando
Enquanto os Deveraux vamos queimando
Alguém novo está a chegar
E as fogueiras da noite irá saudar

Confraria Tripla: Winters

Odeio esperar, pensou Amanda enquanto estava sentada, vigiando o corpo parado do pai. *Parece que é tudo que tenho feito: esperar.*

– Então talvez seja hora de parar de fazer isso – disse uma voz masculina que ela não reconheceu. Amanda pulou quando a Sacerdotisa-Mor da Confraria Mãe apareceu dentro da casa com um rapaz belíssimo.

– Precisamos de proteções mais fortes – murmurou Tommy.

Amanda se levantou depressa.

– Sacerdotisa-Mor, bendita seja.

– Bendita seja – disse a mulher solenemente.

Feitiço

Todos repetiram as palavras.

– Amanda, gostaria de lhe apresentar Alex Carruthers, seu primo.

Amanda ficou piscando os olhos, sem entender.

– Meu o quê?

– Seu primo.

– Não sabia que você tinha tantos parentes – disse Tommy, sarcástico. – Tem primo seu aparecendo de tudo quanto é lugar.

Amanda ficou parada, somente olhando. *Mais um primo? Será que a minha mãe sabia da existência dele?*

Alex deu um passo à frente, estendendo a mão. Amanda se recompôs e deu um passo à frente para apertar a mão dele. O contato físico fez com que uma corrente elétrica percorresse o braço dela, e a palma de sua mão ardeu. Foi como a primeira vez que ela e Holly apertaram as mãos, quando uma fez a outra sair voando para o outro lado do cômodo.

Ela desfez o contato, afastando-se.

– Então, Alex, seja bem-vindo ao nosso cantinho. Esses são os outros membros da minha confraria: Tommy, Kari, Philippe, Pablo, Sasha, Armand. Ali estão a Barbara e o meu pai – disse ela, apontando para o corpo deitado –, que não são da confraria, mas lutam conosco.

– Achei que fossem mais pessoas – comentou Alex.

– E eram – falou Philippe. – Mas algumas foram mortas recentemente e duas estão desaparecidas.

– Meus pêsames – disse Alex, baixando os olhos por um instante, em respeito.

– Que são bem-recebidos, assim como você – disse Amanda. – Por favor, sente-se. Estamos esperando o meu pai. Ele está no Tempo do Sonho australiano tentando resgatar um dos nossos.

Ele fez que sim com a cabeça enquanto se sentava numa cadeira diante da lareira de pedra da cabana.

– E as minhas outras primas... Holly e Nicole?

– As duas estão desaparecidas – disse Tommy.

– Ah, pelo jeito preciso me atualizar a respeito de muitas coisas.

– Primeiro queremos saber mais sobre você – disse Armand.

Amanda ficou surpresa. Armand, membro da Confraria Espanhola, que tinha estudado para se tornar padre, raramente falava e quase nunca questionava ninguém. Aquilo serviu de advertência para o grupo inteiro.

– Sim – disse ela, erguendo as suas barreiras mais uma vez. – Conte mais sobre você.

Alex sorriu de uma maneira que a deixou arrepiada. *Ele consegue ler a minha mente. O comentário dele no instante em que chegou não foi só coincidência!*

– Trabalho como ator e, por experiência e fé, sou um bruxo. Sirvo à Deusa.

– E você aparece justamente quando estamos precisando de outra pessoa? – perguntou Armand.

Alex ergueu as mãos, na defensiva.

– Algumas horas atrás eu nem sabia que vocês existiam. Luna me procurou e disse que eu tinha primas e que elas estavam precisando da minha ajuda.

– É verdade – disse Luna. – Pedi à Deusa que me mostrasse a bruxa Cahors perdida; estava querendo encontrar

Feitiço

Holly. Em vez disso, ela me mostrou Alex. O lado dele da família se separou do seu no início do século XX. A família dele, assim como a sua, esqueceu-se da linhagem. E, assim como você, Amanda, a sua prima e a sua irmã, ele descobriu sozinho as habilidades mágicas que possuía.

– Faço parte de confrarias desde novo – confessou ele. – Hoje sou líder da minha própria confraria.

– Bem, não precisa mais fazer nenhum feitiço para encontrar Holly – disse Kari com a voz trêmula.

– Vocês a encontraram? – perguntou Luna.

– Ela que encontrou a gente – disse Philippe com tristeza. – Ela veio atrás de nós.

– Ela atacou vocês?

Pablo limpou a garganta.

– Tenho algo a contar para vocês. Para todos vocês. Tenho conversado com... as forças que me dizem o que está acontecendo pelos ares e pelos vapores. Holly se tornou serva de Michael Deveraux.

Um silêncio de perplexidade tomou o grupo. A Sacerdotisa-Mor empalideceu nitidamente. Ela mudou de posição, constrangida, e perguntou:

– Tem certeza?

Philippe olhou para Pablo e fez que sim com a cabeça.

Ele já havia contado para Philippe. Mas Philippe não confia em Alex, caso contrário já teria contado a ela o que Pablo sentiu. Amanda baniu depressa esses pensamentos da cabeça. Se Philippe não queria compartilhar alguma informação, então a última coisa que ela devia fazer era começar a pensar sobre o assunto e deixar que Alex lesse a sua mente.

Magogue

De repente, Pablo se levantou com os olhos arregalados.
– Ela está aqui.
Kari se ergueu apressadamente.
– Como ela nos encontrou? Não contei nem para Jer sobre essa cabana!
Ignorando-a, Amanda se virou para Alex.
– Bem-vindo ao inferno. Espero que esteja pronto.
– O que ela é capaz de fazer?
Assim que as palavras saíram da sua boca, um guerreiro-esqueleto num cavalo fantasma atravessou a parede. O ombro da besta atingiu Luna, fazendo a Sacerdotisa-Mor girar e esbarrar em Amanda. As duas caíram juntas.
Do chão, Amanda conseguiu olhar o buraco na parede. Ela avistou Holly cercada por um exército de dezenas de fantasmas, com os braços no ar e o cabelo se agitando ao redor da cabeça.
Os soldados fantasmas começaram a atacar, lançando-se para cima do grupo. Então uma voz gritou, tão profunda quanto um trovão, e as paredes da cabana estremeceram. Ela olhou para cima e viu Alex em pé, de braços bem abertos.
– *Ego diastellomai anemos o apekteina eneka!* – exclamou ele.
– O quê? – perguntou ela. As palavras foram arrancadas dos seus lábios por um vento que pareceu surgir do nada.
– É grego – gritou Armand. – Ele está ordenando que o vento lute por nós.
Amanda observou embasbacada enquanto os guerreiros eram destroçados no ar, com pequenos tornados explodindo ao redor deles. Após um tempo, Holly foi a única que sobrou. Ela abriu a boca como se estivesse gritando alguma coisa, mas uma rajada de vento a ergueu e a arremessou ao chão.

Feitiço

Ela ficou imóvel por um longo minuto, e Amanda sentiu um aperto na garganta. *Será que ela...*

Lentamente, Holly se levantou. Ficou parada por um instante, somente olhando, e Amanda percebeu que ela estava fazendo contato visual com Alex. De repente, Holly se virou e sumiu em meio às sombras.

O vento morreu de imediato, e Alex pareceu se encurvar um pouco. Amanda se levantou, trêmula, e tirou a sujeira do corpo.

– Todo mundo está bem?

– Sim – respondeu Philippe. Ele se virou para Alex. – Como foi que você fez isso?

Alex deu de ombros.

– O ar... é um dos elementos básicos. Cada membro da minha confraria entende mais de um elemento específico. Eu sempre fui bom com o vento.

– E pelo jeito Holly não é muito boa com ele. Acho que encontramos um ponto fraco dela – notou Luna enquanto também se levantava. – Mas não podemos ficar aqui. Precisamos ir para algum lugar mais seguro, onde ela não possa nos encontrar.

– Não podemos ir embora antes que meu pai volte do Tempo do Sonho – protestou Amanda, começando a entrar em pânico.

– Você disse que ele foi pra lá resgatar alguém. Foi uma bruxa? – perguntou Alex.

Amanda hesitou.

– Na verdade, ele é um bruxo... é complicado.

Alex ergueu a sobrancelha.

– Imagino. Eu posso ir lá e tentar trazê-los de volta.

– Já mandamos gente demais para lá – protestou Philippe.

– Ah, mas algum deles tem experiência com viagem astral? – disse Alex, sorrindo.

Amanda balançou a cabeça, pesarosa.

– Não. Nenhum de nós tem experiência com isso.

O sorriso de Alex aumentou.

– Então ainda bem que estou aqui, pois por acaso eu tenho. É uma das habilidades de quem tem o ar como elemento.

– Claro que é – murmurou Tommy baixinho, só para Amanda. E ela tinha que concordar com ele: era coincidência demais. No entanto, na opinião dela, valeria a pena tentar qualquer coisa para trazer o pai de volta.

– Tudo bem, você está contratado – disse ela, forçando um sorriso não muito sincero.

Richard e Jer: Tempo do Sonho

O fogo estava se espalhando por todo lado, tão rápido que Richard não conseguia fazê-lo recuar. As chamas pretas e perversas se contorciam como se fossem um ente vivo, e ele conseguia sentir o calor delas na bochecha. Ele as repelia, mas elas voltavam, chegando cada vez mais perto até bolhas começarem a surgir na sua pele. Ao seu lado, Jer proferia encantamentos, mas o rugido do fogo abafava as palavras.

Um homem se aproximou deles, com o corpo parecendo abrir caminho entre as chamas. Após um instante, ele estava bem na frente dos dois.

– Tio Richard?

Richard hesitou por um instante antes de fazer que sim com a cabeça. Havia algo familiar naquele jovem, apesar de achar que nunca o tinha visto antes.

Feitiço

O desconhecido ergueu os braços e gritou numa língua estranha. De repente, havia vento por todo lado, e era tão forte que Jer e Richard começaram a balançar. O desconhecido, porém, não pareceu ser afetado. Então, como se as chamas fossem mil velas de aniversário, o fogo se apagou calmamente.

O silêncio se tornou quase ensurdecedor, e então o desconhecido falou:

– Sou seu sobrinho.

Deus nos acuda, pensou ele enquanto o encarava, sem acreditar.

– Sou Alex. Vamos. A sua filha está nos esperando.

Então, após um minuto, Richard abriu os olhos e viu o rosto da filha.

– Querida – disse ele, ofegante.

– Papai – exclamou Amanda enquanto o abraçava.

– Jer? – chamou ele.

– Estou aqui – disse uma voz rouca ao lado dele.

– E... o seu primo?

– Bem, obrigado, tio. – O jovem surgiu no seu campo de visão, com um sorriso contente no rosto.

Richard se sentou devagar, com todas as imagens do Tempo do Sonho surgindo em sua cabeça de uma vez só.

– Não tem ninguém possuído, né? – perguntou ele.

– Parece que não – assegurou-lhe Amanda.

– Ótimo. – Ele se virou para Jer. Alguém devia ter jogado uma toalha para ele, pois sua cabeça e seu rosto estavam cobertos.

– Alguma coisa aconteceu enquanto eu estava fora?

— Holly nos atacou de novo.

— Holly... atacou vocês? — perguntou Jer, parecendo confuso.

Amanda se ajoelhou e colocou a mão no ombro de Jer.

— Quando voltou do Tempo do Sonho, ela não estava sozinha. Demônios ou alguma coisa do tipo a haviam possuído.

— Não! — disse Jer, boquiaberto.

— E tem outra coisa que você precisa saber — falou Philippe, também colocando a mão no ombro dele. — Ela se tornou serva... do seu pai.

O grito de angústia que saiu de Jer foi algo que Richard nunca tinha escutado de um ser humano. Em respeito, ele baixou os olhos. Era o único gesto de privacidade que podia oferecer ao rapaz.

No entanto, quando Jer enfim falou, Richard escutou a frieza que havia em sua voz.

— Eu vou encontrá-la e libertá-la, mesmo que eu tenha que matar meu pai e eu mesmo.

Vamos todos orar para que não se chegue a esse ponto.

São Francisco: 17 de abril de 1906, oito da noite

Veronica Cathers esperava Marc Deveraux no quarto de hotel do Valencia. Ela conseguia sentir que ele estava se aproximando; o seu sangue esquentava. Era uma armadilha, tinha que ser, mas ainda assim continuou esperando. Não via Marc havia seis meses, desde que os dois se enfrentaram no porão do Coronado Hotel em Los Angeles.

Enquanto visitava a irmã, Ginny, em Los Angeles, Veronica se hospedou nesse hotel. Marc Deveraux era outro hóspede de lá, e não demorou muito para que eles se encontrassem. Ela estremeceu ao se lembrar disso.

Ouviu falar que o hotel virou cinzas, mas nunca voltou lá para ver os destroços. Tinha fugido no meio da noite e voltado para casa a tempo de enterrar o marido, que morrera no mesmo dia.

Veronica, o seu filho, Joshua, e sua amiga Amy estavam agora em São Francisco. Amy tinha insistido em que Veronica precisava de férias, de uma oportunidade para fugir um pouco de todo o sofrimento que havia em sua casinha em Seattle, que era assombrada pelas lembranças do seu falecido esposo. *E, no fim das contas, que descanso que isso vai ser!*

Marc Deveraux tinha solicitado esse encontro, alegando alguma espécie de trégua para que pudessem conversar – sobre o que ele não disse, mas ela conseguia imaginar. O telegrama dele tinha chegado naquela manhã e a abalou profundamente. *Como ele me encontrou?* Nervosa, ela alisou a saia do seu vestido cor-de-rosa claro. A renda que cobria a garganta e a parte de cima do peito começou a coçar dolorosamente. As mangas finas e apertadas limitavam os seus movimentos, e ela se arrependeu de ter escolhido aquela roupa.

Com a ansiedade tomando conta do corpo, Veronica ergueu a mão para tocar no medalhão que usava no pescoço. Dentro dele, havia uma mecha do cabelo de Joshua. Em um mês, ele completaria um ano. Naquele momento o menino estava com Amy, que sabia que não devia esperar acordada por ela. Veronica tinha prometido a Joshua que o veria de manhã. Esperava que pudesse cumprir a promessa.

Ouviu uma batida na porta. Aproximou-se e a abriu rapidamente, antes que perdesse a coragem.

Ele entrou apressado no quarto, e ela fechou a porta. Quando ele se virou e ficou de frente para ela, o coração dela foi parar na garganta, impedindo-a de dizer as palavras do encantamento de proteção que estava prestes a pronunciar. Ele a encarou, com os olhos pretos brilhando. Parecia uma pantera, de músculos tensionados, pronta para se lançar em cima da presa.

E dentro da sua cabeça ela escutou Isabeau sussurrando: *Jean*.

Não conseguia parar de olhar nos olhos de Marc. Eles a deixavam paralisada e investigavam sua alma. Uma eletricidade carregou o ar que havia entre os dois, e ela sentiu a pele das mãos e das bochechas formigar. *Será que ele também está sentindo isso?*

Então ele pulou em cima dela. Veronica jogou as mãos no ar para afastá-lo usando magia, mas era tarde demais. Marc as pressionou contra o seu corpo enquanto a abraçava e a beijava.

– *Moi*, Isabeau, como eu odeio você – disse ele suavemente entre os beijos.

Ao olhá-lo, não foi mais o rosto de Marc que ela viu, e sim outro, mais selvagem e impetuoso. *Jean!*

De sua própria boca, jorraram palavras que ela desconhecia. No entanto, ela tentou se controlar; esforçou-se para que Isabeau não a dominasse completamente, mesmo que Jean parecesse estar consumindo Marc.

Feitiço

Ele a ergueu nos braços e a carregou até a cama, sussurrando palavras impetuosas, mas ao mesmo tempo carinhosas. Ele a deitou e sentou ao seu lado. Segurou a mão dela e começou a beijar os seus dedos, mas ficou paralisado ao ver a aliança.

Foi Marc que olhou para ela e perguntou:

– Você é esposa de alguém?

Veronica balançou a cabeça.

– Sou viúva de alguém.

Então ele pressionou os lábios nos dela. Veronica escutou o tecido se rasgando enquanto ele arrancava o seu vestido. Ela, por sua vez, rasgou as roupas dele. Finalmente, ele ficou deitado em cima dela, com os corpos nus em contato.

– *Mon* Jean – murmurou Isabeau.

Mas foi Veronica que deixou que Marc a possuísse.

Quando a paixão se esgotou, eles ficaram deitados nos braços um do outro. Veronica nunca tinha se sentido tão viva e tão completa.

– Você é o meu único amor – sussurrou ele.

– Isabeau é o único amor de Jean. Você e eu somos apenas peças no jogo deles.

– Não – negou ele. – Eu amo e odeio você, como o que Jean sentia por Isabeau, mas o que sinto não é só por causa dele, é também algo meu. Em Los Angeles, eu desejei você. Desde então, passei todas as noites pensando em você, procurando você.

Ela alisou o cabelo dele, que estava úmido de suor.

– Também sinto o mesmo – confessou ela. – Tentei impedir isso, mas não consigo. Não sei muito sobre a minha fa-

Magogue

mília. Tudo o que sei aprendi com Isabeau. Ela falou comigo pela primeira vez na noite em que nós dois nos conhecemos.

– Assim como Jean fez comigo.

– Sei que nossas famílias se enfrentaram.

– E ainda se enfrentam – afirmou ele.

– Não acho que isso tenha que continuar – disse ela.

– Nem eu. Eu juro a você, Veronica Cathers, que a minha inimizade com você e a sua família acaba aqui. Vou fazer tudo o que puder para que os Deveraux desistam de se vingar.

– E eu vou trabalhar para que haja paz entre as nossas famílias pelo resto da minha vida.

Os dois se beijaram, mordendo os lábios um do outro até o sangue se misturar, oficializando o acordo.

– Pelo resto da minha vida – repetiu ela.

– Pelo resto da minha vida – respondeu ele, sussurrando.

E, quando os dois começaram a fazer amor mais uma vez, não faziam ideia do quanto essas vidas seriam curtas.

A terra gemeu, angustiada, como se estivesse em trabalho de parto. E, enquanto um tremor se espalhava, ela deu à luz dor, angústia e perda.

O terremoto começou sem nenhum alerta, fazendo Veronica chacoalhar e acordar. Ela e Marc estavam entrelaçados, e ele também se sentou. Antes que ela pudesse gritar um encantamento, os dois ouviram o som de gritos e de explosões. Um gemido fortíssimo rasgou o quarto no meio, e depois o chão desmoronou.

★ ★ ★

O fogo tomou conta de tudo após o terremoto. Milhares de pessoas estavam mortas ou morrendo, e declarou-se estado de calamidade pública na cidade. Era um preço alto a pagar, mas valia a pena.

O duque Laurent e Gregory Deveraux estavam parados, olhando para as ruínas do Valencia Hotel. Todos os quatro andares tinham desmoronado em cima do porão. Gregory não derramou nenhuma lágrima pelo irmão. O duque fantasmagórico sorriu.

– Nenhum sobrevivente?

– Nenhum – respondeu Gregory.

– Excelente. Você fez um ótimo trabalho.

Los Angeles: 18 de abril de 1906, 11h50

Ginny Cathers estava no meio de milhares de pessoas, lendo os enormes quadros de avisos que continham as últimas notícias de São Francisco. *Deus a proteja*, pensou ela. Tinha recebido um telegrama de Veronica no dia anterior, dizendo que ficaria em São Francisco e que estava pensando em ir a Los Angeles por alguns dias após seus negócios na cidade terem sido resolvidos.

A lista dos nomes dos mortos e desaparecidos era atualizada a cada cinco minutos. À medida que mais prédios desmoronavam devido aos abalos secundários ou aos incêndios que dominavam a cidade, os nomes eram incluídos no quadro. *Quanta morte, quanta perda*, pensou Ginny. Em sua mente, surgiram o seu marido e o seu filho, que estavam seguros dentro de casa a vários quilômetros de distância de onde ela se encontrava. *Deus os proteja*.

Magogue

Isso é inútil. Eu nem sei em que hotel ela estava hospedada, pensou. De repente, a terra tremeu debaixo de seus pés. Gritos se espalharam pela multidão quando o terremoto começou. Era pequeno, não era grande o suficiente para causar danos, mas as pessoas que aguardavam notícias sobre o número de mortos em São Francisco não sabiam disso.

A multidão se virou e começou a correr, *como se fosse possível escapar*. Ginny ficou presa no meio das pessoas em debandada. Correu por não ter opção. Um homem gritando se movia descontroladamente no meio do povo e esbarrou em Ginny. Ele continuou correndo, mas Ginny tropeçou. Outra pessoa colidiu com as suas costas, e ela acabou caindo em cima do pulso. Tentou se levantar, mas alguém pisou nas suas costas, afundando-a na terra. De repente, todos a estavam pisoteando. Ela tentou gritar, mas seus berros se perderam na multidão.

Alguém a chutou enquanto corria, e Ginny sentiu as costelas se quebrarem. Uma dor lancinante se espalhou pelos seus pulmões, e ela começou a tossir. Mais alguém pisou nas suas costas, e outra pessoa em seu braço bom.

Tentou se levantar, mas não adiantou – os seus ossos quebravam e seus músculos paravam de funcionar à medida que as pessoas a esmagavam. *Vou morrer*, percebeu ela, horrorizada. Ergueu os olhos, havia sangue pingando neles por causa de uma ferida na testa. Na sua frente, avistou uma mulher de branco, parada e serena no meio da agitação. As pessoas pareciam passar ao lado dela, e Ginny ficou sem reação ao ver um casal *atravessando-a*.

– *Ma petite*, vou tomar conta do seu filho – disse a mulher.
Eu acredito em você, pensou Ginny, dando o último suspiro.

SEIS

FREIA

☾
Fazendo agora nosso jogo mortal
Pelo nome você conhece o mal
Finalmente é hora de decisão
Sempre precisamos recorrer à traição

Deusa, no meio da noite nos escute
E a escolher o que é correto nos ajude
Dê força para que os Cahors perseverem
E agora todos os nossos medos encerre

Avalon: Nicole

Nicole soluçava enquanto a dor percorria o seu corpo. Estava acorrentada à parede de uma masmorra, não muito longe do local onde James tinha tentado transformá-la em serva.

Naquele momento, James estava tentando acabar com a servidão que existia entre Nicole e Philippe, seu amado. Os dois rapazes não podiam ser mais diferentes. James era malvado e tinha forçado Nicole a se casar com ele e a havia sequestrado duas vezes. Philippe era bom e meigo e se tornara servo dela com respeito e reverência, numa cerimônia que foi o oposto do casamento sombrio organizado por James. *Venha me resgatar, Philippe*, implorou ela mentalmente, desejando que ele pudesse escutá-la.

Freia

Pensar nele acalmava os nervos e a ajudava a enfrentar a dor. Mas conseguia sentir que havia partes de sua mente escapulindo. Deixou uma parte ir embora, a que estava horrorizada com o que James estava fazendo com ela. O restante ela tentou manter intacto, sabendo que na hora certa isso tudo seria útil. *Tudo. Tudo, tudo. É tudo um jogo*, pensou ela.

James estava na sua frente, soltando palavrões. Eli também estava lá, nas sombras, observando o processo.

Eli a encarava estreitando os olhos, e ela conseguia praticamente ver que ele estava maquinando alguma coisa. *Maquinando, queimando, agitando*, pensou ela, tentando se distrair da dor.

James fez um corte linear no abdômen de Nicole. Ela sentiu o sangue pingando e escorrendo para dentro da calça e da sua calcinha. *Desejando, afastando, ensinando.*

Em seguida, James fez um corte linear na testa dela. O sangue escorreu pelo rosto. Ela sentiu o gosto dele nos lábios. *Ganhando, preocupando, espaçando... espaçando é mesmo uma palavra?*

– Bruxa! – berrou James, fazendo um corte circular ao redor de onde estaria o coração dela. *Bruxa, ducha, bucha.* – Eu o corto da sua mente, do seu coração e dos seus órgãos – gabou-se James.

Murcha, puxa.

– Vou cortá-lo das suas entranhas também.

Ela estreitou os olhos e focou na faca que ele segurava.

Faca. Vaca.

Ela deu um chute e a faca saiu voando, fazendo um arco, e caiu perto dos pés de Eli. Ela se afastou da parede.

Feitiço

– *Libero!* – disse ela, meio cantarolando, e as correntes se soltaram dos seus punhos.

Eli ficou olhando para a faca na sua frente. Abaixou-se e pegou-a, passando devagar o dedão ao longo da lâmina, que estava manchada de sangue. Era o sangue de Nicole. Antes de Nicole pertencer a Philippe ou James, ela tinha sido dele. *Ela era minha namorada e era louca por mim.* Ele ficou olhando para James, que estava lutando com Nicole. *Ele só a pegou para si porque me intimidou. Ele não tinha nenhum direito de fazer isso, mas a pegou mesmo assim. Ele é arrogante, orgulhoso e não está nem aí se tem que acabar com alguém, assim como meu pai. Assim como eu.*

Nicole revidava com unhas e dentes, como um lince, e ele sentiu um certo orgulho. *Lembro-me de quando não conseguia se defender nem com magia nem com os próprios punhos. Ela aprendeu tanto nos últimos dois anos...*

...e não fui eu quem a ensinou.

Era para ter sido eu. Na época em que ela estava começando a mexer com a magia. Era para eu ter lhe mostrado. Talvez assim ela fosse a minha *serva... talvez ela fosse a* minha *esposa...*

Balançou a cabeça com firmeza. *Não quero ficar com ela.* Era uma mentira, e ele sabia muito bem. Nunca tinha deixado de querer ficar com ela.

Talvez eu devesse ajudá-la, pensou ele enquanto James a arremessava numa parede. Deu um passo à frente, sem conseguir se controlar. *Seu tolo, ela provavelmente o enfeitiçou.*

Forçou-se a respirar fundo enquanto cruzava os braços. *Ela não significa nada para mim*, disse para si mesmo enquanto James a golpeava, deixando-a inconsciente.

Freia

O corpo de Nicole deslizou pela parede até chegar ao chão. Ele ficou encarando a garota encolhida e machucada. James estava ofegante, com sangue pingando no rosto por causa dos arranhões ao redor dos olhos.

– Megera. – James cuspiu. – Agora ela não serve para nada. Vamos sacrificá-la hoje à noite, será um presente para o Deus Cornífero.

Eli ficou piscando os olhos, sem saber o que achava daquilo.

Suprema Confraria: Londres

A Suprema Confraria inteira tremeu quando um rugido de raiva se espalhou pelo seu interior. Toda criatura que lá residia, do demônio mais poderoso ao rato mais pequenino, estremeceu de medo. A ira de sir William não tinha limites.

O trono dos crânios rachou do topo à base, com pedaços de ossos voando pelo ar e espetando o bruxo que tremia em sua frente. Ele morreu à medida que os seus órgãos se romperam. A sua companheira caiu de joelhos diante de sir William, com a cabeça encurvada.

– Meu senhor, eu estou às suas ordens como sempre.

Sir William encarou a jovem. Era uma das mulheres da Suprema Confraria. Por serem poucas em comparação aos homens, era comum que elas se dedicassem mais em busca de poder e de reconhecimento. A jovem feiticeira sempre tinha se saído bem a serviço dele.

– Levante-se, minha criança – ordenou ele.

Eve se levantou, mas continuou de cabeça baixa. Ele analisou a mente dela. Uma miríade de emoções tomou

Feitiço

conta dele. As mulheres, fossem elas bruxas, feiticeiras ou meras mortais, sempre tinham camadas emocionais complexas. Devagar, ele foi levantando uma por uma, a raiva, a luxúria, o luto, a alegria. Enfim, chegou ao centro da mente da garota, que tremeu por um instante. Em seguida, ele saiu de lá, satisfeito. A única emoção que procurava não estava presente. Ela não tinha medo dele nem do que ele tinha feito com o companheiro dela.

Sir William sorriu lentamente; era um sorriso perverso que o deixava com uma aparência ainda mais maléfica, e ele tinha consciência disso. Depois se levantou e fez a sua proclamação, projetando a voz por todos os cômodos e cavernas.

– Michael Deveraux abusou da confiança da Suprema Confraria. De agora em diante, ele deverá ser perseguido por todos. Aquele ou aquela que me trouxer a cabeça dele receberá a minha proteção e riquezas inimagináveis.

Eve olhou nos olhos dele e fez que sim com a cabeça.

Ele ergueu a mão para ela devagar, como se estivesse benzendo-a.

– Boa caçada, minha querida.

Ela se virou e desapareceu.

Sir William se sentou novamente no trono. Agora Michael Deveraux tinha se tornado *persona non grata*. Todos os feiticeiros da Suprema Confraria sairiam à procura dele.

– Michael Deveraux nos traiu – sibilou uma voz nas sombras.

Sir William suspirou.

– Sim, e isso não me surpreende. Era para termos destruído a Confraria Deveraux há anos.

Freia

— Mas somente eles conhecem o segredo do Fogo Negro.

— Já faz tempo demais que tentamos obtê-lo — resmungou ele.

— Então esperar mais um pouco não vai fazer nenhum mal.

— A não ser que ele me traga a cabeça de Holly Cathers, eu quero a cabeça de Michael Deveraux.

Quando a voz nas sombras começou a gargalhar, sir William se levantou.

— Guarda!

Um feiticeiro logo entrou no cômodo, e seus olhos estudaram a escuridão. A risada continuou, incomodando nitidamente o homem. Sir William se deixou sorrir ao ver o medo dele.

— Traga James para mim. Não tolerarei nenhum atraso.

O homem concordou com a cabeça e desapareceu.

— James, o seu filho — sussurrou a sombra.

Sir William fez que sim com a cabeça.

— Logo descobriremos a quem ele é fiel.

Nicole: Avalon

Nicole acordou ofegando. A última lembrança que tinha era de sua luta com James. Estava prestes a tentar rachar o crânio dele quando foi golpeada. Tentou se sentar, mas percebeu que estava amarrada à cama. Uma sensação de pavor tomou conta dela. *O que foi que James fez?* Ela conseguiu virar um pouco a cabeça e viu as correntes que prendiam o seu pulso esquerdo. *Ou o que ele está prestes a fazer?*

Feitiço

Tremia quando deu um puxão nas correntes. O ruído metálico irritou os seus ouvidos, e ela se encolheu. Ergueu a cabeça e percebeu que as pernas também estavam presas. *Ótimo.* Nicole suspirou. *Deusa, venha até mim, fique comigo.*

Fechou os olhos e tentou ficar mais centrada, focando a sua energia. Concentrou-se em fazer uma pequena bola de calor no centro do seu ser. A sua mente se esvaziou, e ela manteve o foco. *Primeiro as correntes ao redor do meu pulso direito.* O metal do cadeado gemeu e rangeu enquanto ela fazia os pinos se moverem. *Uma vez Eli me ensinou a arrombar um cadeado da maneira tradicional. Queria que ele tivesse me ensinado a fazer isso usando magia.* O processo era agonizantemente lento, mas um por um os pinos começaram a se posicionar até sobrar apenas o último. Ela fez força, lançando mais energia para o metal teimoso até toda a pulseira ao redor do seu pulso ficar quente e começar a queimá-la.

Ignore a dor, instruiu a si mesma enquanto continuava insistindo no cadeado. Enrugou o nariz quando começou a sentir o cheiro da carne queimando. *Ignore o cheiro.* Então, de repente, o pino se moveu, se encaixando, e a algema de metal se abriu. Arfando, ela balançou a mão e a algema caiu.

Observou as queimaduras ao redor do pulso. Bolhas começavam a se formar na pele. *Isso não é nada bom.* Fechou os olhos e rezou. *Deusa, tome este braço para sarar, cure a carne e faça a dor se amenizar, o que está defeituoso peço para renovar.*

Perplexa, ela observou as bolhas se dissiparem. A dor também diminuiu. Após um minuto, havia apenas um círculo levemente avermelhado ao redor do pulso. *Será uma cicatriz?*, perguntou-se ela. Foi inevitável se lembrar de Jer e das cicatrizes que o Fogo Negro tinha deixado nele.

Freia

É um milagre ele estar vivo, pensou. *Qual terá sido a força misteriosa que o manteve vivo e que o curou o suficiente para que o seu corpo continuasse funcionando?* Ela estremeceu. *Espero que eu nunca precise conhecer o que quer que tenha feito isso.*

Então, no meio da escuridão, uma voz sussurrou:

– Tarde demais.

Confraria Mãe: Santa Cruz

Anne-Louise Montrachet estava inquieta. Algo estava para acontecer. *Consigo sentir na terra, na água e especialmente no ar.*

Graças à Deusa e às curandeiras da confraria, ela estava bem novamente. A dor sofrida durante a cura quase a tinha matado, mas agora conseguia se mexer quase sem nenhum esforço e com uma dor bem leve. Espreguiçou as pernas enquanto andava pelos caminhos arborizados e inspirava o ar maravilhoso.

Era a primeira vez que estava no retiro da Confraria Mãe que ficava nas colinas de Santa Cruz, na Califórnia, apesar de já ter ouvido muitas coisas a respeito do lugar. A confraria era dona da propriedade e a utilizava havia cinco anos. Atrás dela estava Sussurro – uma gata cinza que tinha aparecido misteriosamente e a tinha adotado – saltando atrás de um lagarto na vegetação.

Santa Cruz era um lugar estranho e tinha uma energia natural mística. Era diferente de tudo que ela já sentira. Acontecimentos estranhos também eram atribuídos à região. Havia o conhecido "Local Misterioso", onde a gravidade parecia funcionar ao contrário. A Terra possuía vários locais assim, mas o de Santa Cruz era o que chamava mais atenção. Alfred Hitchcock se inspirou num bando de pássaros do local que aparentemente enlouqueceu e voou para dentro das casas, se matando e atacando as pessoas que encontrava. O incidente que deu origem ao filme *Os pássaros* era apenas uma das coisas estranhas que aconteceram na região.

Contudo, mais do que qualquer um desses casos, Anne-Louise sempre ficou fascinada e perturbada com as histórias dos rituais satânicos realizados nas mesmas colinas em que caminhava. Todos os anos, alunos ignorantes, entediados e rebeldes de alguns campus, incluindo o de Santa Cruz, da Universidade da Califórnia, se reuniam para fazer rituais bizarros, sacrificando uma quantidade imensa de animais. Ela olhou para Sussurro com um ar protetor.

A gata parou, olhou para ela com um lagarto na boca e inclinou a cabeça para o lado num gesto inquisidor. Quase todas as vezes, os jovens que participavam de tais eventos não sabiam nada de magia – nem da branca, nem da negra, nem da cinza. Os "rituais" eram apenas uma maneira de extravasar seus instintos perversos e sádicos. Alguns poucos, entretanto, eram servos do Deus Cornífero que se aproveitavam dos outros para disfarçar o que faziam. Desde que a Confraria Mãe tinha adquirido a propriedade nas colinas, os seus membros tratavam de erradicar esses horrores. *Bruxas de verdade não matam gatos*, disse Anne-Louise para si mesma. *Mais um motivo para ter medo de Holly.*

A jovem bruxa a tinha assustado desde o início. Ela tinha poder demais, especialmente para alguém com tão pouca idade e tão pouca experiência com a magia. *Todas eram assim.* Anne-Louise teve que trabalhar e estudar por anos para poder conseguir fazer as magias mais simples, exceto as de proteção. Os encantamentos de proteção eram sua especialidade – o seu "dom", como dizia a Sacerdotisa-Mor. Cada bruxa tinha um dom especial, algo em que se distinguia. O que tornava Holly perigosa era o fato de ela se distinguir em tudo, sem jamais ter precisado aprender a ter disciplina para isso.

As árvores uivaram com o vento que tinha ficado mais forte, e Anne-Louise deu uma olhada ao redor, divagando. *Sim, tem algo chegando*, pensou ela. *E, quando chegar aqui, todos nós estaremos em apuros.*

Nicole: Avalon

Nicole estremeceu.

– Quem está aí?

Uma risada baixa e zombeteira foi a única resposta que obteve.

Pelo canto do olho, avistou alguma coisa se mexendo, uma insinuação de algo que não estava realmente ali. Virou a cabeça e a coisa sumiu.

– Deusa? – sussurrou ela, rezando para que tivesse acertado, mas sabendo que não tinha.

– Não.

Ela virou a cabeça na direção de onde tinha vindo a voz, mas não havia nada ali.

– Deus Cornífero? – perguntou ela, engolindo o nó na garganta.

Mais uma risada.

– Não.

– Então quem é... o que é você? – perguntou ela, a própria pulsação martelando os ouvidos.

— Uma outra... coisa.

— O quê? – disse ela, ofegante.

— Algo que você não pode entender – rugiu a voz, e de repente a coisa foi para cima dela, pressionando-a, movendo-se pelo seu corpo. – E agora... não estou mais só.

Enquanto a voz se fundia com a sua mente, ela sentiu uma maldade, uma maldade antiga e misteriosa. Sentiu raiva, luxúria e falsidade. E então outra coisa surgiu...

...eram duas coisas.

Kari: Califórnia

Kari dirigia velozmente pela Interestadual 5, deixando a cidade de Winters para trás o mais rápido que podia.

— Vamos, vamos – gritava ela, buzinando para enfatizar o pedido. Desviou do carro à sua frente e pisou no acelerador enquanto olhava para o relógio no painel.

A qualquer momento, eles perceberiam que ela tinha sumido, que não voltaria. Precisava chegar o mais longe possível antes que eles enviassem o cão de caça do Pablo atrás dela – ou, pior ainda, o primo novo e misterioso, Alex.

Todos estavam escondidos na casa de campo de sua família, que ficava perto de Winters, próxima à cidade universitária de Davis. Enquanto todos se enturmavam com Alex e começavam a se preparar física e magicamente para a noite, ela se ofereceu para ir comprar comida. Por algum milagre, eles deixaram que ela fosse sozinha.

Passou direto pelo mercado e dirigiu o mais rápido possível em direção à autoestrada. *Não aguento mais. Cansei de ficar esperando para ser assassinada assim como os outros. E Alex... Alex me deixa apavorada.*

Freia

Kari não sabia o motivo, mas havia algo nele que a inquietava. Pisou com mais força no acelerador. Tinha que fugir, tinha que pensar direito. Mas um desespero tomou conta dela, um aperto no coração que dizia que, mesmo se escapasse da confraria, ainda assim não estaria em segurança. No meio da escuridão de seus pensamentos, surgiu uma pequena luz.

E se eu conseguir fazer com que os dois lados parem de brigar? E se eu conseguir fazer com que cheguem a uma trégua? Tem que haver uma maneira de todos nós vivermos em paz.

Estreitou os olhos. Jer dissera-lhe uma vez que seu pai tinha uma casa no deserto, uma espécie de retiro espiritual. Ficava no Novo México. *Eles não prestam atenção em mim, mas talvez ele preste.*

Nicole: Avalon

Nicole acordou e começou a vomitar. Tentou se encurvar, mas as correntes que ainda prendiam seus tornozelos e seu pulso direito não deixaram que ela se mexesse tanto.

Atrás dela, uma voz odiosa e familiar comentou:

– Você está péssima.

James! Ela virou a cabeça e o encarou.

– O que é que tem aqui nesta ilha?

– O quê? – disse ele, parecendo confuso.

– Você me ouviu – disse ela, com raiva. – O que tem nesta ilha? Tem alguma coisa aqui.

Ao hesitar por um instante, ele quase pareceu demonstrar um pouco de humanidade, uma fragilidade cheia de incerteza.

Feitiço

– Uma vez, quando eu era pequeno, achei que...
– Achou o quê? – insistiu ela.
– Nada – retrucou ele, voltando ao seu normal.
– Conte!

Ele deu de ombros, com um sorriso perverso se espalhando pelo rosto.

– Acho que você vai ter que perguntar aos fantasmas quando virar um deles. – Ele jogou um vestido ao lado dela, em cima da cama. – Esteja vestida quando eu voltar, em cinco minutos.

– Senão o quê?

– Senão eu que vou vestir você – disse ele, encurvando-se para que ela visse bem o seu olhar.

Enojada, Nicole virou o rosto. Escutou-o indo até a porta e abrindo-a. Então, com um forte retinido, as correntes se soltaram do seu pulso e dos tornozelos. Ela escutou a porta fechando enquanto se sentava.

Ele quer me sacrificar, pensou ela enquanto olhava o vestido. *Bom, ele vai ver que não é tão fácil assim me matar.*

Astarte pulou no seu colo com um miado suave. Nicole alisou o pelo macio por um instante antes de afastá-la para que pudesse se vestir. Astarte tinha uma capacidade incrível de escapulir toda vez que James estava por perto.

– É porque eu não o escolhi. – A gata abriu a boca e uma voz forte e feminina se manifestou.

– Deusa – respondeu Nicole, surpresa.

– Sim, filha, eu a tenho observado e guiado. A sua hora ainda não chegou. Sua vida está apenas começando.

– E essas coisas que me atacaram?

Freia

– O traidor e seu aprendiz.

– O que eles querem de mim? – perguntou ela enquanto tirava a camisa pela cabeça.

– O que eles sempre querem: corromper, desmoralizar.

– Por que eu? – perguntou ela enquanto colocava o vestido.

– Porque você é o futuro.

Nicole fechou o zíper do vestido e estava prestes a perguntar o que aquilo significava quando ouviu um barulho na porta. A gata desapareceu, e, ao se virar, Nicole avistou James entrando.

Ele olhou-a de cima a baixo, contente.

– O Deus Cornífero receberá um belo sacrifício esta noite. – Ele se aproximou e agarrou-a pelo braço. Puxou-a para perto para que ficassem a centímetros um do outro. – Pena que nós dois sabemos que você não é mais virgem.

Ela deu um sorriso irônico.

– Pois é, me lembre de agradecer a Eli por isso.

– Sua puta! – sibilou ele enquanto erguia a outra mão para esbofeteá-la. Ela olhou-o com um sorriso nos lábios. Tinha conseguido atingi-lo. *Pronto, James. Venci.*

Ele também sabia disso. Nicole percebeu pelos olhos dele. Com uma rosnada, James se virou e começou a arrastá-la em direção à porta. Em vez de resistir, ela conseguiu soltar o braço – *como foi que fiz isso?* – e passou a caminhar ao lado dele.

Quando chegaram à masmorra, ele a trancou numa cela.

– Volto para buscá-la daqui a pouco.

Feitiço

– Você acha mesmo que essa cela vai me impedir, James, se eu quiser sair daqui? – perguntou ela com um tom zombeteiro. As coisas tinham mudado, e, de alguma maneira, apesar de ser a prisioneira, era ela que detinha todo o poder.

James quase matou o mensageiro.
– Como assim meu pai quer me ver agora?
O homem ajoelhado a seus pés não levantou o olhar.
– A sua presença é exigida agora, sem nenhum atraso.
James sentiu o sangue ferver de frustração. O sacrifício de sua noiva teria que esperar. Continuava fazendo o joguinho de seu pai, fingindo ser o filho obediente, e não estava pronto para acabar com a farsa ainda.

Enquanto entrava no barco para atravessar as águas e voltar para a Inglaterra, James não percebeu que havia outro barco parando na doca a uns cem metros de distância. A névoa espessa impedia que os passageiros fossem vistos. A ilha era intensamente protegida havia séculos, mais ainda desde que Nicole tinha escapado da sede da Suprema Confraria. Assim que ela saiu, novas barreiras foram instaladas para impossibilitar a abertura de um novo portal na ilha.

Era por isso que os quatro monstros grandalhões estavam rastejando para fora do barco que tiveram que roubar para entrar na ilha. Como chegaram na mesma hora em que o barco de James saiu, nenhum alarme foi disparado. Eles deram sorte, mas os Golems nem sabiam o que era sorte. Só sabiam a tarefa que tinham recebido e que já fazia alguns dias que estavam tentando encontrar e matar Nicole Anderson.

SETE

MORDON

☾

Agora hesitamos em nosso buscar
Homem Verde, o que é melhor você nos dirá
Matarmos ou sangrarmos
E onde nossa semente plantarmos

Por todo canto traição
Choro é tudo que escutarão
Quando a Lua dos Ventos aparecer
Com as mentiras dos feiticeiros iremos morrer

Kari: Novo México

Enquanto Kari desviava dos cones laranja que indicavam o caminho ao longo da autoestrada, a chuva torrencial despencava no teto do carro como um punho dentro de um soco inglês de metal. Não sabia por que os cones estavam ali, mas com eles o seu progresso ficava ainda mais difícil... e já estava bem difícil antes.

Os limpadores do para-brisas eram inúteis contra a chuva; a água escorria pelo vidro com a força e a velocidade de uma cachoeira. Enquanto atravessava a estrada, as águas que subiam de nível a fizeram perder o contato com o asfalto; ela gritou e agarrou o volante com firmeza.

Feitiço

Kari estava tendo dificuldades para cruzar a área desértica. O seu pescoço e a parte superior das costas estavam tensos de medo. Ao acordar no quarto de hotel, tinha escutado atentamente as notícias de que naquela noite haveria tromba-d'água. Mas algo lhe dissera para pegar o carro mesmo assim e continuar dirigindo, e ela não sabia se essa voz dentro da sua mente era de um amigo ou de um inimigo. Como tinha fugido, poderia ser um dos membros da confraria tentando alcançá-la, ou um daqueles Golems medonhos... ou a própria Holly.

Sentiu um aperto no estômago. Morria de medo do que Holly tinha se tornado. O que Jer acharia da sua querida "alma gêmea" agora que ela praticamente não tinha alma? Ela, Kari, até poderia perdoá-lo por ter terminado o namoro deles para ficar com Holly. Afinal, ela era a bruxa mais poderosa em atividade, e ele era um feiticeiro. Mas ela também tinha sido a pessoa que o abandonou no Fogo Negro do ginásio para morrer. As suas cicatrizes horrorosas eram prova do "amor" dela por ele.

Talvez Kari não fosse tão interessante quanto Holly, mas com certeza era mais leal. Tinha ficado na confraria, colocando sua vida em risco, e tinha oferecido seu apartamento para realizar o Círculo até o momento em que o local se tornou arriscado demais. Não queria fazer nada disso, mas ficou ao lado deles quando os outros precisaram dela. Tudo que queria era fazer a sua pós-graduação, ficar com Jer Deveraux e aprender uma coisa ou outra sobre a magia da família dele.

Como eu ia saber que a família dele gostava de Magia Negra?

Mordon

Era como se ela estivesse sendo punida por ser ambiciosa; por querer aprender coisas que expandiriam os seus limites; por precisar explorar algo além desse mundo banal...

Mas você sabia, disse para si mesma, com dureza. Você sabia sobre a família dele. Lá no fundo, você aceitou o fato de serem tão perversos.

Não...

E você sempre se sentiu culpada pelo seu relacionamento com ele. Jer é tão mais novo. Você estava se aproveitando dele, pois o que havia entre vocês sempre foi uma troca: prazer por magia.

Ei, mas foi uma boa troca para nós, e ele tinha idade suficiente para saber o que estava fazendo...

...e então você se apaixonou de verdade.

Lágrimas surgiram nos seus olhos.

Agora Holly está completamente má. Tenho que detê-la e deter Michael Deveraux. Caso contrário, eles vão matar todos nós.

De repente, o carro começou a ser levado pela corrente, ela sentiu a água erguer as rodas da estrada e empurrá-lo para a frente. Ele balançou e ameaçou começar a girar, e ela gritou, desviando, dirigindo no meio da corrente, até que, milagrosamente, as rodas encostaram no chão mais uma vez.

Ela tinha ignorado as dezenas de alertas na televisão. Todo ano, várias pessoas morrem nessas trombas-d'água do Novo México, muitas enquanto dirigiam. Parecia que todo mundo tinha ficado em casa; ela não conseguia enxergar nenhuma outra luz na escuridão, embora, por um tempo, tivesse avistado uma fumaça estranha, flamejante, no topo de umas torres de concreto a distância, como se viesse de alguma espécie de refinaria.

Feitiço

Lá estão elas de novo, pensou ela, estreitando os olhos para enxergar pelo para-brisas. Então ela ficou boquiaberta.

Não eram como as colunas de fumaça que ela conhecia. Essas três iam bem mais alto no céu e reluziam o azul brilhante da energia mágica.

Enquanto observava, as fumaças tremeluziram, sumiram e reapareceram de novo, dessa vez com um brilho mais intenso.

Elas estão mais perto, percebeu.

As fumaças desapareceram e reapareceram de novo.

E mais perto.

Ela parou o carro.

As três colunas de fumaça estavam a uns três metros do carro, iluminando a estrada escura e fazendo o interior do veículo ficar azul.

– Meu Deus – sussurrou, sem conseguir respirar.

Então as chamas se extinguiram. Antes que pudesse reagir, barreiras de fogo surgiram nas laterais do carro, no nível do chão, e o fogo jorrou como um gêiser a uma altura que ela não conseguia enxergar, perfurando os céus encharcados de chuva.

Kari gritou bem alto, virando o volante para a esquerda sem pensar e pisando no acelerador. Continuou gritando enquanto ia em direção à parede de chamas azuis, tirando as mãos do volante e colocando-as no rosto. Fechou os olhos com firmeza, gritando o máximo possível.

Então o carro começou a ser levado pela água de novo, ou então foi essa a sensação que ela teve. Voltou as mãos para o volante e abriu os olhos.

Mordon

Apesar de ainda estar sendo golpeado pela chuva, o seu Honda agora estava totalmente envolvido pelo brilho azul. Enquanto as chamas individuais ondulavam e chicoteavam, ela conseguiu ver com nitidez a escuridão do outro lado da janela; esticou o pescoço e olhou para baixo.

Dava para ver um pequeno pedaço amarelo opaco da estrada e, depois dele, luzes tremeluzentes de alguma cidade.

Meu Deus, estou voando, pensou ela, afastando-se depressa da janela. Choramingou e ficou olhando pelo para-brisas, depois pelo outro lado. Sem nem perceber o que estava fazendo, tirou os pés do chão.

Encurvada atrás do volante, murmurou um encantamento de proteção. O carro deu uma despencada e ela berrou. Em seguida, o veículo se endireitou e continuou subindo.

Quando as chamas se separaram, ela avistou mais uma vez as luzinhas da cidade pela janela do motorista. O carro estava deslizando para longe delas, indo em direção à vastidão do deserto despovoado.

E se me soltarem? E se me deixarem no deserto e o carro for levado por uma enxurrada e eu me afogar?

– Deusa, me ajude – murmurou ela, juntando as mãos como os cristãos fazem ao rezar. Não sentiu nenhuma resposta, nenhum alívio. Nunca sentira. Não tinha muita certeza se realmente existia alguma Deusa. Não sabia quem fazia os encantamentos da confraria funcionarem. Ou quem respondia aos apelos dos Deveraux. Tinha começado a sua pesquisa sobre a magia como pesquisadora de folclore e sabia que, apesar do senso comum, as variações religiosas da Wicca, do paganismo, do xamanismo e de outras tradições

Feitiço

que usavam a magia adotavam interpretações levemente diferentes de suas divindades supremas. A Deusa de uma bruxa não era necessariamente a mesma Deusa de outra.

Por instinto, esticou o braço e ligou o rádio. O barulho da chuva torrencial tornava quase impossível escutar os sinais fracos que conseguia captar.

Não havia nada, nem estática.

Ela apertou a buzina. Que também não fazia barulho.

– Socorro! – gritou ela. – Me desculpem!

E o pedido de desculpas *foi realmente* sincero. Sentiu uma culpa e um remorso imensos, apesar de não ter muita certeza do motivo. Mas sabia, no fundo da sua alma, que ter abandonado a confraria e ido atrás de Michael Deveraux tinha sido errado, independentemente de qual tivesse sido seu raciocínio.

As mentiras que contei para mim mesma não importam. Agora tenho que pagar pelo que fiz. Agora ele me encontrou e vai me matar, porque é isto que ele é: um assassino cruel, e... e... o que diabos eu estava pensando?

O carro continuou deslizando e sendo golpeado pela chuva. Kari caiu aos prantos – soluçando tanto que seu estômago se contraía. Um pouco de bile subiu até a garganta, fazendo-a arder; quando ela tentou engoli-la, percebeu que não ia conseguir. Estava sentada, rangendo os dentes, chorando cada vez mais até começar a uivar como uma maluca.

Em seguida, escutou a própria voz recitando o Pai-Nosso de cor, sem nem pensar nas palavras e no que elas significavam. Era simplesmente um reflexo da sua infância. Quando percebeu o que estava fazendo, passou a prestar atenção nas palavras, mas mesmo assim não se sentiu nem um pouco consolada.

Todos os deuses e deusas me abandonaram, pensou com amargura. *Esses demônios, eu terei que enfrentar sozinha.*

Literalmente.

Ela não sabia por quanto tempo estava flutuando, sendo levada pelo brilho mágico, mas aos poucos foi ficando exausta de tanto chorar, e a sua cabeça começou a pender para a frente. Lembranças gostosas passavam pelas suas pálpebras fechadas: uma época mais feliz ao lado de Jer, os dois de mãos dadas e sorrindo um para o outro; ficando tonta e ensopada na sauna, com Kialish e Eddie, que agora estavam mortos...

Meu Deus! Já cansei de tanta morte! Estou com tanto medo!

Então ela escutou o chiado de pássaros e abriu os olhos. Recobrou o fôlego e engoliu em seco, cerrando os punhos no colo e depois agarrando o volante – como se isso fizesse algum sentido.

Ao redor do carro, os corpos reluziam ao luar. Eram dúzias de falcões voando em cada lado do carro. Um deles virou a cabeça na direção dela; os olhos avermelhados brilhavam, e ele abria e fechava o bico como um robô. Ela se encolheu, piscando para o pássaro, que continuou olhando para ela e depois fechou o bico, endireitando a cabeça.

Em seguida, ela escutou um ruído estranho que imaginou ser o seu coração, era um *tum-tum, tum-tum* ritmado. Ficou escutando e pressionou a palma da mão no peito. Os dois barulhos não estavam sincronizados. O seu coração estava bem mais rápido, e então ela percebeu que o ruído não estava vindo do seu corpo.

Feitiço

Ficou encarando a multidão de pássaros. *São as asas deles*, percebeu, apavorada. Os pássaros pairavam em uníssono, com as asas de cada um ondulando para cima e para baixo, para cima e para baixo, no meio da chuva. Enquanto os observava, formou-se na cabeça dela a imagem de galerianos acorrentados a pequenos bancos embaixo do convés de uma enorme barca, erguendo e abaixando remos gigantescos no mesmo ritmo do líder.

Tum-tum, tum-tum... então o ruído ficou mais lento e indistinto; ela sentiu a própria cabeça encostar no banco. Apesar de os olhos continuarem abertos, ela não enxergava mais os pássaros, o céu noturno e o luar. O seu campo de visão cintilou; as cores escorriam como chuva num quadro pintado a giz, e em seguida um novo lugar irrompeu em sua realidade, e também uma nova... época... muito antiga.

Uma época muito antiga.

França, século XIII

– *Allons-y!* – gritou o deslumbrante homem a cavalo. Era o herdeiro da Confraria Deveraux, Jean, na Grande Caçada que proveria os alimentos para o seu banquete de casamento. Ele iria se casar naquela mesma noite com Isabeau de Cahors, filha da rival de magia que os Deveraux tinham na região.

E então ele não pensará mais em mim, pensou Karienne, chorosa. Ela cavalgava como um homem e, por discrição, mantinha distância. Apesar de a maioria dos participantes da Caçada saber que ela era amante dele, eles também sabiam que ela estava sendo rejeitada. Ele tinha que poupar as suas virtudes masculinas para o leito de núpcias e para engravidar Isabeau o mais rápido possível. Era o acordo implícito que havia entre as famílias.

Como sempre, Jean estava incrivelmente bonito. O seu manto com beiradas de arminho esvoaçava por cima da sela e da crina cortada do seu cavalo de batalha. O cavaleiro ergueu a manopla esquerda no ar, e o belíssimo falcão, Fantasme, que ali estava empoleirado, lançou-se ao céu dourado e voou em direção ao denso bosque adiante.

Os caçadores comemoraram, e o barulho deles se misturou ao ritmo constante dos tambores que estavam à frente. *Tum-tum-tum* era o compasso vigoroso e cruel. *Capturar e matar, capturar e matar...* Por enquanto, eles estavam atrás de pássaros, lebres e bodes.

Mas logo começariam a catar os servos que seriam sacrificados ao Deus Cornífero naquela mesma noite.

Tum... tum...

Karienne ergueu o queixo e impediu que as lágrimas se formassem nos olhos.

Sou orgulhosa. E ainda sou bonita.

Mas, se eu tivesse a oportunidade, mataria aquela cadela da família Cahors e o enfeitiçaria para que se casasse comigo...

Se eu tivesse a oportunidade...

Se eu tivesse a oportunidade...

Tum-tum... tum...

Ofegando, Kari abriu os olhos e afastou a cabeça do encosto do banco.

Feitiço

Caramba, será que isso foi um sonho? Pareceu tão real. Será que voltei mesmo no tempo? Será que eu... será que alguma parte de mim era mesmo a amante de Jean? Pois, muito estranhamente, isso faria sentido considerando o que está acontecendo agora com todos nós...

Ela não tinha tempo para pensar mais nisso. O carro se inclinou para baixo e passou a flutuar em direção ao chão numa diagonal. As asas dos pássaros continuaram batendo no mesmo ritmo, e o carro ainda estava cercado pelo mesmo brilho azul de antes.

Apavorada, colocou o pé no freio, mas logo percebeu que isso era idiotice e o afastou de novo. Forçou a própria respiração a desacelerar – tinha começado a sofrer de hiperventilação – e sussurrou para si mesma:

– Karienne.

Ao dizer isso, a chuva parou de repente, como se alguém tivesse fechado uma torneira. Em um instante o céu estava confrontando a tempestade e no outro... paz.

O metal do carro fez *tique-tique-tique* enquanto o motor esfriava. Kari retomou o fôlego e exalou lentamente. O coração martelava o peito; ela conseguia escutar o seu rugido nos ouvidos.

O carro continuou descendo. À direita, uma suave luz amarela brilhava atravessando a escuridão, e ela conseguiu enxergar os tetos baixos de uma construção de adobe típica do Novo México. Havia um caminho serpeando em direção à estrutura. Fora isso, a área estava deserta, intocada.

Enquanto olhava para lá, avistou árvores translúcidas e uma vegetação viçosa por cima do contorno da construção. Era a floresta com que tinha sonhado.

Mordon

As asas dos pássaros ecoavam os tambores da Caçada.

Lentamente, um por um, os pássaros começaram a esvaecer e, em seguida, a desaparecer. A floresta também sumiu. Não demorou para que sobrasse apenas ela, o carro no céu e a construção pouco iluminada lá embaixo.

A construção parecia ser a entrada de uma casa. As partes finais dos troncos enormes se estendiam de um lado a outro da entrada, e havia três degraus levando a uma porta que parecia ser feita de madeira.

Tem que ser a casa de Michael, pensou ela. *Foi ele que me trouxe até aqui.*

Ficou em silêncio, apenas encarando a porta e preparando-se para quando ela se abrisse. Por instinto, checou se as portas do carro estavam trancadas – estavam – e então deu um meio-sorriso ao perceber o quanto isso era ridículo. E inútil, pois quem quer que estivesse atrás daquela porta tinha feito o seu carro *voar*.

O sorriso infeliz ainda não tinha desaparecido quando sua porta destravou sozinha.

E depois se escancarou.

– Não pode ser – murmurou ela. Não tocou na porta nem se mexeu. O seu batimento cardíaco ficou ainda mais rápido, e ela começou a respirar tão superficialmente que começou a ficar tonta.

A porta continuou do mesmo jeito, insistindo para que ela saísse.

Lágrimas novas se formaram nos seus olhos, e o rosto formigava de medo. Uma onda de tontura tomou conta do seu corpo. Ela não tinha percebido o quanto estava exausta de tanto lutar contra a tempestade; não tinha mais energias para lidar com aquele pavor.

Após alguns segundos, tentou se mexer, mas continuou paralisada. Ainda estava com o cinto de segurança. Precisou de muita força de vontade para tentar soltá-lo, e seus dedos trêmulos pressionaram inutilmente até ela fazer uma careta e se recompor, passando a empurrar tanto o botão que quebrou a unha. O cinto deslizou de volta para o buraco como uma serpente.

As luzes do pórtico brilharam. Um vento frio lançou areia na sua coxa, e Kari finalmente se moveu. Como se fosse saltar do carro, girou a perna esquerda para fora, encostou no cascalho e saiu depressa.

Com relutância, endireitou-se. Com o olhar fixo na casa, fechou a porta e foi até a frente do carro, estendendo a mão como se o estivesse alertando para não ligar sozinho e a atropelar.

Então começou a chover de novo, ensopando-a dos pés à cabeça. Ela gritou e protegeu a cabeça. No torrencial gélido, sentiu a maquiagem escorrer pelo rosto de uma vez só, como se fosse uma máscara.

Apesar da chuva, não se apressou – pois não seria capaz de fazer isso – e caminhou pelo cascalho sem muita firmeza, aproximando-se dos três degraus que levavam ao pórtico.

Ela subiu os três, lembrando-se de que, lá em Seattle, também eram três os degraus que levavam ao pórtico da casa dos Deveraux. *Três* era um número mágico, e Michael Deveraux era arquiteto. Se era ele quem tinha construído a casa, aqueles degraus estavam ali por algum motivo.

Mordon

No pórtico, pisou um capacho de fibra vegetal verde e vermelha – as cores da Confraria Deveraux – em cujo centro havia a silhueta de um pássaro preto, um falcão. Tomou cuidado para não pisar o pássaro, depois mudou de ideia e enfiou o salto da bota bem no rosto dele.

Não vou deixar que ele me intimide, prometeu a si mesma e depois quase deu uma gargalhada. *Tá bom, vou deixar sim.*

Só não vou deixar que me mate.

Ela estendeu o braço em direção à porta. O luar fazia a maçaneta reluzir no centro da porta entalhada. Era feita de bronze e tinha o formato do Homem Verde, que era uma representação do Deus como uma divindade da natureza.

Ela respirou fundo e bateu à porta.

Não se surpreendeu quando ela se escancarou.

Juntando o pouco que restava de sua coragem, deu um passo e atravessou o lintel. Agora estava dentro da casa, na completa escuridão, dentro de um casulo que abafava o barulho da chuva.

Vou trair todos eles em favor do pior inimigo deles: Michael Deveraux. O homem que está tentando destruir todos nós.

Sim, e ele vai conseguir fazer isso... se eu não encontrar uma maneira de detê-lo. Não quero isso. Eu não queria nada disso. Desde o primeiro dia eles me intimidaram e me obrigaram a acompanhá-los.

O frio e o medo penetraram os seus ossos. Ela tremia, e os joelhos começavam a ceder. As lágrimas de frustração que escorreram pelas bochechas eram mais salgadas e quentes do que a chuva gélida.

Então uma suave luz dourada tremeluziu diante dos seus olhos, e ela ficou paralisada, assustada.

Feitiço

Michael Deveraux estava parado a menos de meio metro de distância. Estava com a palma da mão aberta, e, sobre ela, flutuava uma bola de fogo do tamanho de uma bola de golfe, lançando sombras que iam do queixo até as suas feições, o que o deixava com uma aparência incrivelmente sinistra. Ele tinha cabelo longo e preto, uma barba preta e cílios pesados. Os olhos eram bem profundos, e as sobrancelhas, levemente anguladas em relação ao nariz. Quando ele sorriu, ela se encolheu por reflexo.

Ele lembrava o Diabo.

– Entre – disse Michael Deveraux com animação, dando um passo para trás a fim de que ela pudesse passar. O calcanhar dele fez barulho no chão de pedra. – Kari, não é? Nunca fomos apresentados formalmente, apesar de você ter dormido com o meu filho por anos.

Ela abriu os lábios, mas não soube o que responder, então ficou em silêncio.

Ele estava todo de preto – suéter preto, calça jeans preta, botas pretas – e na outra mão havia uma taça de argila pesada. Ela não se lembrava de ter visto aquilo antes. – É rum quente com manteiga – disse ele, sorrindo. – Para você se aquecer um pouco. A noite está feia lá fora. – Ele ergueu a sobrancelha. – Não é um clima adequado para um feiticeiro nem para uma bruxa.

Ela hesitou.

– Não sou uma bruxa. Sei apenas alguns encantamentos.

Ele deu uma risada que a alarmou.

– Ah, eu sei o que você é, Kari, e o que você não é. – Ele lhe ofereceu o rum, esticando o braço. – Pegue. Beba isso.

Mordon

– Ao ver que ela ainda hesitava, ele acrescentou maliciosamente: – Não vai matar você. – Como se quisesse mostrar que era verdade, ele deu um gole, dando um suspiro alegre antes de afastar a taça da boca.

Sem muita firmeza, ela disse:

– Eu... cometi um erro, não era para eu ter vindo.

– Não. Você fez a coisa certa. Acredite em mim.

Ele se virou e olhou para ela, indicando que a jovem deveria acompanhá-lo. Ao dar um passo na direção dele, a área ao redor dos dois se iluminou de repente, e Kari tropeçou, assustada. Havia uma fileira de lâmpadas no teto e, na parede diante dela, um espelho com moldura de prata batida. Ela estremeceu ao ver o próprio reflexo. A maquiagem tinha se acumulado embaixo de seus olhos. Estava parecendo mais um zumbi.

– Não foi magia – disse ele, contente. – Foram só sensores de movimento.

Ele a guiou pelo corredor, com as solas dos sapatos fazendo barulho na superfície dura. As paredes estavam repletas de imagens de pássaros fantásticos, verde e vermelhos, sobrevoando uma floresta verdejante. Os desenhos foram pintados diretamente nas paredes brancas de gesso. Até o teto baixo acima dela era pintado – havia uma folhagem espessa e pássaros enlouquecidos e ferozes. Os olhos pequenos deles pareciam segui-la à medida que ela passava.

No fim do corredor, Michael abriu portas duplas de madeira, deixando à mostra um quarto escuro, iluminado apenas pela chama no interior da barriga inchada de uma estátua de pedra do Deus Cornífero. O rosto de bode do Deus reluzia com uma aparência cruel e repleta de luxúria. Suas garras estavam erguidas e estendidas para a frente, como se estivessem prestes a pegar o próximo infeliz que ousasse entrar no local. Estava agachado e suas patas traseiras tinham cascos de bode. Kari estremeceu e desviou o olhar.

Havia mais estátuas na escuridão, mas não dava para ver nenhuma muito bem. Tudo que ela viu foi uma quantidade enorme de dentes pontiagudos, garras e chifres. Todos afiados, prontos para ferir e cortar.

O cômodo estava tão frio quanto um frigorífico. As roupas ensopadas de Kari pareciam mais sacos de gelo.

– Aqueça-se – convidou ele, apontando para a estátua.

Ela não foi capaz de recusar, pois não havia nenhuma outra fonte de calor. Constrangida, aproximou-se da estátua, estendendo a mão esquerda enquanto tomava mais um gole de rum. Dessa vez ela gostou da bebida e sentiu o calor do álcool se espalhando pelas veias congeladas.

– Onde eles estão? – perguntou ele diretamente, sem preâmbulos.

Ela lambeu os lábios. *O que é que eu estava pensando?*

– Q-Quem? – Foi o que ela conseguiu dizer.

– Kari, querida – disse ele com gentileza –, você só viria atrás de mim se estivesse querendo negociar. Pelo que sei de você, imagino que queira me entregar a confraria em troca da vida do meu filho.

– Você... devia salvar a vida dele de qualquer maneira – respondeu ela. Mordeu o lábio e ficou olhando o fogo. – Ele é seu filho.

– Você veio até aqui para discutir comigo? – Ele parecia estar se divertindo. – Acho que é a primeira vez que conheço alguém tão atrevida desde que a minha esposa me deixou.

Ela lambeu os lábios.

– Talvez você possa convertê-lo, fazer com que ele seja mais... como você.

Ele balançou a cabeça.

– Não adianta, já passei anos tentando, srta. Hardwicke. Jer teima em complicar a minha vida. Confie em mim: a minha vida vai ficar bem melhor se eu me livrar dele.

Michael se aproximou dela e ficou observando o fogo. Kari percebeu o quanto ele tinha se aproximado; dava para sentir o cheiro de sabonete e de loção pós-barba cara, e o calor do corpo dele se misturou ao do dela. Ficou chocada ao perceber que estava ficando excitada.

Ele está causando isso, disse ela para si mesma. *Pois eu nunca... ele é tão mau.*

Tão poderoso, sussurrou outra voz na sua cabeça.

– Converse comigo – convidou ele. – É só o começo que é mais difícil.

Mas Kari continuou em silêncio. O seu coração tinha disparado mais uma vez, e ela estava começando a ficar preocupada, achando que teria um ataque cardíaco. Ou que desmaiaria e ele... faria algo que não deveria...

Estou ficando bem excitada. Ela o fulminou com o olhar.

– Me deixe em paz – disse ela bruscamente.

Ele soltou uma gargalhada.

– Tarde demais. – Ele sorriu. – Kari, você tomou a decisão certa. – Agarrou a mão dela e a envolveu com as suas, assoprando levemente nos nós dos dedos. – Conte-me – insistiu ele. – Conte-me onde eles estão. Eu salvo Jer... se ele puder ser salvo.

Ela respirou fundo.

– Eles estão em Winters.

Ele fez que sim com a cabeça.

– Conte-me sobre o novo bruxo da linhagem desconhecida dos Cahors: Alex Carruthers.

Ela arregalou os olhos. Sentiu o sangue se esvaindo do rosto e queria parar de sentir a pele dele encostando na sua.

– Você sabe sobre ele? – Ela não sabia por que estava tão surpresa. Inclinou a cabeça e olhou para ele. – Se sabe que ele existe, então já deve saber tudo sobre ele. – O medo fez com que ela ganhasse coragem. – Você não tem pedras premonitórias? Não estava espiando a gente?

Ele deu de ombros em um gesto despreocupado. Pegou a taça das mãos dela e ergueu a borda até os lábios da jovem. Então a inclinou para a frente, forçando-a a tomar um gole, caso contrário o rum com manteiga escorreria pelo seu queixo.

Ela deixou que o álcool aquecesse suas veias e lhe desse um pouco de coragem. Então limpou a garganta e disse:

– Ele é muito poderoso.

– É mesmo? – Michael parecia intrigado. – Ele é primo delas, não é?

Naquele momento, Kari se perguntou se ele não a teria enganado, fazendo-a presumir que ele sabia mais do que de fato sabia. Era tarde demais para voltar atrás e reparar o dano que talvez tivesse feito.

"Talvez"? Estou causando a destruição de todos eles.

— É um primo distante, na melhor das hipóteses. Não sei muito bem qual o grau de parentesco entre eles. — Ela moveu os ombros. — É tudo tão complicado.

Ele não pareceu muito convencido.

— Mas você está fazendo doutorado em antropologia. Achei que saberia bastante sobre esses sistemas de parentesco.

— Estou fazendo doutorado em folclore — corrigiu ela.

— Ah. Erro meu. — Ele tirou a taça de rum da mão dela e tomou um longo gole. Satisfeito, suspirou e a devolveu. — Você veio aqui por vontade própria — lembrou-a.

Tem certeza?, ela queria perguntar. Já não sabia mais se isso era mesmo verdade...

— Os poderes dele são fortes — prosseguiu Kari.

— Imagino que sim, para ser capaz de derrotar Holly.

Ela ouviu um barulho estranho no chão de pedra, como se fossem garras de um cachorro, e em seguida uma risada aguda, que ecoou pelo cômodo conforme o arranhado se aproximava; ela se virou olhando para o chão e gritou quando algo passou em disparada ao seu lado, indo parar no ombro de Michael.

Era uma criatura feiosa, semelhante a um troll, e tinha uma aparência que lembrava um réptil, com orelhas longas e pontiagudas e feições angulosas. Estava sem roupa, e sua pele tinha textura de couro. O bicho sibilou alegremente para Kari, inclinou a cabeça e começou a balbuciar para Michael.

— Ela esssstá tentando essscapar e já essscapou — anunciou a coisa, colocando o dedo por cima do ombro. — Esssstá enlouquecendo.

Feitiço

— Obrigado. Isso não é nenhum problema — disse Michael, fazendo carinho na cabeça do bicho. — Por que não vai encontrar um roedor morto para comer? — Ele tirou do ombro a coisa, que saiu pairando no ar e pousou no chão de pedra, desaparecendo em seguida na escuridão.

Os joelhos de Kari cederam.

— Ah, coitada, que descuido de minha parte. Você deve estar exausta.

Michael estalou os dedos. Uma poltrona carmim bem-acolchoada se materializou atrás de Kari, encostando nas suas panturrilhas. Ela deixou-se cair para trás, afundando-se na maciez e no tecido morno. A bebida escorreu pelo seu punho, fazendo o cheiro de noz-moscada espalhar-se pelo ar.

Ela deu um gole para se recompor e recostou-se. Surpresa, percebeu que estava prestes a pegar no sono. *Ele deve estar lançando algum encantamento em mim. Foi tolice minha vir até aqui. Estava com tanto medo...*

— Você fez a coisa certa — assegurou-lhe ele. — Foi a única escolha sensata que poderia ter feito. Vou matar o restante do grupo. E vou começar por Holly. — Michael parecia satisfeito consigo mesmo.

— Jer... — murmurou ela.

— Não decidi ainda. — Ele se inclinou por cima da jovem, afastando o cabelo molhado da testa dela. Os seus olhos estavam irresistíveis; seu sorriso era terrível.

— Holly está aqui — disse-lhe. — Você sabia? E daqui a duas noites eu vou matá-la. Na Lua dos Ventos. E, ao fazer isso, vou absorver o poder dela. Ninguém na história das confrarias será mais forte do que eu serei.

Mordon

Ele ergueu o queixo e focou os olhos no teto.

– Você chegou no momento perfeito, Kari. Por ter vindo até mim, vou poupá-la. Ou seja, não vou matá-la. – Ele parou por um instante. – E isso é algo bom, querida.

Ela acompanhou a vista dele, e o seu sangue gelou.

No teto havia um falcão preto gigantesco pintado, com as asas alcançando as partes mais escuras do cômodo. No bico enorme e cruel, havia um coração humano, do qual pingava sangue no peito da própria criatura. Os seus olhos – gigantescos mesmo para uma criatura daquele tamanho – fulminaram-na, parecendo segui-la.

– Fantasme, o espírito do Grande Falcão. – Michael fez um movimento com a mão. – Ele mora na Floresta Espiritual, e lá ele caça Pandion.

Kari escutou mais uma vez o som dos tambores da Grande Caçada, um contraponto às batidas das asas dos pássaros que acompanharam o seu carro. Estava incrivelmente tonta; o cômodo estava girando. Segurou-se nos braços da cadeira e começou a ficar ofegante. Pestanejou e escutou o próprio gemido.

O pássaro cruel ergueu a cabeça e soltou um berro. Aquele som perfurou os ouvidos dela, fazendo o seu cérebro estremecer dentro do crânio. O coração que estava no bico dele se soltou da pintura, irrompendo para o mundo real, e flutuou em câmera lenta em direção a Kari.

Ela se levantou de supetão, derrubando a cadeira, se virou e disparou desajeitadamente em direção à porta. A risada de Michael a seguiu.

Feitiço

Ao chegar à porta, a silhueta de uma assombração surgiu do corredor escuro e bloqueou a saída de Kari. Era mais baixa do que ela e estava envolta por uma leve névoa azul e reluzente, que foi removida aos poucos enquanto uma gargalhada ensandecida vibrava por trás das camadas da cortina de névoa, como se fosse o eco do pássaro.

Ao ver quem era, Kari ficou boquiaberta. Os seus joelhos cederam, e ela tombou no chão de pedra.

– *Bonsoir, ma belle* – disse a figura.

Era Holly, com os olhos girando de loucura.

Mas, no interior daqueles olhos, escondido mais no fundo, havia outro par de olhos furiosos que fulminava Kari.

Me tire daqui!, ordenavam eles. *Maintenant!*

– Isabeau – sussurrou Kari. – Isabeau, você está tentando se comunicar comigo?

A própria Holly não respondeu nada. Kari não sabia se ela a tinha escutado. Mas os olhos diziam: *Oui! Me tire daqui! Ele vai destruir todas nós!*

Atrás de Kari, Michael Deveraux disse:

– Coloque-a em algum lugar seguro, Holly. Ela será útil mais tarde.

Um sorriso ensandecido e enfeitiçado apareceu no rosto de Holly.

Confraria Tripla: Santa Cruz

Os outros estavam espalhados ao redor da fogueira enquanto Alex estendia as mãos para se aquecer. O cheiro de fumaça e de madeira lembrava a Jer a antiga sauna no campus da Universidade de Washington – a que ele tinha construído com Kialish e Eddie. Dos três, ele era o único que ainda estava vivo.

E só Deus sabe para onde Kari foi...

– Já é quase a Lua dos Ventos – disse Alex, olhando para o corpo celeste perolado. Ele olhou para Jer, que estava do outro lado da fogueira com o capuz do manto cobrindo a cabeça. Agora que Holly não se encontrava mais lá, estava poupando as suas energias mágicas para outras coisas que não criar um encantamento que lhe devolvesse a sua antiga aparência. Mas ainda ficava incomodado quando os outros olhavam para as suas feições, faziam uma careta e depois desviavam o olhar. Sabia que eles não percebiam o que estavam fazendo, e Amanda em particular ficaria horrorizada se soubesse o quanto a sua repulsão o magoava.

Mas não é hora de pensar em mim mesmo. Temos que sobreviver tempo suficiente para derrotar o meu pai.

Alex olhou para Jer e disse:

– Você sabe o que isso significa, não é, Deveraux?

Notando que Alex continuava chamando-o pelo sobrenome odiado, apesar de ter pedido várias vezes para que ele não fizesse isso, Jer concordou com a cabeça amargamente. O seu pai iria fazer seu ataque mais forte quando a Lua dos Ventos estivesse em ascensão: Michael Deveraux tentaria trazer o Inferno à Terra.

Ficou encarando a fogueira, como se pudesse fazer com que o fogo fosse até o céu. As bruxas falavam em puxar a lua para baixo. Se elas fossem capazes de fazer isso, ele a incendiaria, lançaria-a de volta para o espaço e ficaria vendo ela virar cinzas. Assim a Lua dos Ventos nunca chegaria.

O silêncio que se seguiu deixou os outros nervosos. Jer conseguia sentir a tensão no ar. Tomou um gole de café, que achou amargo. Mas, para ele, toda a vida era amarga.

Só continuo vivo porque quero acabar com ele. Depois...

Amanda franziu a testa e se aproximou de Philippe, perguntando:

— O quê? O que a Lua dos Ventos significa?

— Não sei — respondeu Philippe, dando de ombros. Ele olhou primeiro para Alex e depois para Jer.

Jer olhou para ele. Amanda se encolheu, mas Philippe não.

— É a lua do Deus Cornífero. Qualquer bruxa ou feiticeiro que morrer durante a próxima lua cheia ficará condenado a servir o Deus por toda a eternidade.

— Isso — disse Alex. — Exatamente.

— *Dios mio* — murmurou Pablo, fazendo o sinal da cruz.

— Por que vocês dois só mencionaram isso agora? — perguntou Armand, parecendo estar com raiva. — Não temos mais tempo para nos preparar.

— Eu não tinha certeza — explicou Alex. — Então joguei as runas.

Os outros se viraram para Jer.

— Nem toda Lua dos Ventos tem a mesma energia. Mas Alex está certo: essa de agora não é nada boa.

Amanda suspirou pesadamente.

— Isso nunca acaba — murmurou ela. — As coisas só pioram.

— O que devemos fazer? — perguntou Pablo a Jer.

Antes que Jer tivesse tempo de responder, Alex se intrometeu e disse:

Mordon

– Nós devíamos matar um feiticeiro para pegar o poder dele, assim como Michael Deveraux está planejando fazer.

Ele ficou olhando para Jer... que também o encarava calmamente.

– Um bruxo também serve – respondeu Jer.

Os dois trocaram olhares fulminantes.

Um de nós vai morrer durante a Lua dos Ventos, pensou Jer. *E não serei eu de jeito nenhum.*

– Já basta – retrucou Richard. – Vocês dois, parem com isso – disse, ficando no meio dos rapazes e lançando um olhar ameaçador.

Alex baixou o olhar, mas Jer continuou sentindo o seu jeito ameaçador direcionado apenas para ele. Da sua parte, Jer descerrou os punhos e voltou a atenção para Richard. Devia a própria vida ao tio de Holly, e essa era uma dívida que ele não esqueceria tão cedo. Alex podia até ter aparecido e derrotado o Fogo Negro, mas foi Richard que libertou Jer da pedra, e Jer achava que eles teriam escapado mesmo sem a ajuda de Alex. *Na verdade, o fogo só apareceu quando ele entrou no Tempo do Sonho.*

Mas não tinha como provar isso, e se Alex pudesse ajudá-los a derrotar o pai, Jer ficaria grato. *Meu pai... onde será que ele está? O que estará fazendo?* Jer cerrou os punhos de novo por instinto. *É como se eu pudesse sentir a presença do meu pai. Ele está vindo atrás de nós, e não estamos prontos. Precisamos obter alguma informação e não vamos conseguir nada ficando parados aqui. Eu poderia ir atrás dele, descobrir o que está tramando... ver se sabe o que aconteceu com Holly...*

Feitiço

Esperou que os outros dormissem. Levantou-se da cama, colocou os sapatos e foi sorrateiro ao sair. Ao passar por Pablo, este se mexeu, franzindo o rosto. Jer prendeu a respiração, e então o jovem bruxo não acordou.

Abriu a porta devagar e saiu, fechando-a após passar. Deu três passos e soltou a respiração que estava prendendo. Pelo canto do olho, avistou alguma coisa se movendo e pulou, assustado.

Richard estava lá parado, com um olhar quase afetuoso. Jer não sabia o que dizer. Achava que o homem mais velho estava dormindo na cabana com os outros.

– Sei para onde está indo e só queria desejar boa sorte.

– Obrigado – disse Jer.

Richard colocou a mão no ombro dele.

– Tome cuidado. Se encontrar Holly ou Kari, tire-as de lá se puder.

– Certo.

– Não vamos estar mais aqui quando você voltar, espero que entenda isso. Mas, se precisar da gente, tente se comunicar com Pablo. Aquele garoto tem habilidades incríveis.

Jer concordou com a cabeça. Sabia que o esconderijo da Confraria Mãe ficava em algum lugar ali perto, mas não sabia onde, e era bem provável que não fosse conseguir encontrá-lo. Após um instante, Richard estendeu os braços e o abraçou. Surpreso, Jer retribuiu o abraço. Sentiu lágrimas nos olhos.

– Cuide-se, filho – sussurrou Richard.

Os dois se separaram e Richard sorriu antes de dar um passo para trás e desaparecer na escuridão.

★ ★ ★

O dia amanheceu límpido e agradável. Amanda estava ao lado dos dois homens com quem mais se importava: seu pai e Tommy.

– Foi bom ele ter ido embora – disse Tommy. – Não estava dando certo os dois ficarem aqui. – Ele franziu o nariz. – Ambos sofrem de excesso de testosterona.

O pai dela deu uma risada enquanto concordava com a cabeça, mas Amanda ainda se sentia desolada. Ver tantas pessoas sendo mortas ou sequestradas já era mais do que o suficiente, mas elas também estavam indo embora por vontade própria. Por mais estranho que isso pudesse parecer, Jer era o último elo que ela tinha com Holly.

– Hora de partirmos – disse Amanda enquanto via Luna se aproximando. Sua voz estava áspera de tanto tempo que tinha passado tentando conter as lágrimas.

Após alguns minutos, estavam todos dentro dos carros, Luna dirigindo o da frente e Richard dirigindo o outro. Não demorou para que chegassem a uma casa enorme que ficava numa colina. Fora dela, de braços cruzados e com uma grande gata cinzenta ao redor dos tornozelos, estava Anne-Louise Montrachet.

Amanda saiu do carro com uma sensação de alívio por ver um rosto familiar. Aproximou-se de Anne-Louise e, quase sem pensar, abraçou a mulher. Enquanto a abraçava, Amanda percebeu que a outra tinha ficado surpresa.

– Aqui vocês estão em segurança – sussurrou Anne-Louise.

Amanda começou a soluçar, sem conseguir mais se conter.

– Faz tanto tempo que não me sinto segura.

Feitiço

– Eu sei, eu sei.

Mais do que ouvir, Amanda sentiu alguém se aproximando por trás e, quando colocaram uma mão em seu ombro, ela percebeu que era Tommy. Anne-Louise se afastou, e Amanda se virou, se jogando nos braços dele.

Ela escutou Anne-Louise falar com os outros, com uma voz forte e nítida:

– Sejam bem-vindos, todos vocês. Oferecemos um refúgio seguro e um lugar para se curarem. Que assim seja.

– Que assim seja – repetiram os outros.

– Que assim seja – sussurrou Amanda no ombro de Tommy.

OITO

EPONA

☾

Cahors caem nas nossas mãos
Vítimas dos Deveraux eles serão
Faremos o que for de nosso desejar
E nos deleitaremos durante o matar

Deusa, atenda nossa oração
Mantenha-nos em segurança e sãos
Leve nossos corações para longe da dor
E faça-nos viver até o dia posterior

Eli: Avalon

Apesar de ter conseguido entrar sem nenhuma dificuldade na masmorra em que Nicole estava presa, Eli não estava contente.

Foi fácil demais, disse para si mesmo enquanto seguia em frente sorrateiramente, escorregando no chão de pedras úmido. Tinha trocado os sapatos de sempre por um tênis de cano alto, de solas macias, que estavam ficando encharcadas. Os pés estavam congelando. *Tem que ser uma armadilha.*

A parte de trás do seu manto, assim como o casaco de couro preto debaixo dele, estava ensopada devido ao líquido fedorento que pingava da parede mofada. Dizia-se que o castelo era de antes da época do Merlin de Arthur, e também se dizia que o antigo feiticeiro druida ainda o habitava hoje em dia. Só de pensar nisso, Eli sentia um aperto no peito de tanto medo. Se Merlin estivesse ajudando sir William, ele, Eli, poderia muito bem virar um monte de cinzas antes de o dia terminar.

Ou um velho nojento cheio de verrugas, como Laurent...

Era para ser uma piada, mas ele estremeceu mesmo assim. Estava apavorado, e isso era algo que um feiticeiro Deveraux nunca deveria admitir, nem para si mesmo. Vários acontecimentos tinham abalado a sua fé no poder da família. Costumava-se dizer que a magia dos Deveraux era a mais forte que existia, pelo menos no lado das trevas, e que a família Moore tinha usurpado a posição de líder da Suprema Confraria, algo que pertencia à família de Eli por direito. Afinal, nenhuma outra confraria era capaz de conjurar o Fogo Negro... e muitas haviam tentado.

Essa masmorra não é nada de mais. Com certeza não é nenhuma ameaça para alguém tão poderoso quanto eu.

Mas agora, enquanto caminhava furtivamente no escuro, sentindo o odor da imundície e da morte e escutando berros de agonia a distância causados pelos torturadores que praticavam suas artes em vários inimigos de sir William, Eli teve vontade de ir embora. No entanto, não faria isso; mesmo que as novas proteções da ilha permitissem, ele não agiria com base nesse impulso – não se teletransportaria –, mas a tentação crescia dentro dele como um desejo intenso.

Nicole nem gosta mais de mim. Por que é que eu devo me dar ao trabalho de salvá-la?

Epona

Porque ela é valiosa, disse a si mesmo, franzindo a testa por ser tão medroso. *Ela é descendente dos Cahors. Ela, a irmã e a prima, Holly, formam um triunvirato indestrutível. Além disso, James a roubou de mim.*

Nenhum homem, feiticeiro ou mero humano sem dons, rouba o que é meu.

Com um ciúme furioso, prosseguiu em frente pelo túnel estreito, para onde tinha sido levado por seu feitiço de localização. Usando a mão esquerda para proteger a luz de possíveis espectadores, examinou o brilho verde iridescente que havia no centro da palma. O brilho, que estava dentro da minúscula imagem de um falcão Deveraux, havia "voado" um pouco para a frente, indo para perto do seu dedo do meio, indicando que ele deveria seguir na mesma direção em que estava indo. Sempre havia a possibilidade de alguém estar manipulando a imagem, fazendo-o ir para o lugar errado. Ele poderia estar indo direto para uma armadilha sem nem saber.

No entanto, a sua bússola mágica parecia estar funcionando direito, e o pequeno falcão era uma imagem que apenas um Deveraux seria capaz de conjurar.

Havia outros Deveraux vivos no mundo.

Jer está preso no Tempo do Sonho, pensou ele, *e a essa altura é bem provável que já esteja morto. Não acho que papai fosse se dar tanto trabalho por causa de algum plano que eu desconheça.*

Mas isso foi fácil demais, pensou ele de novo.

Puxou o manto de invisibilidade, que estava por cima do casaco de couro preto. Havia colocado vários encantamentos de proteção e amuletos por todo o corpo, mas achava

Feitiço

que ia encontrar pelo menos alguns obstáculos – um ou dois guardiões, talvez alguma força demoníaca invisível capaz de detectar a presença de um intruso. Mas, tanto no caminho pelos penhascos acima do litoral quanto no campo de urze que o levou até a entrada da masmorra, não havia acontecido nada. Foi até entediante.

Então uma silhueta se ergueu contra a parede escura – preto sobre preto –, e Eli percebeu que havia baixado a guarda cedo demais.

A forma era de uma criatura redonda e bulbosa, com um machado por cima do ombro. A sua cabeça era desproporcionalmente grande, dando-lhe uma aparência quase de macaco.

Era um Golem, uma criatura feita de barro, cuja mente pertencia a outra pessoa. Ele obedeceria às ordens do seu criador; não era possível discutir com ele nem o fazer desistir do seu objetivo. E era bem complicado matá-los. Não era impossível, mas, para conseguir fazer isso, Eli precisaria fazer muito barulho.

Eli virou a cabeça, esperando ver o Golem do outro lado do túnel. Mas não havia nada lá. Uma inquietação percorreu a sua espinha, com algo gélido subindo pelo centro das suas costas. Os Golems eram criaturas bem sólidas. Eles não poderiam formar silhuetas fantasmagóricas iguais às de espíritos ou espectros.

Que droga. Onde ele está?

Cerrou o punho ao redor da pedra premonitória para esconder o seu brilho e se misturou às sombras. Estreitando os olhos, tentou respirar o mais baixo possível enquanto analisava a silhueta. O que estava vendo não fazia nenhum sentido, a não ser que alguma forma de magia desconhecida estivesse sendo empregada.

Então, enquanto Eli a encarava, a silhueta desapareceu.

Ele ficou piscando os olhos, sem reação. E então entendeu: a sombra não tinha sido projetada pelo túnel. Na verdade ele tinha enxergado o que havia do outro lado da parede. Uma de suas proteções devia ter feito com que adquirisse esse poder.

O Golem se arrastou do outro lado da parede.

Ele foi enviado para achar Nicole.

Então tudo o que preciso fazer para encontrá-la é segui-lo.

Eli murmurou encantamentos tentando lembrar onde tinha colocado cada um dos amuletos – estava muito apressado quando os guardou – e finalmente agarrou o disco solar pendurado em seu pescoço num cordão de couro. O calor que sentiu o fez ter certeza de que tinha pegado o amuleto certo. Murmurou um encantamento para enxergar e, como era de se esperar, a parede ficou mais fina de novo. E então ele viu o Golem mais uma vez, cambaleando para a frente implacavelmente, um monstro feito de rocha e barro tão impávido quanto o Exterminador do Futuro.

Prosseguiu em frente, seguindo a criatura do outro lado da parede. A coisa tropeçou, parou e começou a desaparecer do campo de visão de Eli.

Ele virou à direita, percebeu Eli.

Hesitou por um instante, então estendeu as mãos e sussurrou palavras que fizeram a parede derreter. Eli esperava que o Golem, por estar de costas, não visse isso; mas sempre havia a possibilidade de que outros seres naquele mesmo túnel – se é que havia algum – percebessem o que Eli estava fazendo.

Logo um buraco se materializou na altura da cintura – dava para passar por ele se agachando. Eli se abaixou e o atravessou, ainda cobrindo firmemente a pedra premonitória com a mão. Não tinha esquecido que o seu objetivo era resgatar Nicole e sabia que teria de esperar o momento certo para lutar contra o Golem. Onde havia um Golem facilmente haveria outro Golem. E mais outro.

Assim que passou pelo buraco, continuou beirando a parede de pedra. Ainda estava alerta, à procura de guardas, e surpreso por ninguém tê-lo atacado.

Então, de repente, tudo virou um caos total, e ele percebeu que estava correto: era uma armadilha.

Enquanto o Golem se virou, brandindo o machado na direção de Eli, coisas que pareciam pedaços de pedra que haviam se soltado das paredes se lançavam para cima dele. Eram criaturas deformadas, de corpos gelatinosos e braços compridos com garras. Eles tentavam golpeá-lo enquanto se jogavam em cima dele.

Por ser um feiticeiro habilidoso, Eli logo se protegeu com uma barreira esférica, mirando bolas de fogo nos projéteis e desviando do machado do Golem. Notou que havia um borrão de formas maiores correndo ao redor da esfera e, quando teve tempo de olhar para elas, quase se atrapalhou: eram três outros Golems que tinham se juntado ao primeiro. Um deles com um machado, um com uma clava e um com uma cota de malha semelhante às que os gladiadores romanos usavam. Todos golpeavam a barreira esférica, e Eli percebeu que sua única chance de sobreviver seria mantê-la intacta. Não era algo tão fácil devido às bolas de fogo que ele tinha de arremessar no inimigo.

Mais criaturas da parede emergiram e se jogaram contra a esfera, achatando-se e formando uma gosma gelatinosa ao deslizarem pelas laterais da esfera até caírem no chão. Agora havia talvez uma dúzia delas. Os quatro Golems continuaram batendo na esfera, que passou a ficar mais fraca. Estava balançando e começou a estalar.

Então o Golem com a clava ergueu a arma por cima da cabeça. A bola de metal com espinhos atingiu o globo com um impacto estremecedor, e a força do golpe arrancou a parte superior da esfera. Agora Eli estava preso lá dentro, como um animal numa toca.

Um animal..., pensou ele enquanto ficava de joelhos. *Um animal.*

Mantendo a calma, fechou os olhos e concentrou sua força mágica, vendo nitidamente cada pena, cada garra brilhante, os olhos pequenos e o bico voraz.

Fantasme, chamou ele. *Eu o convoco através do vazio desconhecido...*

Agora o Golem com o sabre enfiou a lâmina na lateral da esfera. Estalos se espalharam por toda a superfície como relâmpagos, obscurecendo a visão de Eli.

Fantasme...

Três das criaturas gelatinosas e bizarras conseguiram escalar até o topo da esfera, levantaram-se e mergulharam lá dentro. Uma delas caiu bem em cima da cabeça de Eli e começou a afundar os dedos longos e afiados no couro cabeludo dele. Eli rugiu de dor e agarrou a criatura com as mãos; o corpo dela esguichou entre seus dedos, e ele a arremessou para longe, enojado.

A segunda assumiu o trabalho da primeira, e Eli também a esmagou. A terceira tinha caído em pé dentro da esfera e estava tentando escalar a perna dele; com um grunhido, Eli a afastou com a sola do sapato e pisou nela.

Dois Golems passaram a forçar a esfera com os ombros, tentando fazê-la rolar. Eli caiu de joelhos e abriu os braços para não deslizar junto com a superfície curva, como um hamster numa rodinha.

Fantasme!, ordenou ele.

– Lá está ele! – gritou alguém, e Eli notou que tropas humanas haviam acabado de entrar no túnel.

Como se os Golems precisassem de reforços, pensou ele. Aproveitou o fato de que a esfera estava rolando para lançar bolas de fogo pelo que costumava ser a parte de cima do globo, que agora estava aberta. Conseguiu atingir os dois primeiros soldados humanos, que vestiam o que pareciam ser casacos e calças de couro preto. Os homens pegaram fogo e caíram no chão, gritando.

Droga, Fantasme, apareça logo!

Nenhum dos outros homens se deu ao trabalho de ajudar os dois que estavam morrendo queimados. Um deles era bloqueado pelos Golems; era quase engraçado vê-lo tentando intimidá-los para que saíssem do caminho. Os Golems não prestaram atenção alguma, apenas continuaram tirando pedaços da esfera.

Epona

Isso não é nada engraçado.

O Golem com a clava colocou o braço dentro da esfera, agarrando Eli pelo pescoço. E começou a apertá-lo. A sujeira da pele da criatura salpicou no pescoço de Eli, que agarrou os punhos grossos da coisa e lutou, querendo ar. Em questão de instantes, o Golem esmagaria sua garganta... e Eli morreria.

Pássaro, pensou ele, com várias palavras bramindo no seu cérebro ao mesmo tempo, mas não conseguia mais pensar em nenhuma. *Meu servo...*

Uma explosão fez o túnel estremecer. O Golem que segurava o pescoço de Eli foi arremessado para trás. Eli foi arrancado da esfera e caiu no peito do outro. O impacto fez com que o monstro relaxasse um pouco a mão, e, com fúria, Eli lançou uma bola de fogo bem no rosto dele.

O Golem não fez nenhum barulho e simplesmente ficou com o corpo mole. Eli ficou surpreso – não fazia ideia de que o fogo era capaz de ferir essas criaturas; jogar a bola de fogo tinha sido apenas um reflexo, uma tentativa de se defender. Então ele viu um pedacinho de papel se encurvando e virando cinzas dentro da boca do Golem. Claro. Como criações da antiga magia judaica, um Golem era ativado quando se escrevia um encantamento mágico num pedaço de papel para colocar na boca dele. A bola de fogo de Eli tinha destruído o encantamento.

Aproveitando o instante para recobrar o raciocínio, ele fez a parede ficar coberta de chamas, isolando a maior parte dos guardas e dos monstros, que corriam para dentro do túnel. Sobrou apenas um pequeno grupo para Eli enfrentar, e ele começou a agredi-los sem parar, derrubando um por um, o mais rápido que podia.

Houve mais uma explosão. Eli a percebeu, mas, fora isso, não prestou nenhuma atenção a ela. A batalha à sua frente exigia toda a sua concentração... mas ele sabia que, se sobrevivesse a esse combate de agora, teria que lidar depois com o quer que estivesse chegando.

Houve uma terceira explosão, e o teto do túnel começou a estremecer, partindo-se em pedaços enormes de pedra e esmagando as criaturas gelatinosas e o Golem com o sabre, que estava prestes a se lançar para cima de Eli. Eli se protegeu imediatamente com um encantamento, mas o ataque era tão intenso que ele ficou em posição fetal e cobriu a cabeça com as mãos. Então, percebendo o quanto estava vulnerável, rolou de lado e se levantou com dificuldade, pois o chão sob os seus pés estava rachando. Um pedaço gigantesco e pontiagudo do chão colidiu com outro, forçando os dois fragmentos a emergir como se fossem uma montanha.

A sua parede de chamas continuou intacta; mas, incrivelmente, alguma coisa gigantesca se ergueu atrás de Eli, que viu a silhueta dela através das chamas. Então a coisa atravessou a cortina de fogo, fazendo o terceiro Golem sair voando com um murro de seu imenso punho.

Era uma criatura medonha, preta e de aparência encouraçada, com cerca de seis metros de altura. Ela cambaleava em direção a Eli e teve que se abaixar para não esbarrar no teto do túnel. O seu rosto era um retângulo comprido que terminava numa mistura bizarra e triangular de carne e penas. Os olhos eram enormes e não tinham íris, apenas pupi-

Epona

las de no mínimo quinze centímetros de largura. Em vez de braços, tinha apêndices grandes e carnudos, cobertos de plumas. Os pés tinham garras parecidas com as de um gavião.

A coisa abriu a boca e soltou um uivo agudo e arrepiante. Sobressaltando-se, Eli percebeu quem e o que era aquilo: era o espírito do falcão Fantasme, que tinha se materializado de uma maneira bizarra que Eli nunca tinha visto antes.

– Você me escutou – disse ele de repente.

A criatura, semelhante a um pássaro, estendeu os membros parecidos com braços, ergueu Eli e o apertou contra o peito. Em seguida virou-se, lançando-se para a frente e abrindo uma boca enorme no fim de seu focinho. A sua mandíbula abriu-se num estrondo e se expandiu; outra mandíbula estendeu-se para a frente e dilacerou a garganta da criatura gelatinosa que pairava no ar, tentando cair de costas no chão.

Gosma saiu voando por todos os lados. Então Fantasme se virou de novo e começou a percorrer o túnel.

Os dois Golems que sobraram foram atrás dele. Virando o pescoço para ver, Eli viu as criaturas se aproximando e em seguida se distanciando à medida que Fantasme acelerava. O túnel estava ficando repleto de fumaça e de um cheiro de queimado terrível. A fumaça acre e oleosa entrou na garganta de Eli antes que ele pudesse se proteger. Começou a tossir e os seus olhos lacrimejaram. Fantasme olhou para ele e guinchou no seu "idioma" incompreensível. Em seguida, o pássaro se encurvou na direção dele e, antes que Eli pudesse reagir, envolveu a sua cabeça com o bico. Ela inalou e exalou; e então Eli compreendeu. Assim Fantasme estava fazendo com que ele respirasse um ar limpo.

Feitiço

O ato provavelmente salvou a vida de Eli, que ficou com a cabeça dentro do bico de Fantasme enquanto a ave corria cada vez mais rápido, encurvando-se de modo protetor ao redor de Eli como um zagueiro e sua bola de futebol americano.

Ele não sabia por quanto tempo Fantasme estava correndo – parecia que fazia horas –, mas o hálito quente e úmido da ave foi ficando ressecado e enfumaçado, pois o ar venenoso com certeza também estava cercando-a – a ave só fazia filtrá-lo o máximo que podia antes de oferecê-lo para Eli. Enfraquecendo-se e se sentindo mal, ele percebeu que não estava mais se segurando em Fantasme com tanta firmeza, mas a criatura continuava prendendo-o fortemente nos braços, e Eli sentiu uma onda de gratidão enquanto eles seguiam em frente. Ao longo dos séculos, Fantasme tinha sido um servo bom e fiel para sua família, em qualquer encarnação em que se apresentasse.

Claro que essa fidelidade tinha sido comprada... com o sangue de muitas, muitas virgens...

Mas agora Eli estava ficando cada vez mais debilitado. O ar estava poluído demais; ele estava sufocando dentro da boca de Fantasme. Os seus dedos ficaram moles e o braço balançava ao seu lado, oscilando como uma mola enquanto o pássaro o carregava pela masmorra do castelo de Avalon.

Não vou morrer, pensou ele, com raiva. *Sou um Deveraux. Nós não morremos.*

Então tudo se apagou e a sua alma gritou apavorada, temendo que o Deus Cornífero fosse devorá-la e que o nada acinzentado e sem espírito se tornasse a sua recompensa final.

Epona

Quando acordou, Nicole estava encurvada por cima do seu corpo, com a boca cobrindo a sua. Ele sentiu o cheiro delicioso de rosas e cravo-da-índia e inalou avidamente. Hálito de bruxa. Hálito de magia. Pelo jeito, ela ainda não tinha percebido que Eli tinha recobrado a consciência, e ele deixou os pulmões se encherem do ar que ela enviava para a sua boca. Ela estava fazendo respiração boca a boca nele, e Eli estava adorando.

Ela estava tão concentrada no que estava fazendo que, quando ele encostou suavemente a sua língua na dela, ela não parou.

Então os olhos escuros e profundos da jovem olharam diretamente para os dele, e ela se afastou.

Grunhindo, Nicole se sentou e estreitou os olhos, de guarda. Exageradamente, ele tossiu e rolou de lado, contraindo-se, cerrando e descerrando os punhos.

Ela bateu nas costas dele. Eli sorriu para si mesmo e se fez tossir mais algumas vezes.

– Eli, acorda. Me tira logo daqui – ordenou ela. – A água está subindo.

A água?

Deixando o teatrinho de lado, ele se sentou, percebendo que não era tanto um teatrinho: ele estava incrivelmente fraco, e a caverna – *caverna?* – rodopiava ao seu redor como se fosse um carrossel.

– Aquela coisa me soltou e trouxe nós dois para esta caverna – disse ela, apontando para um lugar atrás de si. Ele se virou. Como era de se esperar, Fantasme o estava observando com uma expressão protetora, os olhos pequenos refletindo apenas a escuridão. Havia uma fonte de luz em algum lugar da caverna, e Eli deu uma olhada ao redor para procurá-la. Um pequeno globo tremeluzia ao lado de Nicole.

Ela deve ter criado o globo, pensou ele, e, censurando-se, lembrou que ela era uma bruxa Cahors e, portanto, sua inimiga. Os velhos dias de colégio, em que ela era louca por ele, agora pertenciam a dois habitantes de algum país desconhecido do passado.

– Se isso for um plano para você me entregar ao seu pai ou a James, eu mato você – disse ela. Como se para mostrar que de fato tinha coragem de fazer isso, ela puxou uma adaga e a colocou na garganta dele.

Fantasme se lançou para cima de Nicole, mas Eli ergueu a mão para que ele parasse e disse:

– Para trás.

Ele reconheceu a adaga dos rituais que tinha feito com James. Era um dos *athames* dele. Extremamente afiado, tinha cortado o peito de um bode com um único golpe, sem dificuldade alguma – mas Eli duvidava que Nicole soubesse disso.

– Não estou aqui para entregá-la para James nem para o meu pai – disse ele. – Estou aqui para resgatá-la. Ponto final.

– Por quê? – perguntou ela.

Ele pensou em contar que a amava, mas ela nunca acreditaria nisso. Ou que a desejava, algo que ela provavelmente acharia ofensivo. Então Eli disse a verdade:

– Você é poderosa e valiosa. Preciso de algum poder de barganha. Vou me aproveitar de você. – Ele riu de sua frase levemente sexual.

Epona

— Não toque em mim – disse Nicole, furiosa, deixando os dentes à mostra como um gato selvagem. Aquilo o deixou excitado. – Nem pense em chegar perto de mim.

— Não se preocupe. – Ele ergueu as mãos. – Calma, gatinha. – Então ele sorriu. – Mas, se eu precisar de respiração boca a boca de novo, eu a aviso imediatamente.

— Eu salvei a sua vida – sibilou ela. – Mas não foi por compaixão, Eli. Preciso que você me tire daqui. Mas, se tentar fazer qualquer coisa comigo, eu mato você.

Fantasme deu mais um passo para a frente. Mais uma vez, Eli sinalizou para que ele ficasse parado.

— Tudo bem, querida – disse ele de pronto. – E a recíproca é verdadeira. Vamos fazer uma trégua até nos livrarmos dessa confusão.

— E depois...?

— Depois nós vemos o que fazemos. Assim como dizíamos quando éramos mais novos.

Ela franziu a testa para ele.

— Eu nunca disse nada desse tipo. Nem você. O seu pai talvez. Ele sempre se esforçou tanto para dar uma de 'descolado'. – Ela jogou o cabelo para trás. Eli achou difícil não a agarrar e beijar. Ele adorava garotas atrevidas e esquentadas.

— Meu pai é descolado – respondeu ele.

— Sabe de uma coisa, Eli? Não estou nem aí para isso – disse ela.

Ela estava com um vestido longo e folgado feito de seda e renda preta, que ficava muito bem nela. O prateado da família Cahors estava bordado no corpete decotado e nas mangas longas, que cobriam os dorsos das suas mãos pela metade. Apesar de ela ser uma prisioneira condenada à morte, ela também era a esposa de um Moore – e quando chegasse a hora seria a esposa morta de um Moore. O seu cabelo escuro e encaracolado havia crescido desde o namoro dos dois e estava enrolado nas laterais e cobrindo as suas costas. Ela estava incrivelmente bonita.

Por um instante, ele imaginou as coisas pelas quais ela devia ter passado com James. James tinha lhe contado alguns detalhes brutais, e Eli tinha ficado com raiva e com ciúmes por outro homem tê-la tocado. No entanto, só então ele parou para pensar em como isso devia ter sido difícil para ela. Balançou a cabeça.

Fantasme fez um estranho barulho premonitório e por um instante Eli teve um pensamento ridículo: eles estavam num episódio de Scooby Doo e Fantasme era o cara de terno. Voltou a ficar sério quando uma água gélida e salobra molhou o seu tênis já encharcado.

– Tá certo, e onde estamos?

– Estamos no nível do mar – informou-o Nicole. – O animal nos trouxe para uma caverna. A água tem entrado aos poucos. Acho que a maré está subindo.

– Ainda estamos sendo caçados? – perguntou ele.

Ela deu uma risada desdenhosa.

– Claro. Tem uns dois desses caras nojentos feitos de argila...

– Golems – informou ele.

– Que seja. E demônios e monstros feito de gosma. Todo tipo de coisa. O seu homem-pássaro conseguiu ser mais rápido, e eu coloquei um encantamento nesta caverna para que eles não possam vê-la. Mas não sei se o encantamento foi tão bom, não sei quando eles vão conseguir destruir as minhas proteções e tal. Usei o seu manto de invisibilidade. Ele é bom. – Ela pareceu admitir aquilo com dificuldade, então ele não respondeu. – Mas e então, você tem algum plano?

– Claro – respondeu ele de imediato. – Era totalmente baseado na invisibilidade – acrescentou para que ela não pedisse detalhes que ele não tinha. – James conhece a ilha inteira. Ele cresceu aqui. E vai descobrir onde estamos. – Eli franziu a testa. – Se é que já não descobriu.

Nicole lançou um olhar ansioso por cima do ombro. Tudo que ele conseguia enxergar eram rochas, mas imaginou que era ali que estava o seu manto, protegendo a entrada. Era bem possível que houvesse um exército de lacaios da Suprema Confraria, humanos ou não, aglomerado do outro lado, esperando que eles saíssem.

Eli poderia ter pegado a faca dela naquele instante, mas gostava de vê-la dando uma de poderosa, então desistiu. Achou que ela sentiu os seus pensamentos, pois de repente Nicole virou a cabeça de volta para ele e pressionou a faca um pouco mais. Ele duvidava que ela percebesse que isso o deixava ainda mais excitado.

Aquilo foi demais para Fantasme. A criatura lançou para trás um de seus... apêndices... e agarrou a faca da mão de Nicole. Ela gritou de agonia e se encurvou no chão da caverna.

– Meu pulso! – disse ela com a voz áspera e aguda.

Eli pegou o *athame* com delicadeza e o guardou no seu casaco preto de couro. Em um gesto rude, ele cobriu a boca de Nicole para abafar os gritos. Aquilo fez com que ela gritasse ainda mais, então ele murmurou um encantamento de silêncio, que a deixou muda.

E, em nome dos velhos tempos, fez com que a dor parasse e o pulso dela começasse a sarar.

Jer: Gorman, Califórnia

Jer parou para abastecer o carro no topo da cidade de Grapevine antes de começar a descida até a bacia de Los Angeles. De lá, rumaria ao leste, em direção ao Novo México. A noite estava escura, e havia nuvens cobrindo o rosto da Lua quando ele olhou ansiosamente para o céu. *A Lua dos Ventos está chegando*, pensou ele, estremecendo. *É bem provável que nenhum de nós sobreviva.*

– Não se eu puder fazer alguma coisa a respeito – jurou ele em voz alta, assustando uma mulher que colocava gasolina numa minivan vermelha a uns dois metros de distância. Ele estreitou os olhos; aquela mulher tinha algo de... errado.

O seu cabelo curto estava grudado na cabeça, e as suas feições eram nitidamente europeias. Ficou encarando a mão dela, que colocava a bomba de combustível no lugar. A mulher a estava segurando com firmeza, com os músculos do antebraço tensionados. E eram músculos impressionantes. Jer estreitou os olhos e tentou enxergar mais detalhes à luz fluorescente.

Havia uma cicatriz no braço dela: era uma linha reta e longa, característica de automutilação. Estava no topo do braço, então não devia ser de uma tentativa de suicídio. Não, parecia algo familiar, algo que uma pessoa faria durante um ritual...

Epona

Ela se jogou em cima de Jer, arremessando-o no chão e caindo em cima dele. Ele bateu a cabeça no concreto com força, e um zumbido se espalhou pelos seus ouvidos. A sua visão ficou embaçada, mas de repente ele sentiu uma forte pontada na garganta.

– Diga onde o seu pai está – sibilou a mulher.

A visão de Jer recuperou o foco enquanto ele percebia que ela estava pressionando uma faca na sua garganta.

– Não sei – respondeu com sinceridade. Sabia que, se mentisse, ela poderia matá-lo.

Pela maneira como a mulher pressionou os lábios, ele soube que ela acreditou.

– Não me diga que ele lhe deu um fora e agora você quer vingança... – brincou ele, sem saber o que fazer. Ele estava à mercê dela; a mulher poderia cortar a sua garganta antes que ele pudesse fazer qualquer coisa para tentar escapar, fosse usando magia ou não.

Ela riu friamente.

– Não é nada tão empolgante assim. Mas vou matá-lo.

Jer engoliu em seco, tentando ignorar a sensação da lâmina cortando a sua pele.

– Então vai ter que entrar na fila.

– Por que eu acreditaria em você? Por que acreditaria que você vai matar o próprio pai?

– Você sabe quem eu sou e quem é o meu pai e mesmo assim me pergunta isso?

Ela fez que sim com a cabeça, parecendo satisfeita, e levantou-se com um único movimento. Estendeu a mão, e ele a segurou. Enquanto se erguia, Jer afastou-se um pouco dela, sentindo-se aliviado.

– Sir William ordenou que o seu pai fosse executado. Mas ele não falou nada sobre você.

– Nunca achei que ser ignorado tivesse suas vantagens – disse ele, tentando fazer piada enquanto tocava o pescoço com cuidado. Algumas gotas de sangue ficaram nas pontas dos dedos, e ele soltou um palavrão baixinho.

– Vá por mim, ele não está ignorando você. Ele nunca ignora ninguém, é por isso que ainda está vivo.

– Parece mais que você está falando por experiência própria.

A mulher olhou para ele, balançando a cabeça.

– Já vi o que ele é capaz de fazer. Não quero que ele faça o mesmo comigo.

Jer sorriu. Era um relato sombrio do mundo em que a mulher tinha escolhido viver, do lado a que ela tinha se filiado.

– Deixe o seu carro aqui. Você vai comigo – ordenou a mulher.

Ele olhou-a com cautela.

– Então sou seu prisioneiro?

– É melhor pensar que é um cúmplice meu. Pelo que estou vendo, nós dois temos o mesmo objetivo.

– Se não se importa, prefiro que a gente se encontre lá – disse ele, voltando para o seu carro e se preparando para erguer uma barreira entre os dois.

– Se eu fosse você, não faria isso – alertou ela enquanto ele tocava a maçaneta da porta do carro.

Epona

– E por que não?

Ela sorriu, e aquele sorriso malicioso pareceu mais uma adaga de gelo sendo lançada na direção dele.

– Porque, enquanto você estava comprando refrigerante lá dentro, eu armei o seu carro para que ele explodisse.

Ele ficou paralisado, ainda com a mão na maçaneta. Com a mente, examinou o carro à procura de alguma coisa, de qualquer coisa. Mas foi com os olhos que ele viu. No banco do passageiro, havia uma pequena caixa preta da qual saíam fios. *Pode ser falsa*, pensou ele.

– Está disposto a arriscar? – questionou ela. – Não apenas a sua vida e a minha, mas também a do coitado que está lá no caixa e a deles? – disse ela apontando a cabeça. Ele se virou e avistou uma família saindo de uma perua que tinha acabado de estacionar perto de uma das outras bombas de gasolina. Todos com camisas iguais do Mickey Mouse, e pelos rostos exaustos e felizes era óbvio de onde eles estavam voltando.

Um pingo de suor escorreu pelas costas enquanto Jer virava o rosto instintivamente para que as crianças não vissem as suas cicatrizes. *Que estranho*, pensou ele, enquanto olhava mais uma vez para a mulher. *Eu nem me importei com o que ela ia pensar das cicatrizes, mesmo antes de ela me atacar.*

– Se eu for com você, você desativa a bomba do carro para que ninguém se machuque depois que formos embora?

Ela hesitou por um instante antes de concordar com a cabeça.

– Está tudo bem – concordou ele.

– Afaste a sua mão lentamente – instruiu ela.

Feitiço

Ele obedeceu e se distanciou do carro.

— Bom garoto — cantarolou ela. — Agora entre na van.

Ele evitou chegar perto dela enquanto obedecia. Assim que fechou a porta, a mulher foi até o carro dele. Os retrovisores da van estavam inclinados, permitindo que ele enxergasse o que ela estava fazendo. Sem ajustá-los, ela voltou para perto da porta do motorista, abriu-a e entrou.

— Já? — perguntou ele, surpreso.

— Claro — respondeu ela enquanto ligava o motor e colocava a van em marcha. Quando voltaram para a Interestadual 5, ela acrescentou: — Não tinha nenhuma bomba.

Ele recostou a cabeça no encosto do banco e suspirou. Claro que não dava para confiar nela.

— Então, você tem nome ou devo chamá-la de Enganadora?

— Que tal Tentadora? — perguntou ela com a voz tímida. — Meu nome é Eve.

Seria uma longa viagem.

June Cathers: Santa Paula, Califórnia, 12 de março de 1928, 23h57

June Cathers, de quatro anos, estava agitada demais para dormir. Na manhã seguinte, seria o seu aniversário de cinco anos. Na cama ao lado de June, os seus dois irmãos gêmeos, Timmy e Tommy, dormiam profundamente. Ela prendeu a respiração para escutá-los respirando por um instante. Eles eram mais novos, e, quando nasceram, o papai tinha lhe dito que ela devia cuidar deles.

Fez barulho ao soltar a respiração. Amanhã haveria uma festa, com bolo e tudo. A sua avó estaria presente, assim como os seus dois avôs. Ela tinha apenas uma avó. A mãe do papai tinha morrido quando ele era mais novo do que June. Ela sempre ficava triste pelo papai quando pensava nisso.

A garota rolou de lado, apertando bastante os olhos. Tinha se esquecido de fechar a porta do armário antes de deitar; estava animada demais pensando no aniversário. O armário a assustava; havia coisas que iam para lá durante a noite. Uma vez ela abriu os olhos e viu sombras lá dentro, sombras que a encaravam.

June gritou por um bom tempo, e, quando chegou, sua mamãe disse que era apenas imaginação. Mas não era verdade, e June sabia disso. Havia monstros no mundo. Às vezes ela os via e sabia que eles queriam machucar tanto a ela quanto os seus irmãos.

O relógio do seu avô começou a bater, indicando que era meia-noite. Ela tomou um susto e se obrigou a respirar fundo para se acalmar. Lentamente, começou a pegar no sono. De algum lugar bem distante, escutou alguma coisa... um ruído fundo e baixo. Puxou as cobertas por cima da cabeça, mas o ruído foi ficando cada vez mais alto até virar um bramido abafado. Tapou os ouvidos, mas o ruído só fez aumentar mais uma vez. Quando se tornou ensurdecedor, ela sentou-se. Virou-se e olhou para o armário no instante em que uma parede de água jorrou para fora dele.

Ela gritou enquanto a água a molhava. De repente uma luz apareceu, brilhando mais forte do que qualquer coisa que já tivesse visto. Havia uma mulher nela, de cabelo longo e esvoaçante. Ela pegou June e a abraçou forte. A água passava ao redor delas sem encostar nos seus corpos. June tossiu, colocando para fora a água que já tinha engolido ao se segurar na mulher de cabelo escuro.

– O que está acontecendo? – perguntou June chorando.

– A represa de St. Francis rompeu – respondeu a mulher, puxando-a para perto.

A casa desmoronou ao redor delas, mas as duas continuaram ilesas. A água levou os destroços enquanto as duas permaneciam no mesmo lugar. Enfim o dilúvio passou, e a mulher brilhante a colocou no chão. Havia lama nas suas pernas e a sua camisola estava molhada e suja.

– Fique em segurança, *ma petite* June dos Cahors – disse a mulher, desaparecendo em seguida.

June Cathers deu uma olhada na sua casa e na sua cidade, ambas destruídas. A sua família, os seus pais e os seus irmãos tinham sumido, estavam todos mortos. Ela tinha cinco anos e era seu aniversário.

NOVE

BAST

☾

O vento irá se apresentar
E nosso pecado irá revelar
Com ódio encontramos essa escuridão
Um destino que só os Deveraux terão

Cahors observam e Cahors rezam sem parar
Desejando que a luz do dia vá se afastar
Pois à noite juntos cantamos
E num círculo prateado dançamos

Confraria Tripla: Santa Cruz

– Deusa, como sinto falta de Nicole – rezou Philippe, deitado na sua cama estreita. – Peço que eu a encontre bem e em segurança.

Ele rolou, ficando deitado de lado. Estava se preparando para mais uma noite insone. Não conseguia descansar desde que Nicole tinha sido sequestrada – *por James e Eli de novo!*

Philippe percebeu que Pablo estava olhando para ele.

– O que foi, *hijo*?

– Nós vamos encontrá-la – sussurrou Pablo.

– Obrigado, Pablo – respondeu Philippe. – Só espero que isso aconteça logo.

Feitiço

Pablo concordou com a cabeça. O outro sobrevivente da confraria deles, Armand, roncava baixinho na sua cama de lona. Philippe ergueu a cabeça para olhá-lo.

A liderança é um fardo complicado. Não sei como José Luís aguentou por tanto tempo, pensou.

– Ele aguentou por tanto tempo porque você estava por perto para incentivá-lo – respondeu Pablo, lendo os seus pensamentos.

Philippe estendeu o braço e tocou o ombro de Pablo por um instante.

Obrigado, pensou ele.

– De nada – respondeu Pablo.

– Alguma sorte em relação aos outros?

– *Sí* – admitiu Pablo. – Holly está com Michael Deveraux.

– Onde?

– Num lugar chamado Novo México.

– E Kari e Jer?

– Kari também está lá, e Jer está indo para lá a fim de matar o pai.

– Que a Deusa faça com que ele atinja o seu objetivo – disse Philippe, meio falando e meio rezando. – E Nicole? – perguntou depois de certo tempo, com medo da resposta que viria.

Pablo balançou a cabeça, nitidamente frustrado.

– Nada ainda.

– É possível que eles a tenham levado de volta para Avalon?

– Não sei, mas imagino que ela deva estar lá ou em Londres.

– Obrigado por tentar.

– Vou continuar esperançoso, e você deve fazer o mesmo.

Philippe suspirou. Em alguns dias, isso era mais fácil de falar do que de fazer. Após acalmar os pensamentos relacionados aos membros desaparecidos da sua confraria, a sua mente se focou em outra preocupação que o inquietava.

– Você sentiu alguma coisa em relação a Alex?

– Não, ele é muito fechado. É difícil sentir alguma coisa dele... e ele está sempre observando e sabe que eu o estou observando.

– Isso me deixa nervoso – confessou Philippe.

– A Sacerdotisa-Mor também – contou Pablo para ele.

Que interessante. Talvez eu devesse conversar com ela, pensou Philippe.

– Seria bom – disse Pablo. – Eu cuidei para que ele não consiga ler a mente de nós três – falou. – Vou fazer o mesmo com os outros também.

– Obrigado, mais uma vez.

Após passar mais uma hora acordado tentando meditar, Philippe pegou no sono. Após algumas horas, que mais pareceram minutos, ele foi acordado pela exclamação entusiasmada de Pablo.

– Eu a encontrei!

Philippe se sentou, ficando alerta de imediato.

– Onde ela está? – perguntou ele, sabendo muito bem de quem Pablo estava falando.

– Ela está na ilha de Avalon. Ela se comunicou comigo por um breve momento. Estava tentando se comunicar com você, mas não conseguiu – disse Pablo, parecendo de súbito ficar constrangido.

– Tudo bem, Pablo – disse Philippe. O jovem mais novo obviamente estava constrangido por ter interceptado um sinal que tinha sido enviado para Philippe de sua amada.

– Ela disse que está bem e que Eli está ajudando-a a escapar.

Philippe suspirou fundo.

– Que a Deusa seja louvada por ela estar bem. Não gosto do fato de Eli estar com ela, mas, se ele quiser se tornar um amigo do nosso grupo, será bem-recebido.

– Devo acordar os outros?

Philippe deu uma olhada no relógio do criado-mudo.

– Eles devem acordar daqui a uma hora. É melhor deixá-los dormindo. Precisamos dormir o máximo que pudermos. Você também devia tentar descansar mais um pouco.

Pablo concordou e se deitou devagar. Fechou os olhos, e após um instante a sua respiração começou a ficar mais calma. Philippe ficou sentado por um momento até ter certeza de que Pablo estava dormindo. Em seguida, levantou-se e desceu. Encontrou Sasha preparando o café da manhã.

– Pablo encontrou Nicole – disse ele em vez de cumprimentá-la. – Ela está em Avalon, viva e em segurança. Eli está ajudando-a a escapar.

Uma expressão de alívio tomou conta do rosto dela, que se iluminou como o Sol. Mas logo uma nuvem cobriu a luz, e ela perguntou:

– E Jer?

Philippe fez que sim com a cabeça.

– Está indo atrás do pai para confrontá-lo.

Ela se apoiou no balcão com uma expressão preocupada no rosto.

– No fundo eu já sabia disso – admitiu ela.

– Mas imagino que ouvir que é verdade não deve ser nada fácil – disse ele, compadecendo-se.

– Pois é – disse ela, forçando um sorriso. Ela estremeceu. – Que bom que Eli está ajudando Nicole. Por que será que o meu filho está fazendo isso?

Philippe deu de ombros.

– Talvez ele tenha percebido que estava servindo o mestre quando devia estar olhando para a mestra.

Sasha sorriu.

– É mais provável que seja por causa de Nicole.

– Sim, ela consegue ser bem persuasiva quando quer. Se ele realmente a amou, tenho certeza de que ela é capaz de influenciá-lo – disse Philippe, odiando admitir até para si mesmo que aquelas palavras o magoavam.

Os outros começaram a chegar aos poucos até o grupo inteiro estar presente. Todos pareciam cansados, mas tiveram a coragem renovada ao saber de Nicole. A sua irmã, Amanda, ficou imensamente aliviada.

O último a chegar foi Alex, que, contrastando com o restante, parecia bem descansado. Philippe ficou com inveja disso. Os membros da Confraria Mãe – alguns estavam acordados havia horas – pareciam estar evitando a cozinha. Até Luna estava ausente, e ela tinha passado bastante tempo com o grupo nos últimos dias.

Philippe deu uma olhada nos membros da confraria que tinham sobrado. Sasha e Richard se encontravam perto um do outro, de pé. Eles eram pais cujos filhos desempenhavam papéis centrais na batalha que estava sendo travada. Ele sabia que os dois se sentiam melhor com a presença um do outro. Barbara Davis-Chin estava sentada à mesa, tomando chá e observando os outros. Philippe sabia que Armand e Pablo estavam bem atrás dele, conversando seriamente em espanhol sobre tudo que Pablo tinha contado a Philippe no meio da noite. Num canto, também conversando a sós, estavam Tommy e Amanda. Ele a estava abraçando, e Philippe não precisava das habilidades psíquicas de Pablo para ver que Amanda estava tanto animada quanto chateada com a notícia sobre a irmã. Alex Carruthers era a décima pessoa do grupo.

Finalmente todos se atualizaram a respeito do paradeiro das pessoas desaparecidas. Alex limpou a garganta, e o grupo voltou a atenção para ele.

— Falei com Luna, e ela muito gentilmente nos ofereceu o jatinho particular da Confraria Mãe e tudo que puderem nos emprestar de equipamentos e pessoas. Precisamos resgatar Nicole e ir aonde o nosso inimigo está. A líder desta confraria não está aqui e temos que nos conformar com o fato de que ela talvez não volte nunca mais. Se ela voltar, nós a receberemos de braços abertos. Mas até isso acontecer nós precisamos de um líder. Eu sou o líder da confraria de onde venho e proponho liderar esta confraria na batalha. Assim me comprometo a entregar a vocês a minha vida, a minha lealdade, as minhas habilidades e a minha sabedoria.

Houve murmúrios, mas ninguém disse nada. De todos os presentes, Philippe era o único que já tinha liderado uma confraria. Ele nunca gostou muito de liderar — sempre se sentiu mais à vontade sendo o segundo no comando —, mas tinha de se manifestar em nome dos outros dois líderes que não estavam presentes.

Será que podemos confiar nele?, perguntou a Pablo em silêncio.

Não sei, mas sei que precisamos dele e que ele pode ser muito útil, respondeu o jovem em sua mente.

E ele provavelmente não vai ajudar se nos opusermos a essa proposta dele, não é?

Não sei dizer.

Philippe concordou com a cabeça devagar. *Acho que temos que arriscar. Se ele vai nos ajudar a resgatar Nicole, temos que fazer isso.* Em voz alta, ele disse:

– Eu aceito você assumir a liderança temporariamente enquanto os outros dois líderes estão ausentes.

– Então estamos acertados? – perguntou Alex.

– Sim, está acertado – respondeu Amanda, com os olhos brilhantes focados em Philippe.

– Ótimo. Temos que fazer os devidos rituais e depois todos nós precisamos descansar. Amanhã voaremos para a Inglaterra. Metade do grupo vai resgatar Nicole em Avalon e a outra metade vai atacar a Suprema Confraria.

Enquanto os outros ficavam boquiabertos, Philippe pensou:

Pela Deusa, o que foi que você acabou de fazer?

Naquela noite, Philippe também não conseguiu descansar. Ficou repassando os acontecimentos do dia, desde a decisão que tinha tomado na cozinha até a cerimônia que oficializou Alex como líder da Confraria. Era para todos passarem o restante do dia descansando e meditando, mas Philippe não conseguiu fazer nem uma coisa nem outra.

Alex foi o primeiro a se retirar. Os outros estavam exaustos e traumatizados demais para descansar. Ele olhou para Pablo. O garoto estava sonhando, e Philippe o observou por um tempo. Alegria e dor se alternavam depressa no rosto jovial, e Philippe ficou imaginando com que ele estaria sonhando e se seriam visões do futuro ou meros devaneios da sua mente.

Deitou-se de costas e ficou olhando o teto. Nunca tinha se sentido tão deprimido na vida antes de Nicole ser raptada. *Ela é parte de mim, assim como sou parte dela. É como se um pedaço da minha alma tivesse sido raptado também*, pensou. *Acho que só vou saber o que é descanso quando ela estiver ao meu lado novamente.*

Os seus pensamentos saíram de Nicole e foram parar no primo recém-descoberto dela. *O que será que ela acharia de tudo isso que aconteceu?* Ele sorriu. O jogo o-que-Nicole-acharia-disso tinha se tornado uma de suas distrações preferidas.

Escutou o ronco suave de Armand e mais roncos vindo do quarto ao lado. *Alex, você está dormindo? Se estiver, com o que está sonhando? Se não, o que está fazendo?*

June Cathers: Santa Paula, Califórnia, 12 de março de 1928, 23h57

June Cathers, de quatro anos, estava agitada demais para dormir. Na manhã seguinte seria o seu aniversário e ela faria cinco anos. Na cama ao lado de June, os seus dois irmãos gêmeos, Timmy e Tommy, dormiam profundamente. A garota se deitou de lado, apertando bastante os olhos. A porta do seu armário estava aberta, e isso a estava incomodando.

Bast

Havia estrondos e rugidos cada vez mais altos. Ela tentava ignorar o barulho, mas estava ficando tão alto que ela não entendia por que ninguém tinha acordado ainda.

Ela se virou e gritou.

Uma parede de água irrompeu do seu armário, jorrando como um rio!

Então, de repente, ele parou, como se tivesse congelado no meio do ar. Uma luz apareceu, brilhando mais forte do que qualquer outra coisa que já tinha visto. Dentro dela, havia uma mulher com um belo cabelo longo e esvoaçante. Ela colocou June no colo e a abraçou forte.

Então um homem apareceu, também brilhando com uma luz forte. Ele era bonito e tinha cabelo claro.

Ele ergueu Timmy e Tommy, um em cada braço, e os três se abraçaram. A água começou a se mover novamente, correndo ao redor deles. Mas as pessoas brilhantes estavam segurando June e os seus irmãos nos braços, parados na água sem nenhuma dificuldade.

– O que está acontecendo? – disse June chorando.

– A represa de St. Francis rompeu – disse-lhe o homem. – Existe uma maldição na sua família segundo a qual a água vai matar todos vocês. Mas nós os salvamos. Vocês são o nosso futuro.

– Você é um anjo? – perguntou ela, tocando o rosto dele, perplexa.

– Não – disse ele, com um sorriso fraco. – O meu nome é Alex e não sou um anjo. Mas sou uma pessoa que deve a vida a você.

Ele se encurvou e a beijou.

Feitiço

– Feliz aniversário, June.

Então ele e a mulher desapareceram.

E June acordou e teve um dia maravilhoso... e completou cinco anos.

Confraria Mãe: Santa Cruz

Anne-Louise sentou-se na cama num sobressalto.

– Tem alguma coisa errada – disse ela em voz alta.

Sussurro a ficou encarando, com a cabeça inclinada para o lado e os olhos amarelos penetrando-a.

– Tem algo diferente, algo mudou de alguma maneira – disse Anne-Louise, olhando para a gata e rezando por respostas.

A gata falou:

– A linha do tempo ao seu redor mudou.

– O que causou uma coisa dessas? – perguntou Anne-Louise, horrorizada.

– Alguém mudou o passado. Vá atrás da Confraria Cahors para obter respostas.

Um calafrio percorreu a sua espinha. Mudar o passado era algo bastante sério. Na Confraria Mãe, era um ato que exigia a morte de quem quer que fizesse a poderosa magia para obter aquilo.

Ela argumentou:

– Mas, se a linha do tempo mudou, como é que eu percebi?

A gata piscou para ela.

– Porque eu permiti que você fosse uma observadora das duas linhas.

Bast

Anne-Louise sentiu a boca ficar completamente seca.
– O que foi que mudou?
– Muita coisa.

Eli e Nicole: Avalon

Em meros segundos, o pulso de Nicole tinha sarado. Eli aproveitou aquele tempo para pensar em como sairiam da ilha. Até aquele momento não tinha chegado a nenhuma conclusão, mas não queria admitir isso. Olhou para ela. *Ela é tão bonita e tem uma luz tão forte.* Engoliu em seco. Ele precisava saber. A pergunta o estava atormentando e agora teria que ser respondida.

– O... o bebê é meu?

Nicole ficou vermelha enquanto colocava a mão na própria barriga saliente.

– Não sei – sussurrou ela.
– Quando vai nascer?
– Na noite da Lua dos Ventos.
– Que é daqui a alguns dias! – exclamou ele, começando a ficar um pouco em pânico.

Ela abriu o sorriso mais meigo que Eli já tinha visto, fazendo-o se acalmar. *O filho talvez seja meu*, pensou, com uma certa fascinação tomando conta de si. Antes que pudesse se conter, estendeu a mão. Mas parou e a olhou nos olhos.

Ela fez que sim com a cabeça num gesto bem sutil e pegou a mão dele, pressionando-a na sua barriga. Ele sentiu um movimento lá dentro, a vida que havia no interior dela, e algo a mais: uma leve vibração elétrica.

– O bebê é poderoso – disse ele suavemente.

— Ele é, sim.
— Você sabe que é menino?
Ela assentiu com a cabeça.
— Dá para sentir.
— E talvez ele seja meu.
— Talvez.

Eli começou a tremer descontroladamente. Nicole colocou os braços ao redor dele e o abraçou quando ele começou a chorar.

Nicole também estava com vontade de chorar. Ficou comovida ao ver Eli sendo mais sentimental. *Ele tem mudado diante dos meus olhos*, pensou. *Eu costumava achar que seria capaz de domá-lo; vai ver eu tinha razão.*

O que ela tinha lhe dito era verdade: Eli poderia ser o pai. Nicole realmente não sabia quem era o pai. Esperava que fosse Philippe, apesar de eles estarem juntos havia pouco tempo. *O engraçado é que nem me lembro de estar grávida. Sei que é um menino e quando vai nascer, mas fora isso não sei nada.* Ela estremeceu. *E se for filho de James?* De repente, sentiu uma náusea que se espalhou até o fundo da sua alma. A verdade era que havia alguma espécie de magia em ação. Nove meses antes, ela não tinha ficado com ninguém para que um bebê fosse concebido. Ela e Eli terminaram o namoro antes disso. Ela e Philippe estavam juntos havia pouco tempo, e James tinha... feito o que tinha feito com ela... também havia relativamente pouco tempo.

Mais um pensamento sussurrou em sua mente: *E a coisa no meu quarto? Será que foi aquilo que fez isso comigo?* Ela também começou a chorar, e suas lágrimas se uniram às de Eli. Era improvável que fossem sobreviver. Ela o tinha amado no passado, e se Eli encontrava algum consolo no fato de achar que era o pai da criança – e ela realmente não sabia se ele era ou não – então não faria nenhum mal deixar que ele ficasse pensando isso.

Jer e Eve: Novo México

Perto da fronteira, os dois pararam numa área de descanso de caminhoneiros para comer alguma coisa. As tentativas de Jer de obter mais informações de Eve foram recebidas com resistência. Comeram em silêncio, e Jer nem lembrava o que tinha comprado. Tudo que sabia era que a comida era sem gosto e que ele não se importava. Tinha muitas preocupações na cabeça para se importar com isso.

Esperou na van enquanto Eve ia ao banheiro. Conseguiu sentir a presença do pai, sentiu o fedor dele dali mesmo. *Ele é como uma praga. O seu mal se espalha, infectando todos que estão por perto, até mesmo a terra ao seu redor e o céu acima da sua cabeça. Ele precisa ser detido enquanto ainda há alguma luz no mundo, algum bem em que ele ainda não tenha encostado.*

Virou-se a fim de olhar para Eve, que estava entrando na minivan. Ela tinha colocado uma calça jeans preta, uma camisa preta de gola rulê e um colete de couro preto. O colete era grosso, parecia mais um colete à prova de balas usado por um policial do que um acessório de moda de alguém ligado ao ocultismo. Ela também estava com botas de couro preto que iam até os joelhos.

– Não estou tão chique assim – comentou ele secamente.

Feitiço

— Típico dos homens — retrucou ela. — Sempre escolhendo a roupa errada para a ocasião.

Jer estava prestes a dar uma resposta sagaz quando alguma coisa colidiu com o para-brisas, ou melhor, *atravessou* o para-brisas. Era um diabrete, que riu descontroladamente antes de tentar furar os olhos de Jer com as unhas afiadas. Dando um grito, ele virou o rosto no momento certo. Eve deu uma pancada na criatura, fazendo-a sair voando para fora do carro pelo para-brisa.

Ela ligou o motor e depressa deu marcha a ré. Bateu num carro que estava estacionado atrás e pôs o carro para correr. Pneus angustiados gritaram enquanto ela disparava.

— Acho que a minha carteira de motorista internacional já era — salientou num tom sombrio.

Jer se segurou quando ela fez uma curva brusca para sair do estacionamento. No entanto, terminou voando para a frente quando ela parou num tranco. Bem na frente do carro, havia uma fileira de demônios lado a lado virados para eles. Eram de espécies e tamanhos diferentes.

Eve ligou o motor enquanto Jer encarava os demônios. Um deles estendeu o braço para a frente casualmente, chamando-os para perto. Eve tirou o pé do freio e a minivan se lançou para a frente. Jer queria fechar os olhos, desviar a vista, mas algo o impediu de fazer isso. Juntos, ele e Eve gritaram quando a minivan se chocou contra a fileira de demônios. Pedaços de corpos saíram voando por todo lado. Uma mão atravessou o para-brisas quebrado e caiu no colo de Jer. Gritando de nojo, ele pegou a mão que se contorcia e a jogou no banco de trás. Enquanto isso, os demônios

Bast

pulavam em cima da van, segurando-se com mãos, pés e tentáculos.

Um deles enfiou a mão na janela do passageiro e os cacos de vidro voaram para o rosto de Jer, que fechou os olhos instintivamente. Parecia uma chuva golpeando a sua pele até o instante em que a dor começou a se manifestar.

De repente, o demônio agarrou a garganta de Jer, fazendo-o focar toda a atenção nele. Em desespero, o jovem agarrou a cabeça da criatura com as mãos e começou a batê-la na porta. A criatura o apertou com mais firmeza e, conforme os pulmões de Jer começaram a ficar sem oxigênio, os seus movimentos ficaram mais frenéticos. Enfim, ele deu uma cabeçada na criatura. Uma dor explodiu nas suas têmporas, mas o demônio relaxou a mão por um instante.

Jer agarrou os dedos da criatura e os tirou da sua garganta. Por um instante, o demônio se desequilibrou, e Jer se aproveitou disso para empurrá-lo. Ele caiu no chão, e a minivan balançou quando o pneu traseiro o atropelou. Um grito medonho rasgou o ar noturno, e Jer tapou os ouvidos, rangendo os dentes de dor.

Durou apenas um segundo, e a van virou bruscamente à direita. Ele olhou para Eve. Ela disputava o volante com um demônio vermelho pequenino e escamoso. Outro demônio estava pendurado pela metade na porta, tentando arranhar a cabeça dela.

Jer lançou uma bola de fogo, que passou bem ao lado da cabeça de Eve e explodiu na cara do demônio, que caiu para trás soltando um berro. Jer sentiu o fedor de cabelo queimado e percebeu que o fogo devia ter pegado em Eve.

— Suma! — rugiu ele para o demoniozinho vermelho; estava agitado demais para conseguir pensar na palavra em latim para o encantamento.

A criatura se virou e gargalhou para ele sem nenhum dente, pulando no painel. Mas o demônio parou de rir quando Eve pisou no freio, lançando-o no ar. Ele caiu na frente do carro, a vários metros de distância. Ela acelerou a van e o atropelou, fazendo um barulho nauseante de esmagamento. Um sangue amarelo e gosmento borrifou para dentro do carro, cobrindo os dois.

Eve chegou à autoestrada a cento e cinquenta quilômetros por hora e só diminuiu a velocidade depois de meia hora. Jer lançou encantamentos ao longo do caminho para que os três carros de polícia pelos quais passaram não os vissem. O carro deles era apenas um sinal inexplicável no radar. Por fim, ela saiu da estrada numa cidade pequena e parou diante de um hotel.

— Alguém sabe que você está aqui — observou ela.

— Parece que sim. — Foi tudo que Jer conseguiu dizer, pois estava contendo a ânsia de vômito ao sentir o sangue do demônio nos lábios.

Kari e Michael: Novo México

O diabrete saltitava na frente de Michael, extremamente agitado.

— Tentamos matá-lo, mas tinha alguém com ele, uma garota — sibilou a coisa.

A criatura estava tão chateada que Kari mal conseguia entender o que ela estava falando.

– Morrer, morrer, ele não queria morrer, nem ela. Feiticeira ela é, poderosa.

– Ele está com uma feiticeira? – disse Michael, refletindo. – Isso não é bom. Deixa eu adivinhar: o fracote do sir William finalmente decidiu me ter por perto não é bom para a imagem da Confraria?

– Ela é forte, mais forte do que ele.

– Mas ele não é tão forte assim, não é? – perguntou, acenando a mão num gesto de desdém.

Kari se levantou devagar, com os joelhos tremendo. Não se lembrava de muita coisa das últimas vinte e quatro horas. Estava tudo enevoado. Ela ainda sentia isso, mas precisava saber sobre quem estavam falando.

– Quem? – perguntou ela com a garganta seca e a voz quase inaudível.

Michael e o diabrete a ignoraram. A criatura só fez continuar saltando e tagarelando sobre algo. Michael estava com a mão no queixo, parecendo pensativo.

– Quem? – perguntou ela, com a voz hesitante, mas um pouco mais forte.

Eles continuaram ignorando-a, e por um instante ela achou que talvez fosse um fantasma. *Michael Deveraux me matou e agora estou presa aqui, vendo sem ser vista, escutando sem ser escutada.* Ela pegou um abajur e o jogou no chão. Ele se despedaçou e quebrou.

Michael se virou e a encarou.

– Por que a sua Confraria vive quebrando abajures? – perguntou ele num tom quase amigável. – No início Holly só queria fazer isso.

Feitiço

– Quem? – gritou ela.

Ele ergueu a sobrancelha.

– A mulher, eu não sei. Apesar de que existem pouquíssimas feiticeiras na Suprema Confraria, então não seria tão difícil descobrir isso.

– E o homem, quem é o homem? – perguntou ela, pronunciando as palavras lentamente.

Ele sorriu, confuso.

– Ah, era apenas o Jeraud.

– Jer? – perguntou ela com medo de não ter escutado direito.

Ele fez que sim com a cabeça.

– Ele está vivo?

– Ao que parece. Pelo jeito ele conseguiu voltar do Tempo do Sonho e agora está vindo para cá.

Ela pegou uma cadeira e se sentou para não desmaiar. *Ele está vivo!* O seu coração acelerou por um momento glorioso antes de voltar a ficar apertado.

– Você está tentando matá-lo – acusou ela.

– Por que está tão surpresa com isso? – perguntou ele com um sorriso malicioso.

– Ele é seu *filho*!

– E já tolerei as palhaçadas dele por tempo demais. Todo pai espera que os filhos cresçam e o deixem orgulhosos, que tenham uma vida melhor do que ele mesmo teve, que sejam um ramo glorioso da árvore genealógica.

– Mas...?

– Bem, como todo bom jardineiro sabe, todas as árvores precisam ser podadas de tempos em tempos. Jer, infelizmente, é apenas um galho improdutivo que vou cortar.

Bast

– Mas você prometeu.

– Não, minha querida – disse ele, aproximando-se dela. – Se você parar para pensar, vai lembrar que nunca prometi nada a você. É algo que eu e o meu filho temos em comum – concluiu ele com um sorriso desdenhoso.

– Ele está vindo para cá? – perguntou ela ainda com a cabeça confusa.

– Sim.

Ela ergueu o queixo.

– Então está vindo me resgatar. Você vai se arrepender.

Michael riu – foi uma risada de surpresa, sincera. Ele se ajoelhou ao seu lado para que os rostos ficassem na mesma altura e olhou bem nos olhos da jovem.

– Minha querida, não se iluda. Acha mesmo que ele está vindo para resgatá-la? – Ele estalou a língua. – Vamos ser honestos. Ele está vindo resgatar Holly.

As palavras de Michael a abalaram. Ele se levantou devagar enquanto dava o golpe final nos sonhos dela.

– E não você. Nunca foi você. – Virou-se e foi embora, com o diabrete o seguindo rapidamente.

Kari ficou sentada na cadeira, tomada pelo luto. *Jer está vivo e está vindo para cá morrer.*

Que ele morra, sussurrou outra voz dentro da sua cabeça. *Olha só o que ele fez com você.*

Não foi ele quem fez isso. Foi Holly, é tudo culpa dela. Se não fosse por ela, Jer ainda me amaria.

Holly deveria morrer no lugar dele. Afinal, você morreria por ele. Se ela o ama, vai se sacrificar. Ou então você poderia matá-la, assim Jer não correria nenhum risco e você o teria de volta.

Feitiço

Você merece mais do que isso.

Com isso, ela desmoronou e começou a soluçar de choro.

– Não, não mereço! – exclamou ela em voz alta. – Não mereço nada. Eu traí todos eles.

Confraria Mãe: Santa Cruz

Anne-Louise passou horas na internet pesquisando genealogias. Toda vez que achava que estava prestes a descobrir algo, deparava-se com mais um beco sem saída. Às vezes as coisas precisam ser feitas à moda antiga.

Trancou o quarto e lançou encantamentos de proteção na porta e na janela. Acendeu o incenso e deitou na cama. Havia tomado uma mistura de ervas equivalente à que um xamã tomaria ao se preparar para uma tentativa de visão.

Era o que Anne-Louise queria. Mas estava pensando numa busca específica e precisaria da ajuda da Deusa. Sussurro pulou na cama e deitou ao seu lado, ronronando.

Anne-Louise respirou fundo e fechou os olhos. *Mostre-me toda a família Cahors.*

Parte Três
Água

☾

Em vós que me destes à luz irei me afogar
Da barriga de minha mãe saí para clamar
As marés temos que suportar
E a justiça da Deusa testemunhar

Nas marés, em seu correr
Aprendemos a respirar e a nos conter
A apreciar o que nos pertence
Pois o amanhã sempre é diferente

DEZ

RHIANNON

☾

O disco solar gira sem parar
Nossos inimigos vamos conquistar
Festejamos e dançamos; eles se lamentam
Amaldiçoando o dia de seu próprio nascimento

Em visões agora buscamos a verdade
Segredos que se perderam na tenra idade
Pois há um mal que não podemos esconder
E nas profundezas ele está a se proteger

Holly: Novo México

Em algum canto da mente, Holly estava sentada num banquinho, observando a comoção. *Há demônios grandes e pequenos e criaturas que desconheço. Estão todos fazendo a maior algazarra, pulando pelos cantos e quebrando coisas, tantas coisas. Mas, se eu ficar sentada, bem imóvel, eles não vão perceber que estou aqui. Não vão olhar. Não vão me ver. Mas estou sentada e parada assim há tanto tempo, e é tão difícil ficar com a postura tão ereta.*

Ela mexeu um dedão, apenas um dedão, e o mindinho também. *Dedo mindinho, seu vizinho* – e um demônio enorme e peludo com tocos ensanguentados no lugar das mãos a esbofeteou com um dos tocos. O sangue manchou o seu vestido. *Será que esse sangue é meu ou dele?* Não importava, nada importava, exceto que ela ficasse sentada em extremo silêncio, sem se mexer, nem mesmo o dedão.

E agora o homem de cabelo escuro estava se movendo fora da mente dela. Ele estava lá, em outro cômodo, e estava falando. Ela realmente devia prestar atenção; ele gostava disso. Quando prestava atenção, conseguia escutá-lo e por um momento existia apenas ele. Sumia até a bela mulher-demônio de cabelo longo que o penteava mil vezes ao dia e que ficava com rosto de cobra quando estava com raiva.

O que ele está dizendo? Ela ficou ainda mais parada, tentando escutar mais ainda, até parando o próprio coração para que não rugisse e abafasse o som da voz dele. Mas os demônios irritantes continuavam fazendo o seu coração disparar. *Como é que vou escutar se eles não param de fazer isso?*

– ... Jer... matar... Londres... Holly boazinha.

Será que Holly merece um biscoitinho? Ele está querendo alguma coisa agora. É para eu fazer alguma coisa. Talvez falar. Vou tentar.

Holly abriu a boca e todos se viraram para ela. Um diabrete velho de pele cinza e enrugada, que cheirava a formaldeído, foi mancando até ela e estendeu um megafone para que gritasse. Ela se inclinou e disse:

– Matar. – Ela mesma conseguia se escutar, o som ecoava pela sua cabeça.

E o homem de cabelo escuro sorriu.

Resposta correta. Nota dez, estrelinha dourada.

Rhiannon

Então o diabrete afastou o megafone e todos voltaram a conversar entre si. *E eu vou ficar aqui, sentada em silêncio, e eles não vão saber que estou aqui.*

Michael endireitou a postura. Não tinha certeza se Holly tinha compreendido o seu pedido. Pelo menos ela repetiu a palavra "matar", o que já era um bom sinal.

Ele tinha passado a última hora em contato com os seus espiões demoníacos e usando as suas pedras premonitórias. Sir William realmente tinha ordenado que ele fosse assassinado, e em breve o Novo México ficaria bem mais agitado do que já era.

Por um breve instante, pensou em aparecer diante da Suprema Confraria com a cabeça de Holly numa bandeja de prata, mas logo descartou essa ideia. Talvez isso até fosse agradar o líder da Suprema Confraria; porém, agradá-lo não era mais o objetivo de Michael.

É hora de os Deveraux retomarem o que é nosso por direito, pensou. Tinha descoberto que Eli estava na ilha de Avalon, tentando resgatar Nicole Anderson. *Ele sempre teve uma queda por aquela bruxa.* Isso era algo que Michael poderia usar a seu favor.

Foi fazer as malas. Jer e a sua amiga feiticeira chegariam pela manhã, mas ele já teria partido. Os dois encontrariam somente Holly. Se sua sorte continuasse, os três se matariam uns aos outros. Se não, bem, pelo menos um deles morreria, o que já seria algo positivo.

Se Holly sobrevivesse, os Golems de sir William acabariam com ela num instante. Quando percebeu que os

Feitiço

Golems tinham sido enviados para encontrá-la e matá-la, ele tratou de encobrir a assinatura psíquica dela. Assim como cães de caça, os Golems podiam ser despistados se a pessoa soubesse como.

Mas não foi fácil. A aura dela era tão poderosa que só foi possível encobri-la porque estava possuída. Sim, Holly não era a mesma.

O que fazer com o Judas, Kari, era outra questão. Normalmente o seu primeiro instinto teria sido matá-la, mas ele tinha a impressão de que ela ainda poderia ser útil. Tomou uma decisão rapidamente: ela iria com ele.

Ao terminar, desligou a luz do quarto com uma certa tristeza. Era mesmo uma pena. Aquele lugar era lindo. Também lamentava imensamente o fato de que ia perder a festa. Mas tinha negócios urgentes a tratar em outro continente e era hora de partir.

Encontrou Kari encurvada numa cadeira na sala de estar. Por um instante achou que a garota estava catatônica. Acenou a mão diante do rosto da mulher e estalou os dedos, mas ela nem se mexeu. Ergueu uma mala e a soltou no chão, produzindo um forte barulho que a fez mover os olhos. *Ótimo.*

Ela olhou para ele.

– Matei todos eles.

– Sim, querida, creio que sim. Mas agora temos que ir, então seja boazinha e me ajude.

Ela escutou, apática. *Ah, o dilema das pessoas que acham que têm moral! Como dói quando elas descobrem a verdade sobre si mesmas.*

– Para onde vamos?
– Para o aeroporto.
Quando ia fechar a porta, ele chamou:
– Holly, lembre-se da nossa conversa.
Como uma assombração, ela surgiu das sombras.
– Matar – sussurrou ela.
Ele sorriu. De certa maneira, iria sentir falta dela. Pena que não pôde usufruir de verdade da ligação dos dois.
– Tchau, Holly.
– Tchau.
E, depois de o homem de cabelo escuro fechar a porta, ela acrescentou:
– Michael.
E então ela ficou sozinha na escuridão mais uma vez.

Jer e Eve: Novo México

– Então, qual é o nosso plano? – perguntou Jer enquanto terminava de lavar o rosto.

– Você conhece melhor o seu pai, então você que escolhe – respondeu ela.

– É verdade, eu o conheço bem. – Ele estremeceu quando tocou as cicatrizes do rosto. – Ele transformou uma bruxa em serva, uma bruxa especial. Não quero que ela se machuque – disse ele, mudando logo de assunto.

– Holly Cathers – disse Eve. – Eu diria que ela é mais do que 'especial'.

– Pois é, quero que ela continue viva – disse ele.

Eve abriu um sorriso sarcástico.

– Foi oferecida uma recompensa pela cabeça dela também.

— Se quiser a minha ajuda, vai ter de deixá-la em paz — alertou ele.

— Não preciso da sua ajuda. Eu poderia muito bem matá-lo sem nenhuma dificuldade.

— Isso não é verdade. Se fosse, você teria me matado no posto de gasolina.

Jer podia ver que Eve estava raciocinando enquanto olhava para ele. Finalmente ela concordou com a cabeça.

— Me ajude a pegar o seu pai que eu deixo a sua preciosa bruxa em paz.

— Combinado.

— Ótimo. E, então, você tem um plano?

Três horas depois, todos os planos deles tinham ido por água abaixo. Ao chegarem à casa, Jer percebeu que o pai não estava mais lá. Mesmo assim, saíram do carro e deram a volta na construção. Estava tudo escuro e silencioso.

— Não sinto a presença de ninguém — disse Eve.

Ele estava prestes a concordar com ela quando uma bola de fogo bateu no seu ombro. Gritando, ele se jogou no chão enquanto uma tempestade de fogo atravessava o ar em direção ao local onde tinham estado. Ele rolou sobre o ombro que tinha sido atingido para extinguir o fogo.

Eve pulou atrás da minivan e ergueu uma barreira. Jer levantou-se e também correu, agachado, para trás do veículo.

— Quem é? — gritou Eve.

— Não sei — admitiu Jer. As bolas de fogo tinham vindo de dentro da casa, de uma janela aberta ao lado da porta. De repente, elas pararam. Um minuto depois, a porta rangeu e abriu, e uma silhueta apareceu na luz.

– Holly! – gritou ele.

Holly inclinou a cabeça para o lado, como se o estivesse ouvindo.

– Holly, sou eu, Jer! – exclamou ele.

– O que tem de errado com ela? – sibilou Eve.

– Ela virou serva do meu pai... e está possuída – admitiu Jer.

– Bem que você podia ter me dito isso antes!

Alguém estava gritando com ela, chamando o seu nome. Quem era? Tentou ver, mas os outros estavam na sua frente, com as cabeças enormes bloqueando sua visão. *Também quero ver*, pensou ela. *Se ao menos eu fosse um pouco mais alta, eu conseguiria ver.* Sentada, tentou se erguer um pouco mais, mas aí eles perceberiam a sua presença e gritariam com ela e a machucariam.

A voz estava gritando de novo.

– ...Jer.

Jer, Jer, de onde conheço esse nome? Parecia familiar. Por que os demônios se abaixavam um pouco para que ela pudesse ver? *Talvez se eu conseguir me erguer só um pouquinho, um centímetro, eles não percebam, não é?*

Mas perceberiam, e ela sabia disso. Eles percebiam tudo e a tinham mandado não se mexer. Tinham dito que, se ela se movesse, a machucariam e os Golems apareceriam, quem quer que fossem. Os Golems eram bestas que a matariam.

A voz continuava falando com ela e era familiar. *Era para eu reconhecer essa voz. Quem está aí?*

Feitiço

Eles disseram para eu ficar parada por causa das bestas. Bestas por fora, bestas por dentro.

– Holly! – gritou a voz.

Ela saiu do seu banquinho e gritou:

– O quê?

Holly gritou algo de volta, e quase imediatamente os Golems apareceram do nada. Jer gritou, alertando-a, mas ela só se mexeu depois que o primeiro já a tinha agarrado. Jer correu para fora da barreira e Eve foi atrás.

– Como vamos detê-los? – gritou ela.

– Ou destruindo o papel que está na boca deles, ou apagando a primeira letra na testa deles!

– O que é mais fácil?

– Não faço ideia – respondeu Jer enquanto tentava agarrar a cabeça do Golem mais próximo. A coisa o enxotou como se ele fosse apenas uma mosca. Ele caiu na terra e tentou chutar a criatura, mas não adiantou.

Virou-se a tempo de ver Eve pulando nas costas de um deles e esticando o braço para apagar o primeiro "e" na testa da coisa, que caiu de cabeça no chão. Ela pulou para longe dele no último segundo.

Enquanto isso, bolas de fogo eram lançadas dos dedos de Holly, e de repente Jer precisou se concentrar apenas em desviar delas. Uma delas atingiu o Golem ao lado de Jer bem na cara, fazendo-o cair. O papel na sua boca virou cinzas imediatamente.

Sobraram dois, e, ao olhar para eles, Jer ficou com a impressão de que não seria tão fácil matá-los. Um deles es-

Rhiannon

tava segurando Holly pelo pescoço. Os olhos dela estavam esbugalhados, quase saindo da cabeça, e as pontas dos seus dedos ainda lançavam bolas de fogo descontroladamente. De repente o seu rosto mudou, assumindo uma aparência demoníaca.

– *Gande ipse rodal!* – rugiu ela numa língua que Jer nunca tinha escutado. Ele ficou perplexo ao ver uma mão invisível apagar o "e" na testa da criatura. O Golem e Holly caíram juntos no chão, sem se mexer.

– Holly! – gritou ele, correndo na direção dela. Ajoelhou-se ao lado dela e tentou sentir o seu pulso. Não sentiu nada. Colocou as mãos no peito de Holly e enviou eletricidade para dentro do seu corpo, que entrou em convulsão quando a carga o atingiu. Ele tentou checar o pulso dela mais uma vez e sentiu um ritmo fraco. Virou-se a tempo de ver Eve rasgando o papel da boca do último Golem. Ele a ergueu e começou a esmagá-la, mas ela rasgou o papel pela metade e ele a soltou antes de cair.

Ela estava ofegante e rasgou o papel em vários pedacinhos, depois os jogou ao vento. Colocou as mãos nos quadris.

– Então, o que ela tem?

– Está inconsciente.

– Deve ser bom.

– Provavelmente – disse ele, sombrio.

Ela se aproximou e se agachou para olhar para Holly. Não pareceu ficar impressionada.

– Então é por causa dela que todo mundo está fazendo esse alvoroço?

Jer concordou com a cabeça.

Feitiço

– Não consigo ver o que ela tem de especial – disse ela e se levantou. – Bem, estou perdendo o meu tempo aqui. Preciso encontrar o seu pai. Tem alguma ideia de para onde ele foi?

Jer olhou para Holly. O pai a deixara ali para matá-lo e para ser morta. Para onde quer que estivesse indo, devia ter achado que seria um risco levá-la – algo difícil de acreditar devido ao imenso poder que ela tinha. *Em que lugar ele não poderia deixar de se preocupar em vigiá-la?*, perguntou-se ele.

De repente, a resposta surgiu. Ele estava certo e tinha certeza disso. Conseguia até sentir.

– Ele foi para Londres.

Confraria Tripla: Aeroporto Internacional de São Francisco

Amanda estava sentada ao lado de Tommy no jatinho da Confraria Mãe, segurando a mão dele e desejando estar em outro lugar. A aeronave estava relativamente cheia: Sasha, Alex, Amanda, Armand, Pablo, Philippe, Barbara, Tommy e Richard estavam a bordo. Logo mais estariam se preparando para a decolagem, e muitos voltariam para a Europa. A copiloto, uma bruxa, foi falar com eles.

– Recebemos uma mensagem da torre. Parece que tem alguém em Albuquerque pedindo que paremos lá para pegar mais três passageiros. A mensagem foi enviada por alguém chamado Jer.

A mente de Amanda se agitou. *Três passageiros! Jer deve ter encontrado Holly e Kari!* Antes que pudesse dizer alguma coisa, Alex disse:

– Não temos tempo para fazer esse desvio.

Rhiannon

Um silêncio frio e repentino se espalhou no ar enquanto o novo líder da confraria virava o centro das atenções. Tommy foi quem falou:

– Na minha opinião, se ele está com Holly, temos que parar. Ela é o que temos de mais valioso e nosso maior perigo caso caia nas mãos dos nossos inimigos. Precisamos dela e não podemos ficar sem saber onde ela está.

Alex estreitou os olhos, e Amanda percebeu que ele estava pensando em como reagir a esse questionamento da sua autoridade. Após um instante, ele sorriu e a tensão se dissipou.

– É verdade, Tommy. Vamos para Albuquerque então.

A copilota fez que sim com a cabeça e voltou para a cabine. Vários minutos se passaram e o avião se posicionou para a decolagem. Assim que os pneus saíram do chão, Amanda se sentiu aliviada. *O que Michael Deveraux pode fazer conosco enquanto estivermos voando?*

– Muitas coisas, se o que ouvi falar for verdade – disse Alex.

Amanda enrijeceu. Tinha baixado a guarda por um instante, e ele se aproveitou. Não se incomodava com Pablo lendo os seus pensamentos, mas com Alex era diferente. Talvez fosse por Alex ser mais velho, por ser o líder de uma Confraria ou um parente. *Talvez seja por eu não confiar totalmente nele.* Seja lá qual fosse a razão, ela precisava tomar mais cuidado.

Mas não deixaria que ele, ou as alusões dele ao poder de Michael, arruinasse o seu voo. Acomodou-se no assento, encostou a cabeça no ombro de Tommy e logo pegou no sono.

Feitiço

Acordou quando pousaram em Albuquerque. Sentiu um nó no estômago. *E se não tiver sido Jer quem enviou a mensagem?*, perguntou-se ela, com um medo repentino a atormentando. *Bom, logo mais saberemos.*

"Logo mais" acabou levando vinte minutos. Finalmente a escotilha foi aberta e ela escutou um suspiro coletivo do grupo. Ao ver Jer, ela relaxou, aliviada. Nos braços, ele carregava uma mulher. O rosto dela estava virado para dentro, encostado no ombro dele, mas Amanda a reconheceu mesmo assim: Holly!

Philippe se levantou rapidamente e ajudou Jer a colocar Holly num dos assentos. Ela estava inconsciente, mas Amanda viu que o seu peito levantava e abaixava num ritmo constante. Uma nova sensação tomou conta de Amanda, um calafrio que percorria sua espinha. Ela se virou, esperando ver Kari entrar no avião. Em vez disso, uma desconhecida apareceu, uma mulher de cabelo curto, toda de preto, e ela tinha algo de...

– Feiticeira! – sibilou Pablo, lançando-se para cima dela.

Jer ergueu o braço e o segurou.

– Pablo, não! Ela é uma amiga.

– Não exagere – disse a mulher, com sarcasmo.

– Explique-se, Deveraux – ordenou Alex.

Jer deu uma olhada ao redor.

– Quem o colocou no comando?

– Nem pergunte – murmurou Tommy.

– Eve está atrás do meu pai para matá-lo. Ela e eu temos o mesmo objetivo. Ela me ajudou a salvar Holly. Em retribuição, nós a levaremos a Londres.

Amanda estava chocada. Por fim conseguiu falar.

Rhiannon

– Acha mesmo uma boa ideia um membro da Suprema Confraria saber para onde estamos indo?

– Tecnicamente, Jeraud é membro da Suprema Confraria – salientou Eve.

– Não mais. Agora tenho a minha própria confraria – retrucou ele.

– E onde ela está? – perguntou Alex. A sua voz era tranquila, zombeteira.

Amanda viu os músculos do rosto de Jer se tensionarem. Quando ele falou, a voz sibilou num tom perigoso.

– Um dia vou matar você.

– Não se eu matá-lo primeiro.

O pai de Amanda se colocou entre os dois.

– Acalmem-se, cavalheiros, não comecem. – Poder e autoridade cercavam-no. – Prometo que, se alguém começar, *eu* é que vou acabar com isso.

Um silêncio surgiu; nenhum dos dois queria ser o primeiro a recuar. *Que ridículo*, pensou Amanda. Quebrando o silêncio, ela perguntou:

– O que aconteceu com Holly?

Jer virou-se para ela, acalmando-se.

– Estávamos lutando contra os Golems. Um deles a estava esganando. Algo tomou conta do corpo dela, ela matou o Golem e ficou inconsciente com a queda.

– Bruxos e feiticeiros, por favor, sentem-se e preparem-se para a decolagem – anunciou o piloto pelo alto-falante.

Amanda não sabia se chorava ou se ria.

★ ★ ★

Feitiço

Holly dormia num banquinho no canto da sua mente. Todos dormiam. Por um instante as coisas estavam calmas, mas logo tudo acordaria e o caos surgiria mais uma vez. O caos e o medo. Ela não se lembrava mais de tanta coisa, apenas do medo. Medo. Como ela o conhecia bem, como o tinha experimentado uma vez após a outra, vivendo com ele, comendo-o, dormindo com ele, sonhando com ele. Como naquela noite tanto tempo atrás, no próprio quarto na sua própria casa...

Família Cathers: São Francisco, 2001

Holly estava sentada, comendo pipoca e assistindo à televisão com os pais. Era uma terça-feira à noite, e todas as terças eles viam filmes juntos. Era uma tradição desde as suas lembranças mais remotas. Até a ida à locadora era uma tradição, que sempre incluía a discussão para escolher entre um filme de ação e uma comédia romântica.

Naquele momento, enquanto assistiam a *O sexto sentido*, ela começava a achar que devia ter cedido ao desejo do pai de ver um filme do John Wayne. Quando o garotinho disse para Bruce Willis que via pessoas mortas, ela achou que fosse chorar.

– Pelo menos não é tão violento quanto achei que seria – comentou a mãe.

– É pior do que violência. Isso só faz perturbar a cabeça da gente – protestou o pai.

Holly concordava com o pai. *Não consigo imaginar nada mais assustador do que ver um fantasma.*

Quando o filme terminou, ela percorreu o corredor em direção ao banheiro, acendendo todas as luzes no caminho.

Rhiannon

Estremeceu ao olhar o espelho. *Não acredito que o filme mexeu tanto assim comigo*, pensou.

Holly achou ter visto alguma sombra se movendo atrás dela e deu um pulo. Escovou os dentes e se arrumou para dormir enquanto evitava olhar de novo para o espelho.

Após separar o que ia vestir no dia seguinte, sentiu-se bem mais calma. Quando a mãe veio dar boa noite, ela já estava deitada e com as pálpebras pesadas.

– Amo você, querida.

– Também amo você, mãe.

– Você está bem?

Holly sorriu.

– Sim. E você?

– Claro – disse a mãe dela dando uma leve risada.

O sorriso de Holly aumentou. Era a risada que a mãe dava quando estava nervosa. O filme também tinha mexido com ela.

– Durma com os anjos, mãe.

– Você também – disse a sua mãe, balançando a cabeça e rindo.

Os meus pais são ótimos. Não consigo imaginar como seria ter crescido com pais diferentes, pensou ela enquanto pegava no sono.

– Acorde, Holly – pediu uma voz feminina.

Holly se contorceu e deitou de costas. Mesmo com as pálpebras fechadas, dava para perceber que o quarto estava claro.

– Não quero – disse ela, sonolenta.

– Acorde. – A voz ficou mais insistente.

Feitiço

– Não.

– Você tem que acordar, Holly.

– Mãe, me deixa dormir.

– Não sou a sua mãe – exclamou a voz.

Holly abriu os olhos imediatamente e se sentou.

Ainda estava de noite. A luz do quarto vinha da mulher. Ela estava no meio do quarto de Holly usando um vestido antigo. O seu cabelo escuro e ondulado cobria as costas. Os olhos brilhavam como brasas, e ela resplandecia.

– Estou sonhando – disse Holly em voz alta. – É apenas um sonho.

– Não é sonho – garantiu-lhe a mulher. – Sou Isabeau. Sou sua ancestral e chegou a hora de você descobrir quem você é.

– Eu sei quem eu sou. Sou Holly Cathers.

– Não, você é Holly Cahors, da Confraria Cahors. E você é uma bruxa.

Holly começou a estremecer descontroladamente.

– Devo estar sonhando.

– Não está.

– Você está morta?

– Sim.

Ela achou que fosse desmaiar. O quarto começou a ondular diante dos seus olhos.

– Isso não é real, não está acontecendo.

– É real – disse a mulher, aproximando-se. Ela sentou-se na beirada da cama, ao lado de Holly. – Você é da minha confraria, do meu sangue. Você é uma bruxa e precisa descobrir logo o que isso significa. Os Deveraux são seus inimigos, você tem que se lembrar disso. Eles vão matar todos que você ama se não impedi-los.

Ela estendeu a mão em direção a Holly, que tentou se afastar. O seu corpo parecia estar congelado, e ela quis gritar quando os dedos mortos e gélidos tocaram a sua bochecha.

– *Ma petite*, você tem tanto a aprender em tão pouco tempo. Vou ajudá-la. – Isabeau pressionou a mão na testa de Holly. – Vou ficar com você, compartilhando a minha força e o meu poder com você. Agora – a voz dela ficou mais grave, com um tom autoritário –, acenda a luz da cômoda com a sua mente.

Holly sentiu que tinha que obedecer, era como se não tivesse vontade própria. Ela se virou e ficou olhando para a vela em questão. De repente, com um barulho do vento, a vela se acendeu.

Holly começou a gritar. Após alguns instantes, escutou passos em disparada pelo corredor e os seus pais escancararam a porta do quarto. A mãe gritou, e Isabeau se virou para olhar para os pais de Holly. Por um instante, todos ficaram parados, congelados como se estivessem dentro de um quadro, e Isabeau desapareceu. A única luz que sobrou foi a da vela.

– Holly! O que aconteceu? – exclamou a mãe enquanto corria na direção da menina. Holly se jogou nos braços da mãe, e as duas caíram na cama, chorando.

– Mãe – chamou ela, chorando –, sou uma bruxa e vejo gente morta!

– Foi o filme, só isso. Ele fez com que você tivesse pesadelos, não foi nada de mais – disse a mãe, com o tom histérico da voz contrastando com as palavras.

— Mas, mãe, você também a viu, ela estava aqui.

A sua mãe ficou em silêncio, e Holly se afastou para olhá-la. Havia medo nos seus olhos.

— O que devo fazer, mamãe?

Naquele instante, o pai se aproximou. Colocou a mão na testa de Holly, assim como a mulher tinha feito. Quando falou, a sua voz estava grave — Holly nunca a tinha escutado tão grave.

— Durma e esqueça.

Ela pegou no sono e, para sua alegria, esqueceu.

Ao acordar na manhã seguinte, Holly ficou com a impressão inquietante de que havia algo errado. Ela tinha dormido bem, mas estava cansada, e alguma coisa estava fora de lugar.

Lá embaixo, na cozinha, encontrou os pais à mesa, tomando café da manhã. Ambos estavam em silêncio quando ela chegou, com aparência de que tinham chorado.

— O que aconteceu? — perguntou Holly, começando a entrar em pânico.

— Nada, querida — disse o pai dela, forçando um sorriso que contrastava com os seus olhos. — Dormiu bem?

— Como um bebê.

— Nenhum pesadelo? — perguntou a mãe.

Holly se virou, confusa e preocupada.

— Acho que não, por quê?

— Por nada. Só tive a impressão de ouvir você se mexendo muito na cama ontem à noite.

— Não, nenhum pesadelo, nenhum sonho. Só tive um sono muito profundo. Vocês dois estão bem?

– Sim – disse o pai dela depressa, depressa demais. – Estamos bem, querida. Só dormimos mal.

– Eu disse para você dormir com os anjos – disse ela, tentando brincar com a mãe.

A piada não pegou, mas sua mãe deu um sorriso amarelo. Holly não sabia o que estava acontecendo, mas, ao perceber que eles não contariam nada, comeu rapidamente.

Quando terminou, foi em direção à escada para buscar a mochila. Estava na metade dos degraus quando escutou a mãe dizer:

– Ela não se lembra de nada de ontem à noite, nem do que viu, nem do que fez.

– Eu disse que ela não lembraria – disse o pai.

Ela ficou paralisada, apenas escutando. *O que foi que aconteceu ontem?*, perguntou-se, com o pulso disparando. Mas eles pararam de conversar, e ela terminou de subir a escada lentamente. Ao chegar ao quarto, tirou o seu relógio da cômoda.

Virou-se para ir embora, mas parou. Na cômoda, havia uma vela em formato de cavalo que sua melhor amiga, Tina, tinha lhe dado de presente de aniversário. Era bem bonita, e Holly nunca a tinha acendido, pois gostava de usá-la mais como decoração.

O topo da cabeça do cavalo estava derretido, a cera havia pingado e cobria os seus olhos. *Alguém acendeu a vela*, pensou ela, perplexa, *e o cavalo ficou cego... assim como eu.*

Confraria Tripla: Sobrevoando o Atlântico

No seu banco no cantinho, Holly sonhou e se lembrou. Isabeau já havia aparecido para ela muito tempo atrás, e o pai tinha escondido isso dela. A sua mãe ficara assustada, assim como ele. Por isso que brigavam. Foi isso o que aconteceu.

Ainda sentada no seu banquinho com a postura perfeitamente ereta, Holly abriu um dos olhos bem devagar e deu uma olhada ao redor. Os demônios estavam todos dormindo, espalhados pelo chão aos montes, alguns em cima de outros. Agora que estavam deitados, ela conseguiu enxergar mais as coisas que estavam um pouco à frente, conseguiu ver o que havia lá fora. E viu Amanda.

Os pelos da nuca de Amanda se arrepiaram, e de repente ela teve a sensação inquietante de que estava sendo observada. Virou a cabeça bruscamente e viu Holly de olhos abertos, encarando-a.

– Tommy – sussurrou ela. – Olhe!

Tommy olhou e chegou à mesma conclusão que ela.

– É a Holly.

Rapidamente, Amanda desafivelou o cinto e ficou diante de Holly.

– Holly, é a Amanda. Está me reconhecendo?

Holly piscou os olhos uma vez, nítida e fortemente.

Após um segundo, Pablo estava ao lado de Amanda.

– Consigo senti-la – disse ele.

– Holly, você consegue nos ajudar a nos livrar dos demônios? – perguntou Amanda.

Holly apenas permaneceu olhando para a frente, e Amanda não sabia se ela tinha compreendido as suas palavras.

– Ela não vai conseguir – disse Pablo. – Está com medo.

– Holly, querida, não tenha medo. Vamos ajudá-la, vamos tirá-los daí de dentro. Está entendendo?

Ela piscou. E depois, lentamente, as pálpebras se fecharam.

– Não, Holly. Volte, volte para nós – implorou Amanda.

Pablo colocou a mão no braço dela.

– Ela se retraiu. Não consigo mais senti-la.

– Mas pelo menos sabemos que ela ainda está aí dentro – disse Tommy.

– Precisamos encontrar uma maneira de trazê-la de volta – sugeriu Jer.

– Já tentamos exorcismo. Não deu certo – contou Sasha para ele. – Foi assim que Tante Cecile morreu.

– Acho que eu consigo – disse Armand.

Amanda se virou para ele.

– Armand, não sei se podemos correr o risco de perder outra pessoa.

Philippe a interrompeu.

– Deixa-o ajudar. Armand foi seminarista antes de começar a explorar o mundo da Deusa. Ele sabe e já viu certas coisas que nós desconhecemos. Acredito que ele é capaz de fazer isso sim.

– Acho que vale a pena arriscar – opinou Jer.

Amanda se virou contra ele.

– Você não estava lá da última vez. Você não sabe como é. Temos que encontrar uma maneira de ajudá-la, mas não sei se exorcismo é a solução!

– Amanda, se ele está disposto a tentar, acho que devemos deixá-lo fazer isso.

Feitiço

Ela olhou para o rosto de todos. Todos pareciam sérios e esperançosos. Por fim, ela se virou para Alex. Ele não tinha dito nada.

– O que você acha?

Ele ergueu a sobrancelha.

– Se tem vários demônios dentro dela, talvez nem todos tenham o mesmo paradigma de fé. Alguém que tem experiência com várias religiões talvez consiga fazer o que outros não conseguiram. Eu acho que você devia deixar o padre tentar.

Fazia sentido. Ela não sabia se era porque isso era o que queria ouvir ou se porque realmente fazia sentido. Olhou para Holly. *Precisamos que ela volte. Estamos prestes a voltar para a boca do inferno, e precisamos que ela esteja conosco.* Ela se virou para Armand.

– Do que você vai precisar?

ONZE

MARIA

☾

É hora de nossa ação tomar
Os Deveraux têm muito o que provar
Todo o nosso poder a eles mostremos
E dominar todos eles nós iremos

Deus e Deusa, escutem a nossa oração
Erguemos para os céus as nossas mãos
Expulsemos aqueles que nos causam pavor
Inimigos distantes e próximos — todos sem valor

Confraria Tripla: Londres

Amanda estava exausta. Ir do aeroporto até o esconderijo tinha sido angustiante. Estavam no território da Suprema Confraria. Além disso, pelo menos um membro dela, a mulher chamada Eve, sabia que eles estavam aqui. *O que a impede de alertar os outros a respeito da nossa presença? Sei que Jer confia nela, mas isso não significa que eu confie.*

Assim que pousaram, Eve foi embora, agradecendo-os pela carona com um certo atrevimento. Ela estava caçando Michael Deveraux, e era só nesse sentido que se podia dizer que ela estava do mesmo lado do grupo.

Feitiço

Ela deu uma olhada na casa onde estavam. Ficava nos arredores de Londres e era bem grande. Armand a tinha estudado como um leão até encontrar o local onde quis fazer o exorcismo. Todos haviam passado a última hora removendo as coisas do cômodo para que não sobrasse nada que Holly ou seus demônios pudessem usar como arma.

A bruxa dona da casa tinha ido embora antes de eles chegarem, mas deixara todos os suprimentos de que precisariam e deu carta branca para que o grupo usasse a propriedade para o que fosse necessário. *Mas entendo por que ela foi embora. Eu também iria se pudesse.*

O pai de Amanda tinha saído havia uma hora para comprar... alguma coisa... ele não tinha dito o quê. Mas estava com o olhar sério quando foi embora, o que a deixou nervosa.

Tommy se aproximou e a beijou na bochecha. Ela sorriu e se virou, aceitando o abraço. Era tão bom sentir os braços dele ao seu redor. Tudo o que queria era ser abraçada para sempre.

– Amo você.

– Também amo você – sussurrou ela.

– É melhor a gente ver se Armand precisa de mais alguma coisa.

Ela olhou-o. Ele parecia um homem. Onde estava o garoto de antigamente? Como ele tinha mudado diante dos olhos de Amanda sem ela perceber? Ele sorriu, e ela conseguiu ver o garoto de novo, mas agora era apenas uma parte de Tommy. Havia algo de forte e de bom ao seu respeito. Ele era mais do que ela já tinha imaginado, mais do que já tinha sonhado. Era tudo o que ela queria, tudo de que precisava. *Eu faria tudo para ele continuar perto de mim.*

De braços dados, os dois entraram no cômodo, que estava vazio. Até os quadros tinham sido removidos. Mas não foram apenas os móveis e os quadros. Pablo e Sasha trabalharam muito, livrando o local de quaisquer rastros psíquicos. Ela nunca tinha estado num lugar tão oco. Sentiu um calafrio. *Será que a morte é assim? Não, não pode ser. Eu me recuso a acreditar que seja o vazio.*

Estavam todos em pé lá dentro, juntos, observando Holly em silêncio. Ela estava encurvada no meio do chão. Não tinha recobrado a consciência de novo durante o voo, nem no trajeto de carro até a casa. Amanda começou a temer que ela nunca mais fosse acordar.

– Quando saírem, fechem a porta e fiquem a postos com as espadas que preparamos. Se alguma coisa atravessar a porta, mate-a – instruiu Armand.

– Os demônios estão começando a se agitar – contou Pablo.

– Vocês todos, vão embora – disse Armand baixinho.

– Quero ficar – protestou Amanda.

– Não, você tem que ir. E logo.

– Vamos, Amanda, vai dar tudo certo – disse Tommy, meio que a arrastando para fora do cômodo.

Armand se virou para Holly e inspirou profundamente. De uma maneira estranha, era como se tivesse se preparado a vida inteira para aquilo. O seu avô tinha sido padre e exorcista. O próprio Armand estudara para virar padre. Na véspera de fazer os votos, passou a estudar o mundo da Deusa. Mas, no seu coração, ele nunca traiu o seu primeiro Deus. Em vez disso, louvava os dois e tinha conhecido outras pessoas que faziam o mesmo.

Os olhos de Holly se abriram bruscamente, mas não era Holly que olhava para ele de suas profundezas. Ao vê-la sentada, tremendo, com uma loucura zunindo nos olhos enquanto os inúmeros demônios lutavam entre si dentro dela, Armand agradeceu às duas divindades por todos os anos de treinamento. Era isso que salvaria ele próprio e Holly.

Acendeu as velas roxas e começou.

As palavras jorraram da sua língua, apesar de fazer anos que ele as tinha decorado, estudando o seu significado.

– *Exorcizo te, omnis spiritus immunde, in nomine Dei.*

Ele fez o sinal da cruz sobre ela.

– *Patris omnipotentis, et in nomine Jesu.*

Mais uma cruz.

– *Christi Filii ejus, Domini et Judicis nostri, et in virtute Spiritus.*

Ele fez uma terceira cruz no ar sobre ela.

– Eu vos exorcizo, todos os espíritos imundos, em nome do Deus Todo-Poderoso e em nome do seu Filho, Jesus Cristo, nosso Senhor e Juiz, e do poder do Espírito Santo.

– Criatura imunda, você pratica a bruxaria e não tem o direito de invocar esse nome – sibilou um demônio, falando por meio de Holly e distorcendo o rosto dela para que refletisse as suas próprias feições horrendas.

– Deus ama todos os seus filhos, e Ele ajuda aqueles que têm fé e que invocam o nome Dele.

Maria

— Ele não vai escutá-lo — provocou outro espírito. — Ele não vai dividir você com a Deusa.

— Não acredito que isso seja verdade — forçou-se a responder Armand calmamente. — Mas, mesmo se fosse, ele também é um Deus misericordioso, e tenho certeza de que vai me perdoar. Saiam dela, vocês, demônios que estão aí dentro, em nome da Deusa que guia o coração dela, pois vocês não têm lugar no interior desse corpo.

— Ela gosta da gente — disse um terceiro demônio com a voz aguda e estridente. — Ela quer que a gente fique aqui.

— Ordeno que vocês vão embora. *Sancti, ut descedas ab hoc plasmate Dei*, Holly Cathers, *per eumdem Christum Dominum nostrum, qui venturus est judicare vivos et mortuos, et saeculum per ignem.*

Saiam dessa criatura de Deus chamada Holly Cathers em nome de Cristo nosso Senhor, que julgará os vivos e os mortos e o mundo pelo fogo.

Holly começou a se sacudir para trás e para a frente enquanto os demônios lutavam contra ela, uns contra os outros, contra Armand e contra as divindades que ele tinha invocado. Houve um grito repentino e um deles saiu voando da boca de Holly. Era uma coisa pequenina de manchas vermelhas, com rabo de dragão e asas de pardal.

Armand tirou a espada do cinto e dilacerou o corpo da criatura.

— Mando-o de volta para o inferno de onde veio.

A criatura explodiu, formando uma pequena nuvem sulfurosa de poeira vermelha que salpicou o chão.

Lá se vai um. Isso vai demorar um bom tempo.

Feitiço

Ele ergueu uma grande tigela de madeira cheia de incenso, alho amassado, hortelã, cravo-da-índia e sálvia. Encostou a chama da vela roxa na mistura, incendiando-a. Assoprou-a delicadamente até a chama se extinguir, mas a mistura continuou a queimar devagar. O cheiro encheu o ar, e os demônios dentro de Holly começaram a guinchar.

Armand se aproximou de Holly. Cuspiu com cuidado nas próprias mãos e tocou a orelha direita dela, em seguida a esquerda.

– *Ephpheta, quod est, Adaperire.*

Abra-se.

Em seguida, ele tocou a narina direita dela e depois a esquerda.

– *In odorem suavitatis. Tu autem effugare, diabole; appropinquabit enim judicium Dei.*

Por um gosto de doçura: e para você, ó diabo, saia! Pois o julgamento de Deus está em curso.

– Holly – chamou ele. – Holly, me escute. Me ajude a expulsar esses demônios.

Surgiu um brilho nos olhos dela, um instante que ele interpretou como de compreensão, antes de os demônios a puxarem de volta rugindo.

– Não pode ficar com ela, padre. Não vamos sair deste corpo. Nós passamos a... gostar... daqui – sibilou uma das vozes.

– Vocês são quantos? – perguntou Armand.

– Centenas.

– Então as centenas irão morrer.

★ ★ ★

Maria

Holly estava sentada no seu banquinho e ficou observando surpresa um pequeno demônio vermelho ir embora. Ele partiu, chorando sem parar. Ela quase ficou com pena, mas lembrou que ele tinha cuspido nela mais cedo, então parou de sentir pena. Na verdade, ficou contente por ele ter ido embora. Era uma voz a menos zunindo nos seus ouvidos, um corpo a menos bloqueando a sua visão.

Então ela escutou um homem lhe dando ordens, implorando para que ela o ajudasse a se livrar dos demônios. Os demônios estavam ocupados e cautelosos, conversando com o homem. Não estavam olhando para Holly. Ela moveu o dedo mindinho do pé, e dessa vez ninguém percebeu, ninguém se importou.

Ela ficou sentada e imóvel mais uma vez. Após um instante, tentaria mover o pé inteiro.

Armand pegou a água-benta e salpicou um pouco de sal nela. Os demônios supostamente tinham medo de água salgada – os feria. Foi isso que tinha aprendido. Foi por isso que, quando Jesus expulsou demônios de um homem e deixou que eles entrassem num rebanho de porcos e os porcos pisaram a água salgada, os demônios morreram. Pelo menos era isso que se dizia. No seu coração, Armand admitiu que não tinha muita certeza disso. *Mas, pensando bem, é para ser assim mesmo: é uma questão de pura fé.*

Ergueu a tigela d'água e fez o sinal da cruz com ela sobre Holly. Olhou para ela. As suas mãos e os pés estavam presos por cordas – algo que nunca se devia fazer com quem está sendo exorcizado, mas tudo naquela situação era anormal.

Feitiço

Também havia magia prendendo-a, cortesia de Alex. Fazia sentido. Holly sabia o que o restante do grupo sabia, praticava a mesma magia, conhecia os mesmos encantamentos. Pelo menos Alex era um pouco diferente, assim como o seu comportamento.

Jogou a água sobre a cabeça dela fazendo um X. Repetiu o gesto três vezes. Os demônios gritaram, e ele sentiu o cheiro de enxofre e de carne queimada. Uma dúzia de demônios jorrou para fora dela, e ele deixou que se afastassem. Estavam morrendo, ele percebeu pela maneira como estavam se desgastando, sumindo como se estivessem desbotando até a morte. E, se conseguissem chegar à porta, Philippe daria conta deles.

Deixou a tigela de lado e pegou outra cheia de ervas. Pressionou o dedão nas ervas secas e untou Holly com elas, tocando primeiro a sua testa, depois o queixo, a pálpebra direita e a esquerda.

– *Pax tibi.*

Que a paz esteja com você.

Holly queria dizer "Que assim seja", mas não disse. Estava com medo. O fedor da morte enchia as suas narinas. Mais demônios tinham ido embora, mas os que sobraram estavam mais agitados e perigosos. Girou o pé esquerdo. Nenhum deles percebeu. Exalou lentamente e ninguém se virou para olhá-la.

Lambeu os lábios; talvez devesse tentar falar alguma coisa, talvez isso ajudasse. O seu coração começou a bater mais alto, muito alto e rapidamente. Abriu os lábios, e ninguém tentou impedi-la. Passou a língua nos dentes. Os demônios estavam todos saltando, gritando e berrando com o homem lá fora.

Eles o odiavam, e ela conseguia sentir a raiva deles, que borbulhava ao seu redor, fazendo o seu coração acelerar ainda mais. Aquilo a assustava e a entusiasmava ao mesmo tempo. Fazia tanto tempo que ela não sentia nada além de medo... *Vou mesmo falar!*

– Que a... – Uma dúzia de demônios pulou em cima dela. Um cobriu-lhe a boca com a mão enrugada enquanto os outros a golpearam e cuspiram nela. Sussurraram coisas maldosas nos seus ouvidos, disseram que ela não era nada, que não era ninguém. *Eles devem ter razão. Afinal, disso eles entendem.*

Um demônio engelhado e à beira da morte passou por debaixo da porta, e Philippe o esfaqueou, fazendo-o desaparecer.

– Algo está dando certo – observou ele. – Aquele demônio já estava praticamente morto.

Amanda andava de um lado para outro diante da porta, brincando com a sua espada como se fosse uma batuta. Ele ficou com pena dela enquanto a observava. *Ela já perdeu tanto e talvez perca muito mais.*

– Já lhe disse o quanto odeio esperar? – perguntou ela.

– Já – comentou Alex. – Precisamos começar a arrumar as coisas. Assim que Armand terminar, nós precisamos sair daqui. Metade do grupo vai resgatar Nicole em Avalon. A outra metade vai iniciar o ataque à Suprema Confraria.

– Não é perigoso dividir o grupo assim? – perguntou Tommy.

Feitiço

— A essa altura é perigoso não dividir. Precisamos agir com rapidez. Não podemos ter mais nenhum atraso. Precisamos atacar antes que saibam que estamos aqui. — Alex olhou para Jer. — Pelo que podemos deduzir, eles já sabem que estamos aqui.

Philippe percebeu que Jer se inquietou, mas não disse nada. Voltou a atenção para a porta. *Deusa, ajude-o*, rezou por Armand enquanto vigiava a porta à espera de mais demônios.

Armand escutou Holly falando ou, pelo menos, tentando falar.

— Isso, Holly, esforce-se, lute contra eles, você consegue. Você é mais forte do que eles. Expulse-os. Você tem poder para isso.

— Ela não tem nenhum poder sobre mim — sibilou uma voz. De repente uma rajada de vento percorreu o cômodo, e Holly parecia estar bem no centro dela. — Nem você.

— Quem é você? Qual é o seu nome? — perguntou Armand.

— Bunyip.

Bunyip? Onde foi que ouvi esse nome antes? O vento continuou e isso lhe pareceu familiar. *Bunyip. Turbilhão.*

— Você é um espírito do mal que se esconde nos turbilhões. Os povos aborígenes contam histórias sobre você.

— Você sabe quem eu sou, ótimo. Então também sabe que é melhor ter medo de mim.

Armand apontou na direção do vento.

— Até agora não fiquei impressionado. Então, a não ser que tenha planos de transformar Holly num pássaro, acho que você deve ir embora. – Ele ficou parado, aguardando a reação da criatura e pensando em como expulsá-la.

Na lenda aborígene, a serpente arco-íris deu forma à terra e criou todos os espíritos. Já é um começo.

– Ordeno que você saia, Bunyip, em nome do espírito que deu vida ao povo da sua terra. Em nome da serpente arco-íris, ordeno que saia!

Ele escutou um uivo enquanto o vento se acelerava no cômodo. Armand viu o demônio escapar voando depressa da boca de Holly. Então o turbilhão começou. Girando sem parar, o vento rodopiava cada vez mais forte e mais rápido. Rasgou as roupas de Armand e fez os seus olhos arderem.

Ele abriu a boca para gritar um encantamento, mas o vento arrancou as palavras dos seus lábios, e nem o próprio Armand as escutou. *Deusa, me ajude*, pensou ele enquanto o vento continuava acelerando, rodopiando para dentro de si mesmo, *senão isso vai acabar despedaçando tanto Holly quanto eu.*

No canto do cômodo, um tornado começou a se formar. O medo tomou conta de Armand quando ele percebeu que a criatura podia destruir todos eles.

A porta se abriu de repente e Alex apareceu de braços erguidos. Estava gritando alguma coisa, mas Armand não conseguiu entender o que era. O vento parou imediatamente, deixando apenas uma calma sinistra. A porta se fechou de novo, e Armand ficou a sós mais uma vez com Holly e todos os seus demônios.

Depois tenho que agradecer a Alex, pensou ele, voltando a atenção para o trabalho que tinha a fazer.

Na sua mente havia apenas o caos. Pelo menos o vento tinha parado, mas ele deixara vários corpos espalhados, demônios atordoados, demônios inconscientes. Nenhum deles estava olhando para ela. Holly respirou fundo e se levantou.

Não aconteceu nada. Ninguém percebeu. Havia um demônio marrom e escamoso deitado no chão ao lado do seu banco. Era pequeno, tinha metade da sua altura e era bem esquelético. Estava de boca aberta, babando um líquido amarelo que se esparramava por todo o chão da sua mente. *Que nojo.* Ela o cutucou com o dedão, mas ele não se mexeu. Ele não é tão grande. *Eu dou conta dele*, pensou ela, olhando furtivamente para os outros.

Fez pequenos movimentos com a mão esquerda, inscrevendo um pentagrama no ar sobre a criatura.

– Deusa, expulse essa criatura, ela não pertence a este lugar – sussurrou ela.

Os olhos do demônio se abriram de repente, e ele fez um ruído ofegante antes de sair voando para fora da boca dela. Os outros que estavam acordados se viraram para ela. *Xii...*

Armand ficou surpreso ao ver um pequeno demônio marrom voar para fora de Holly. Agarrou a espada e o cortou em dois. Uma gosma marrom escorreu pela borda da espada e caiu, dissolvendo-se lentamente no ar antes de tocar o chão.

– Ótimo, Holly, continue fazendo isso.

No entanto, Holly não estava escutando. Estava de volta ao banco, encolhendo-se enquanto todos eles a cercavam, gritando, golpeando-a com os punhos e mordendo-a. Ela estava chorando e sangrando e não havia ninguém para ajudá-la.

Armand olhava para Holly com esperança, mas não havia nenhuma indicação de que ela o compreendia, nem de que mais demônios estavam saindo. De repente, ela começou a balbuciar algo que parecia aramaico. Armand ergueu as mãos e as colocou no ar sobre a cabeça de Holly.

– *Allaahumma jannibnash-shaytaana wa jannibish-shaytaana maa razaqtanaa.*

Ó, Alá, mantenha Satanás longe de nós e mantenha Satanás longe do que Você concedeu a nós.

Uma dúzia de demônios saiu gritando do corpo de Holly, e Armand girou de um lado para outro, espetando e desmembrando as criaturas. O último, ele teve que perseguir pelo cômodo por um minuto. Parou ofegante após matá-lo, tentando recobrar o fôlego.

– Me ajude! – Armand escutou Holly gritar atrás dele.

Ele se virou depressa e viu que ela estava sentada, encarando-o com os olhos arregalados.

– Me ajude! – exclamou ela mais uma vez.

Ele correu para perto de Holly. Assim que chegou ao seu lado, os olhos dela reviraram para dentro da cabeça e o corpo entrou em convulsão. Ela caiu para trás, e Armand a segurou.

– Lute contra eles, Holly, lute – implorou ele. – Você consegue, eu acredito em você. Volte para nós. Expulse-os. Deusa, eu suplico, remova essas coisas imundas de Holly, restaure a mente e a alma dela. Que todas as criaturas escondidas lá dentro sejam banidas. Ilumine-a.

Feitiço

Mais demônios saíram voando, e Armand os ignorou, rezando para que os outros dessem cabo deles.

– Ordeno que vocês, espíritos imundos, saiam desta garota. Vocês não pertencem a este lugar e eu ordeno que, em nome de Jesus Cristo, cujo sangue foi derramado na cruz, saiam agora!

Gritos angustiados se espalharam pelo ar conforme mais demônios saíram jorrando. Ele sentiu alguns o arranharem, tentando se agarrar a ele, mas Armand os enxotou com a mão e com a mente.

– Em nome da Dama e do Senhor, que todos os seres do mal saiam daqui. Declaro que Holly é um receptáculo sagrado para a Deusa. Consagre-a e limpe-a.

Do bolso, ele tirou um lenço branco de linho e o colocou na cabeça dela.

– *Accipe vestem candidam, quam perferas immaculatam.*
Receba este adorno branco, que vós podereis usar sem máculas.

Houve uma espécie de explosão. Uma luz fortíssima estourou, uma rajada de ar surgiu, e havia *coisas* passando por ele. Os olhos de Holly se abriram de repente, e ela olhou para ele.

Holly estava no centro da sua mente. *Para onde eles todos estão indo?*, perguntou-se perplexa enquanto os demônios passavam voando por ela. Um deles estendeu a mão e a agarrou, com as garras arranhando o seu braço todo. Holly o sacudiu, e ele também saiu voando.

Enfim, ela ficou a sós e tudo estava quieto. Em silêncio e com cuidado, foi para a frente nas pontas dos pés até conseguir encostar o rosto nos olhos e poder enxergar o que havia lá fora. Respirou fundo e o ar encheu os seus pulmões. Olhou para cima e lá estava Armand.

Ele segurava uma vela branca. A chama era forte e pura. Ele lhe ofereceu a vela, e após um instante Holly conseguiu erguer a mão e pegá-la.

– *Accipe lampadem ardentem. Amém. Que assim seja.*

– Que assim seja – sussurrou ela. – *Eu voltei.*

E começou a chorar.

Armand a abraçou enquanto ela soluçava, agradecendo à Deusa e a Jesus Cristo por ter conseguido trazê-la de volta. Após alguns minutos, alguém deu batidas suaves à porta.

– Pode entrar – chamou ele, rouco.

A porta se abriu devagar, e ele olhou para cima. Philippe se aproximou lentamente e se ajoelhou ao lado dos dois.

– Como ela está? – perguntou ele.

– Philippe – sussurrou ela.

Ele sorriu e tocou a bochecha de Holly.

– Que bom vê-la novamente.

– E os demônios? – perguntou Armand.

– Matamos todos eles – respondeu Philippe.

Um alívio tomou conta de Armand, e ele sentiu o próprio corpo relaxar um pouco, estremecendo conforme a exaustão tomava conta.

– Holly? – chamou Amanda da porta com a voz bem hesitante.

– Amanda – disse Holly contendo as lágrimas.

Então as duas primas se abraçaram, com metade do corpo de Holly ainda nos braços de Armand.

Um barulho na porta fez Armand se virar. Alex estava lá com uma expressão inescrutável no rosto.

– Ela voltou?

Armand fez que sim com a cabeça.

– Ok – disse Alex com a voz alta. – Vamos todos nos preparar para partir.

Richard: Norte de Londres

Richard estava dirigindo na estrada M-11 Norte. Estava a cerca de meia hora de Londres. Desacelerou um pouco, com os olhos procurando alguma coisa. Por fim avistou uma pista orlada de árvores sem nada a obstruindo. Seguiu por aquela direção. Dirigiu por um tempo até a pista terminar em um aeródromo abandonado do exército americano que era utilizado na Segunda Guerra Mundial. Estacionou e saiu com cuidado do carro.

Estava com os sentidos bastante aguçados ao dar uma olhada ao redor. Caminhava em silêncio, mal tocando o chão enquanto deslizava em direção às construções. Chegou lá dentro e logo encontrou o que costumava ser o bar dos oficiais. Parecia que ninguém ia ao lugar desde 1945. Havia uma grossa camada de poeira cobrindo as mesas. Cacos de vidro se espalhavam por todo lado, e várias janelas tinham sumido.

Havia teias de aranha penduradas no teto, e um rato atravessou depressa o balcão do bar quando ele se aproximou. Richard foi em direção aos fundos do bar, onde havia uma porta. Seria fácil não a enxergar, pois estava escondida nas sombras, mas ele foi até lá com segurança. Quando a sua mão tocou a maçaneta, teve certeza de que estava no lugar certo. A maçaneta não estava empoeirada.

Abriu a porta e começou a descer por uma escada longa. Andava com cuidado, aguardando ser desafiado a qualquer momento. Chegou ao patamar e se deparou com os guardas que esperava encontrar.

Sem dizer nada, colocou a mão no bolso e tirou a sua identificação. Os guardas a pegaram e a analisaram. Após um instante, indicaram com a cabeça para que ele se aproximasse de uma máquina na parede. Ele encostou os olhos nela e os abriu enquanto as suas retinas eram escaneadas.

Quase imediatamente, os guardas abriram outra porta, e um deles o acompanhou pelos corredores de uma construção subterrânea, uma área de treinamento de um grupo de comandos britânico e do Serviço Aéreo Especial. Após alguns minutos, ele estava sentado no escritório de um coronel do Exército britânico.

O outro homem se inclinou para a frente por cima da escrivaninha, olhando para ele atentamente.

– Richard Anderson?

Richard confirmou com a cabeça.

– A sua reputação é muito boa, senhor.

– Eu era apenas um rapaz tentando servir o próprio país.

O coronel ergueu as sobrancelhas, mas não respondeu. Em vez disso, perguntou:

– Em que podemos ajudá-lo?

Richard tirou um pedaço de papel do bolso e o entregou para o coronel por cima da mesa.

— Preciso de algumas coisas.

O coronel leu a lista duas vezes antes de fazer que sim com a cabeça.

— Acho que podemos providenciar isso. — Ele apertou um interruptor na mesa, e um soldado entrou. O coronel entregou-lhe a lista. — Por favor, junte estes itens para o cavalheiro.

Os dois se levantaram e apertaram as mãos.

— Você se importa se eu perguntar para que exatamente você precisa dessas coisas?

Richard balançou a cabeça.

— É melhor não saber. Além do mais, acho que se eu contasse você não acreditaria.

— Tudo bem — disse o coronel, grunhindo. — Boa sorte.

— Obrigado, coronel.

Dez minutos depois, Richard estava no carro mais uma vez, voltando para o esconderijo.

Confraria Tripla: Londres

Amanda abraçou Tommy e rezou para que nunca mais tivesse de deixá-lo partir. Ela não gostava da ideia de ele ir para Avalon enquanto ela ficaria em Londres com o grupo que atacaria a Suprema Confraria.

Amanda precisava ficar com Holly para tomar conta dela, para mantê-la calma, especialmente agora que ela tinha acabado de conhecer Alex. Se Tommy ficasse com ela, o seu pai, Sasha e Philippe teriam que ir para Avalon sozinhos. Eles precisavam levar mais alguém. Philippe precisava ir, pois Amanda tinha que ficar. Como ele e Nicole eram servos um do outro, era mais provável que ele a encontrasse.

Ainda assim, as lágrimas escorreram pelas suas bochechas ao pensar que ela se separaria de Tommy. *Não é justo!*, pensou. Ela teve todo o tempo do mundo para conhecê-lo como amigo, mas só agora estavam descobrindo de verdade um ao outro com o amor que compartilhavam. *Mas em quinze minutos vamos nos separar, e se algo acontecer com algum de nós?*

– Tive uma ideia – disse ele com a voz áspera.

– É?

– Por que não lançamos um encantamento, tipo, para que fiquemos juntos?

– Por toda a eternidade? – disse ela baixinho. – Para ficarmos juntos mesmo quando morrermos?

– Você é a maior boba – respondeu ele carinhosamente. – Para que fiquemos a salvo e juntos, não importa o que aconteça.

– Sim, podemos fazer isso. Mas temos que nos apressar.

Depressa, Amanda desenhou um círculo no chão enquanto Tommy encontrava incenso e o acendia. Após um minuto, os dois estavam dentro do círculo, de joelhos encostados.

Ela segurou as mãos dele, e, por um instante, o mundo inteiro pareceu ficar mais lento até parar. Os dois inspiraram simultaneamente. Ela sentiu o próprio batimento cardíaco desacelerando para acompanhar o ritmo dele; sentiu a pulsação das pontas dos seus dedos juntando-se à dele.

Havia um *athame* ao lado deles, com uma vela branca. Ela soltou as mãos de Tommy e ergueu o *athame*. Tommy acendeu a vela.

– No futuro e no passado, ficaremos juntos por todo o sempre – entoou ele.

Ela cortou a palma da mão com o *athame*, fazendo uma careta por causa da dor. Em seguida, cortou a de Tommy. Os dois juntaram as mãos que sangravam sobre a vela. O sangue pingou na chama, fazendo-a sibilar.

– Puro como essa chama é o amor que sinto por você – sussurrou Amanda.

– Sou seu nesta vida e na próxima também – respondeu Tommy.

Em seguida, Amanda tirou um fio de cabelo da cabeça, e Tommy fez o mesmo. Juntos, soltaram os fios sobre a chama.

– Deusa, mantenha-nos a salvo nesta vida. E permita que vivamos juntos na próxima – implorou Amanda.

– Eternidade – sussurraram os dois juntos. Inclinaram-se e beijaram-se sobre a vela. Quando os lábios se tocaram, Amanda sentiu uma imensa rajada de poder percorrer o corpo e depois ir embora.

Ao se afastar, percebeu que Tommy a estava encarando de olhos arregalados.

– Você sentiu isso?

Ela fez que sim com a cabeça.

– Não sei o que foi.

– Bom, espero que tenha sido sorte, pois vamos precisar dela agora mesmo – disse Tommy olhando por cima do ombro de Amanda.

– Está na hora – disse Alex atrás dela, assustando-a.

DOZE

BRIGIT

☾

Morte e destruição sempre iremos levar
A maldade faz o nosso sangue cantar
Deveraux finalmente ao poder ascenderão
E nossas horas mais perversas começarão

A Deusa nos uniu mais uma vez
Mulheres e homens mais fortes nos fez
O círculo finalmente irá se completar
Agora a família Cahors o passado compensará

Richard, Sasha, Tommy e Philippe: Avalon

– Será que alguém poderia me explicar mais uma vez por que estamos num barco? – perguntou Tommy.

Philippe tinha que admitir: aquela era uma boa pergunta. Considerando que os entes queridos das bruxas Cahors morriam afogados, o que eles estavam fazendo lhes daria o prêmio de suicidas do ano.

– Porque só assim chegaremos a Avalon – disse Sasha, séria.

– Graças ao nosso último resgate, eles obviamente protegeram a ilha contra o teletransporte.

– E a Confraria Mãe não tem helicópteros?

Feitiço

Philippe balançou a cabeça, com imagens de Tommy pendurado num dos esteios ocupando a sua mente.

— Mas assim íamos desperdiçar esse tempo para ficarmos mais amigos.

Tommy fez uma careta, e Philippe se compadeceu. *Ele está preocupado com Amanda, e eu entendo isso. Metade de mim vai continuar perdida até Nicole ser resgatada.* Taciturno, ele voltou à tarefa que tinha pela frente.

Eles quiseram virar o barco uma dezena de vezes, mas não o fizeram. O próprio barco tentou se virar duas vezes, mas eles endireitaram o percurso. Toda aquela magia tinha sido colocada no local havia anos para impedir que a ilha fosse descoberta por acidente.

As magias utilizadas para esconder a ilha não foram a única coisa estranha que ele percebeu. Não parava de olhar para trás, tentando ver se havia alguma coisa na água atrás deles. Mas nunca havia nada. No entanto, ele continuava com a sensação de estar sendo seguido. Fechou os olhos e tentou expandir a mente, encontrar alguma coisa, mas só achou o ar e o mar. Frustrado, desistiu. *É só imaginação minha.*

Eles só viram o litoral quando estavam quase encostando nele. Ofegante, Sasha sussurrou um encantamento que Philippe esperava que lhes permitisse aportar em segurança, sem serem detectados.

O barco encalhou na terra. Após alguns segundos sem nada acontecer, todos suspiraram aliviados. Philippe saltou para fora do barco, e ele e Tommy o amarraram para que não saísse boiando.

Brigit

– Está conseguindo senti-la? – perguntou Sasha ao se juntar aos dois.

Philippe balançou a cabeça, frustrado. Olhou para o pai de Nicole. Richard estava a alguns metros de distância, com a tensão visivelmente espalhada por todo o corpo.

Havia um rifle de franco-atirador nas suas costas, e ele também carregava munição – e mais algumas coisas que o grupo não sabia o que eram.

Estamos mesmo em guerra, pensou Philippe.

Estavam num litoral rochoso. Havia um caminho discreto indo para cima, dando a volta na base da montanha. Sasha começou a percorrê-lo, e o restante do grupo a seguiu. Philippe aguçou os sentidos. *Nicole está em algum lugar nesta ilha, e era para eu conseguir sentir a sua presença.*

Eles subiram e deram a volta na montanha, tropeçando em pedras soltas que pareciam se mexer do nada debaixo dos pés.

– Este lugar inteiro está amaldiçoado – murmurou Tommy, e Philippe teve que concordar.

Por fim, pararam para descansar num pequeno planal, para cima e outro começava a descer. Todos, exceto Richard, acomodaram-se num enorme rochedo. Uma rajada de vento passou por eles, deixando Philippe sem fôlego.

Ele tocou o braço de Sasha, que se virou para ele.

– Como você sabe para onde devemos ir? – perguntou ele.

– Já passei muito tempo nesta ilha – admitiu ela.

– Como prisioneira? – perguntou ele.

Ela deu um leve sorriso.

– Sim e não.

– Não entendi.

– Eu costumava vir aqui à noite, quando estava dormindo. Eu fazia uma viagem astral: meu corpo ficava deitado no meu quarto em Paris e meu espírito ficava perambulando por aqui.

– O que estava fazendo?

Ela balançou a cabeça.

– Isso eu nunca soube. Não era uma escolha minha. No início achei que talvez houvesse algo aqui que eu pudesse usar para ajudar os meus filhos, mas tudo o que encontrei aqui foram coisas do mal. Quando trouxeram Jer para cá, fui tomada pela aflição e pela alegria. Tentei falar com ele, consolá-lo, mas acho que ele não me escutou em nenhum momento. Mas Holly me escutou. Uma noite ela veio ver Jer.

– Foi você que mostrou a ela onde ficava a ilha – disse Philippe.

Ela fez que sim com a cabeça.

– Naquele momento, achei que tinha sido por isso que fiquei perambulando pela ilha por tantas noites. Se o meu filho foi libertado por causa disso, valeu a pena. – Ela ficou com uma expressão distante nos olhos. – Tem alguma coisa aqui, uma coisa que não consigo explicar...

Enquanto ela pegava no sono, Philippe sentiu um calafrio atravessar o seu corpo. Ela tinha razão: havia alguma coisa ali. Parecia ser algo antigo, maléfico. E contaminava tudo. Enquanto estava sentado ao lado de Sasha, mal sentia a sua presença; era como se o mal agisse como uma espécie de filtro, abafando a sua presença. Fechou os olhos, tentando ignorar o mal, tentando ir além dele, alcançar algum lugar além dele... e então sentiu...

– Nicole! – exclamou ele, levantando-se com um salto.
– Ela não está longe – disse com animação.
– Por qual caminho devemos ir? – perguntou Richard, com a voz tensa.
– Para baixo – disse Philippe. Sentiu isso na alma.

Eli estava com raiva de si mesmo. *A bruxa está brincando comigo, tem que ser uma brincadeira.* No entanto, parte dele não se importava, e era isso que o afetava. Fantasme estava encolhido num canto, parecendo ao mesmo tempo arrasado e furioso. *Ele provavelmente está tão confuso quanto eu com o fato de eu estar sentado ao lado de uma bruxa Cahors quando podia tentar matá-la.*

– Fantasme, encontre uma maneira de nos tirar daqui – ordenou ele.

A criatura medonha, parecida com um pássaro, chiou uma vez e desapareceu.

– Enfim sós – brincou ele.
– Hum, não exatamente – respondeu Nicole, olhando para o interior da caverna.
– Como assim?

Foi então que ele viu os três Golems se arrastando para fora da escuridão.

Feitiço

Philippe, Sasha, Richard e Tommy: Avalon

Estavam na ilha havia quase duas horas. Desceram pelo caminho e agora estavam no topo de uma colina, virados para o leste.

— Onde ela está? — perguntou Sasha quase sussurrando.

— Aqui. Consigo sentir a presença dela, e ela está muito assustada — disse Philippe. Estava conseguindo se manter ligado à presença dela desde que a sentiu pela primeira vez no planalto. O complicado era que, naquele momento, eles estavam a apenas algumas centenas de metros de distância, mas a trilha sinuosa os fez percorrer uma rota tortuosa.

De repente, escutaram um estrondo vindo de baixo da colina, perto do litoral. Havia uma enorme nuvem de poeira rolando ao longo da areia, que, ao se dissipar, deixou à mostra Eli e Nicole boiando na água, com três criaturas gigantescas surgindo do chão.

— Golems! — gritou Philippe. Com isso, Tommy saiu em disparada, tropeçando e rolando colina abaixo em direção a Nicole. Ele ainda estava a centenas de metros de distância dela quando um dos Golems alcançou-a. Nicole tentou chutá-lo, mas não adiantou nada. Ele estendeu o braço para baixo e a ergueu pela parte da frente do vestido como se a garota fosse uma boneca de pano. Um segundo Golem tentava agarrar as pernas de Nicole, como se quisesse despedaçá-la.

— Façam alguma coisa, depressa! — gritou Sasha, quase em pânico.

Naquele momento, os pelos da nuca de Philippe se arrepiaram, e mais quatro Golems passaram correndo por ele, indo atrás de Tommy. Philippe gritou, sendo tomado pelo pânico.

Richard, que estava um pouco mais acima na colina olhando para o outro lado, se virou. Num movimento bastante repentino e ainda assim incrivelmente sutil, ele tirou o rifle do ombro, o ergueu e disparou duas vezes. Não se escutou praticamente nada, apenas um *pá*, *pá* baixinho, e dois Golems caíram no chão, com o primeiro "e" em suas testas sendo substituído por buraquinhos redondos. Philippe ficou impressionado ao notar a raiva controlada que havia no rosto de Richard. Antes que ele e Sasha tivessem tempo de reagir, Richard já havia passado correndo por eles e estava a uns quinze metros de distância de Tommy.

Tommy alcançou Nicole no instante em que os dois Golems começavam a puxá-la em direções opostas. Ele pulou nas costas do mais próximo, erguendo o braço direito em direção à testa do Golem. O mostro sacudiu o corpo, tentando se livrar de Tommy, mas ao fazer isso Tommy conseguiu apagar o "e". Três já eram. Enquanto Tommy estava agarrado nas costas do Golem que caía, mais três tiros foram disparados, e os Golems que tinham alcançado Tommy caíram. Philippe ficou boquiaberto.

O último Golem segurava Nicole pela cabeça. *Ele vai matá-la.*

Mais um *pá*, e a última besta despencou no chão, ainda segurando Nicole. Richard tinha disparado mais uma vez enquanto corria o mais depressa possível.

Como se estivesse em câmera lenta, Philippe observou Eli rolar para se sentar, erguendo as mãos no ar. Viu os lábios dele se movendo, mas não escutou que encantamento Eli entoava. Richard pôs o braço atrás da cabeça e tirou uma longa faca afiada que estava guardada entre os seus ombros. Ela saiu voando, rodopiando, até cravar no chão entre as pernas de Eli. Mesmo daquela distância, Philippe viu o feiticeiro empalidecer.

— Nem se mexa — gritou Richard. — Se respirar da maneira errada, eu mato você.

Philippe desceu desajeitadamente pela colina, com o coração se acelerando. Eli estava sentado, imóvel, sem nem piscar.

Tommy rolou para longe do Golem morto, virou-se e gritou para Richard.

— Você podia ter atingido Nicole.

— Não, tinha quinze centímetros de espaço acima da cabeça dela — disse Richard enquanto lágrimas de alegria escorriam pelo rosto. Estava embalando a filha nos braços, e ela o apertava, soluçando.

Enquanto Philippe se aproximava, Richard estendeu a mão para ele, que se uniu ao círculo. Ele estendeu o braço e tocou Nicole, fazendo um choque elétrico percorrer o seu corpo.

Philippe ficou chocado e olhou para o abdômen distendido dela. *Ela está grávida!* A cabeça dele se agitou ao analisar todas as possibilidades. Ele estendeu a mão trêmula e tocou a barriga de Nicole. *Que magia é essa?* Então, com uma certeza repentina e devastadora, ele soube: *não é meu!*

— De onde foi que vieram esses outros Golems? — perguntou Tommy, arfando.

— Acho que estavam nos seguindo – disse Philippe.

Sasha se levantou, assimilando tudo aquilo. Havia Golems mortos espalhados por todo lado. Ela esticou o braço e tocou levemente um, estremecendo ao encostar nele.

— Esses últimos vieram atrás de você, não de Nicole – salientou ela para Tommy. – Acho que são os mesmos que procuravam Amanda.

— Mas isso não faz sentido. Amanda não está aqui – protestou Tommy.

— Faz todo o sentido – respondeu Philippe baixinho. – Nós bloqueamos a essência de Amanda, então eles foram atrás da única pessoa que carrega um pedaço dela dentro de si.

— Sim, você e Amanda são servos um do outro, uma parte de cada um pertence ao outro. Quando nos separamos do grupo, os Golems devem ter conseguido sentir Amanda em você e vieram atrás.

Tommy estremeceu.

— Você acha que ainda tem mais deles?

Sasha balançou a cabeça.

— Jer disse que quatro foram atrás de Holly. Sabemos que esses quatro – disse ela, apontando para eles – estavam atrás de Amanda. Podemos presumir que estavam fazendo as buscas em grupos de quatro. Mas, se esse for o caso, só tinha três atacando Nicole.

— Um deles já estava morto – disse Eli baixinho. – Matei-o lá no castelo.

Sasha virou-se para encará-lo.

— Obrigada por tirá-la de lá.

Feitiço

— Não me agradeça – respondeu ele rispidamente. – Não fiz isso por você, nem por ela. Acredite em mim, matarei todos vocês na primeira oportunidade.

— Então não vamos deixar essa oportunidade surgir – murmurou Tommy.

Sasha percebeu que Philippe concordava plenamente, mas a compaixão que ele sentia por ela o impediu de dizer o que sentia.

Ela olhou para Eli. Havia ódio nos seus olhos. Ele se levantou devagar, com a cabeça semivirada em direção a Richard, que tinha os olhos fixos nele.

— O Deus Corníferos vai destruir vocês, todos vocês – sibilou ele.

— Eli! Não o criei para você virar um servo do mal.

— Não mesmo, tem razão. Você nem me criou – retrucou ele. – Não, você fugiu e deixou que papai fizesse isso. Agora você quer voltar a participar da minha vida e *me* julgar? Como se atreve? Na verdade é você que precisa ser julgada. Foi você que abandonou os seus filhos sem nem olhar para trás! E agora está achando que pode ficar toda surpresa e magoada por termos puxado ao papai? Nossa, que surpresa, foi ele que estava presente. Ele que me deu as primeiras aulas de magia, que me ensinou a dirigir, que me ensinou como tratar as mulheres. Você me deixou com ele sabendo o que ele era e agora está surpresa ao ver que fiquei assim? – Ele gritou a última frase, com o rosto escarlate e cuspe saindo da boca.

Eli ergueu as mãos como se fosse atacá-la. Do canto do olho, avistou Richard tirando outra faca, e de repente um demônio preto e brilhante o derrubou.

Brigit

A coisa parecia uma barata gigante, tinha até exoesqueleto. Equilibrou-se nas seis patas, virando-se, com as presas apontadas para o pescoço de Eli. Mas ele esmurrou a cabeça da coisa, que choramingou e foi embora enquanto o rapaz se levantava com um salto.

– Dê adeus – sibilou uma voz de algum lugar atrás dela. Sasha se virou e viu um inseto mirando uma balestra em Eli.

– Não! – gritou ela, jogando-se sobre Eli e tentando derrubá-lo para longe do alvo.

Ela atingiu Eli e os dois começaram a cair. Ela sentiu a flecha perfurar as suas costas, atravessando o seu corpo em direção ao coração. Em seguida escutou um *whoosh* barulhento e viu uma luz fortíssima.

Eles atingiram o chão, que era feito de pedra e coberto de palha.

– Bem-vindos – murmurou uma voz feminina e suave.

Sasha olhou para cima, surpresa por ainda conseguir fazer isso, e começou a rir histericamente.

– Quem é ela? – perguntou Eli, com a voz cheia de medo.

Uma mulher imponente, vestida de preto e prata, coroada com véus pretos e um diadema de prata, estava em pé ao seu lado. A sua boca se contorceu.

– Sou Isabeau da Confraria Cahors, e vocês são muito bem-vindos.

– Para onde eles foram? – gritou Nicole.

Um momento antes, Eli e Sasha estavam caindo. Ao atingirem o chão, desapareceram. O sumiço deles foi acompanhado por um ruído semelhante a um estrondo sônico.

Feitiço

O demônio que tinha atirado em Sasha cambaleou para trás, com uma adaga no peito. Caiu no chão, chiando e gorgolejando. Tommy agarrou a criatura, que parecia uma barata, e girou a cabeça dela para o lado, arrancando-a.

Tommy se levantou devagar, parecendo enjoado. Havia sangue roxo cobrindo a metade inferior do seu rosto.

– Não tenho certeza, mas acho que teve a ver com um encantamento que Amanda e eu fizemos.

– Explique-se – pediu Philippe.

– Fizemos um encantamento para que ficássemos a salvo e juntos. Quando acabamos, sentimos uma rajada de poder. E bem agora, logo antes de eles desaparecerem, senti a mesma coisa.

Nicole sentiu uma onda de náusea tomar conta dela.

– Talvez Pablo possa descobrir para onde eles foram – disse após o mal-estar passar. – Aliás, onde está todo mundo?

Ela viu Tommy e Philippe trocarem um rápido olhar. *Eles estão se perguntando quanto devem me contar*, percebeu.

– Digamos que estão na parte continental – disse o pai com cautela.

Ela virou o rosto para ele, enxergando-o com novos olhos.

– Você não queria voltar a lutar, usar o seu treinamento, queria? Você não queria que a gente soubesse quem ou o que você é, e mamãe também nunca quis saber.

O olhar que surgiu no rosto dele confirmou o que Nicole tinha dito. Ela sentiu toda a mágoa que ele mantivera dentro de si por tanto tempo.

– Mamãe fugia das suas cicatrizes e nunca deixava você desabafar para que a sua alma pudesse se curar. Então você se transformou numa pessoa simples, silenciosa, que não chamava muita atenção. Bom, agora isso já era, papai. Você é...

– Shhiii, querida. Tudo bem – disse ele, interrompendo-a. – Tudo o que importa é que você está em segurança. – O rosto dele estava cheio de ternura, mas aos poucos essa expressão se transformou numa determinação sombria. – Agora vamos encontrar a sua irmã.

Com o pai de um lado e Philippe do outro, Nicole se levantou com certa dificuldade.

– Meus homens – brincou ela baixo, e os dois riram para agradá-la.

Ela sentiu o bebê se mexendo dentro dela e se contorceu. *Daria tudo para tirar um cochilo.* Ela deu uma rápida olhada ao redor para ver se Fantasme tinha voltado, mas a imensa criatura não estava em lugar algum. *Vá, encontre o seu mestre e Sasha*, ordenou Nicole para ele em silêncio, sabendo que Fantasme nunca a escutaria.

França, século XIII

– Estamos mortos – disse Sasha enquanto rolava o corpo para ficar de frente para Isabeau.

– Não, madame, não estão – assegurou-lhe a bruxa Cahors. Apesar de ela ter falado em francês medieval, Sasha entendeu todas as palavras.

– Se não estamos mortos, então onde estamos? – perguntou Eli, olhando ao redor desconfiado. – Como sabemos se...

– Vocês estão na minha casa, na minha época. – A bela princesa inclinou a cabeça. – No castelo do meu marido, Jean de Deveraux, e do pai dele, duque Laurent.

Sasha se sentou devagar, confusa e sem muito equilíbrio. Viu as paredes de pedra cinza, adornadas com machados de guerra, picaretas e clavas. Havia uma longa mesa de madeira coberta com os restos de um banquete recente, e ervas espalhavam-se pelo chão.

– Estamos na França, seiscentos anos atrás? – perguntou Sasha. – Como foi que isso aconteceu?

Uma nuvem passou pelo rosto de Isabeau enquanto ela olhava a sua visitante, que estava bem surpresa.

– Abriu-se um portal entre as duas épocas. Foi um acidente. Eu entrei nele e puxei vocês para esta época.

– Por quê?

– Para salvar a sua vida – respondeu Isabeau.

Sasha se levantou lentamente. Estava desesperada para estender o braço e tocar a outra mulher para ter certeza de que ela era feita de carne e osso. *Será que é realmente ela ou será o espírito dela? Será que ainda está viva ou o massacre já aconteceu?*

Isabeau estendeu o braço e tocou a mão de Sasha. A pele dela era macia e quente.

– Sou feita de carne – disse ela simplesmente. – Disseram-me para procurá-la.

Então, na sua mente, Sasha a escutou falar: *Ele é um Deveraux.*

Ele é meu filho, respondeu ela.

– Você louva a Deusa? – perguntou Isabeau em voz alta.

– Sim, louvo.

Brigit

Então você entende o meu sofrimento.
— O seu marido. Jean.
Meu amor.
Sasha sentiu uma tontura repentina. *Sou capaz de impedir isso*, pensou ela. *Sou capaz de impedir que tudo isso aconteça.*
— Você não conseguirá impedir nada — disse-lhe Isabeau, com a voz repleta de tristeza. — Nem eu. Tudo o que podemos fazer é ficar observando e rezar.
— Sobre o que vocês duas estão falando? — perguntou Eli, levantando-se.
— Sobre o futuro dela — sussurrou Sasha.
Isabeau sorriu, partindo o coração de Sasha. *Ela sabe! Em algum nível, ela sabe de tudo o que vai acontecer.*
— Uma escolha foi colocada diante de vocês dois. Vocês podem ficar aqui, vivendo na nossa era, ou podem voltar para a era e o lugar de vocês.
Ela fez que sim com a cabeça para Sasha.
— Se preferir retornar, vai morrer devido à ferida.
A flecha! Então eu não estava tão errada ao pensar que já estava morta.
— É verdade — disse-lhe Isabeau. — Mas quantos dias você viverá eu não posso dizer. Em breve chegarão dias e noites de muita selvageria. Do seu destino, não tenho nenhum conhecimento. Do meu próprio... — Ela virou o rosto e suspirou. — Sou capaz de impedir que ele aconteça.
Os lábios de Sasha se separaram de tanta surpresa.
— Será que posso fazer algo para ajudar? Podemos fazer isso juntas?
Isabeau a encarou.

— Não faço ideia — respondeu ela francamente.
— Talvez a Deusa tenha me enviado para cá — disse Sasha.
— Tantas pessoas morrem, não é?, depois que as nossas famílias se enfrentam no meio das chamas. Se você e eu pudéssemos alterar o futuro, será que a Suprema Confraria chegaria ao poder? Será que a Confraria Mãe não se tornaria fraca se você e eu fizéssemos nossa magia juntas agora, na sua época?
— Eu... não sei — murmurou Isabeau.
— E a sua mãe? — perguntou Sasha, com o sangue esquentando. — Será que ela se juntaria a nós?

Isabeau sorriu com amargura.

— Por ela, o destino de todos deste castelo já está selado. Todos devem morrer.
— Ficarei aqui — respondeu Sasha. — Mesmo se não conseguirmos alterar o futuro, sou uma sobrevivente. É melhor viver, não importa em que século. E não importa se será somente por alguns dias ou por centenas. Nem se seremos capazes de impedir o massacre ou não.

Eli permaneceu onde estava, com emoções em conflito em seu interior, emoções que ela não conseguia decifrar. Sasha percebeu que ele estava confuso, mas não podia fazer nada para ajudá-lo. A morte poderia estar à espera dele em qualquer uma das opções. Talvez ele morresse no massacre do castelo, com dezenas de Deveraux, ou talvez na sua própria época, pelas mãos da Suprema Confraria ou do seu pai.

Ela percebeu que ele estava com medo, confuso, e, pela primeira vez desde que o deixou, sentiu-se próxima dele. *Ele é apenas uma criança, ainda está procurando o seu caminho na escuridão*, pensou ela.

Brigit

Ele se virou para ela, com os olhos cheios de perguntas que ela não poderia responder, e o coração de Sasha começou a ficar apertado. Ela estendeu a mão e tocou a bochecha dele, e por um instante ele a deixou fazer isso, antes de se virar para o outro lado.

As nossas vidas inteiras nos trouxeram a este momento, percebeu ela.

Ele deu um passo para trás e se virou para Isabeau.

– Eu escolho voltar.

A jovem inclinou a cabeça.

Ele ergueu a mão.

– Você pode me levar para Londres em vez de Avalon?

Isabeau fez que sim com a cabeça.

– O portal se formou primeiro em Londres, por dois de vocês que queriam proteger eternamente a si mesmos e o amor que sentiam um pelo outro. Posso deixá-lo lá.

– Ótimo.

– O que você planeja fazer? – perguntou Sasha.

Ele olhou nos olhos dela.

– Ainda não sei.

Ela agarrou a mão de Eli e sentiu um nó na garganta. Ela não fazia parte da vida dele havia anos, mas sempre houve a possibilidade de se alterar isso. Agora essa oportunidade desapareceria para ambos.

– Vou tentar ir até você – sussurrou ela.

Ele fez que sim com a cabeça, compreendendo, mas não disse nada. Ele soltou a mão dela, Isabeau fez um gesto no ar, e, com uma rajada de vento, Eli sumiu.

Feitiço

Michael Deveraux: Londres

Estava quase chegando o momento. Em algumas horas, seria a Lua dos Ventos e sangue seria derramado. Michael Deveraux sorriu. Em algumas horas, a Confraria Deveraux assumiria o lugar que era dela por direito: a liderança da Suprema Confraria. As vestes cerimoniais esvoaçavam ao redor de Michael enquanto caminhava em direção ao altar. Ele tinha preparado diversos sacrifícios para agradar o Deus Cornífero, como forma de voltá-lo para Michael.

O duque Laurent estava lá, sorrindo com malícia, vestido de couro preto dos pés à cabeça.

— Esta noite o Fogo Negro vai consumir nossos inimigos e vai incitar a destruição em quem quer que se coloque no nosso caminho.

Considerando que o Fogo Negro tinha causado, ao menos indiretamente, a morte do duque, Michael admirava a bravura dele.

— Tem certeza de que o meu filho estará lá?

Laurent fez que sim com a cabeça.

— Ele e o que sobrou da Confraria Cahors estão planejando atacar a Suprema Confraria hoje à noite.

Michael balançou a cabeça devido à audácia e à tolice do plano.

— O que eles esperam conseguir com esse ataque? Eles estão fracos, o grupo está dividido, e Holly ainda está possuída. — *Pelo menos, da última vez que meu diabrete a viu, ela ainda estava.*

Laurent riu.

Brigit

— Quem se importa com isso... Contanto que estejam lá, nós poderemos usá-los.

Jer é a chave para isso, pensou Michael, amargamente intrigado. *Foi por isso que conseguimos conjurar o Fogo Negro no ginásio do colégio. Eli e eu estávamos entoando o encantamento, mas a presença de Jer foi fundamental. O filho que me desobedece e que tenta se desconectar da nossa magia vai causar a destruição de todos eles. Que poético. Mas vai ver isso é inevitável. Os Deveraux simplesmente nascem maus.*

— O que você acha, meu bichinho de estimação? — chamou Michael.

Kari surgiu do outro cômodo, letárgica e atordoada.

— Acho legal — disse ela, apesar de estar claro que ela não fazia ideia do que estava falando.

— Por quanto tempo quer mantê-la assim? — perguntou Laurent, pressionando os lábios.

— Ah, só mais um pouquinho.

— Você devia matá-la agora, antes da batalha. O hipnotismo é algo que requer concentração, uma concentração que talvez você perca facilmente durante o combate.

Michael deu de ombros e sorriu com desprezo.

— Olha só pra ela. Acha mesmo que ela é uma ameaça? Além do mais, estou guardando-a para a comemoração pós-massacre.

Confraria Tripla: Londres

Jer estava nervoso. A confraria não estava pronta para enfrentar a Suprema Confraria e o seu pai ao mesmo tempo, mas em poucas horas eles estariam em guerra com ambos. Tocou o próprio rosto, sentindo as cicatrizes. A última batalha da qual o pai tinha participado não terminara bem.

Agora estou medonho, desfigurado, um monstro tanto no exterior quanto no interior. Procurou o próprio coração, mas não encontrou. Não sabia a que divindade era fiel e estava repleto de amargura e raiva.

Como eu seria hoje se tivesse crescido numa família diferente, que louvasse a Deusa? Será que eu seria como Alex? Será que ele é mesmo tão bom e puro quanto parece ou é tudo uma farsa?

Ele não obteria as respostas a essas perguntas, pelo menos não a tempo de que elas o ajudassem antes da batalha.

– Jer?

Ele olhou para cima. Era Holly. Ela parecia diferente – mais velha, mais quieta. *Eu também estaria assim se tivesse passado pelo que ela passou.*

Ela se aproximou e sentou ao lado dele, com as molas da cama rangendo bem sutilmente. Na escuridão, ela não conseguia ver as cicatrizes de Jer, e ele era grato por isso. Ela tocou a mão de Jer, que estremeceu.

– Jer, quero ficar mais próxima de você. Não me afaste.

– Você merece alguém completo – sussurrou ele.

– Não há nada de errado com você – respondeu ela, com a voz falhando um pouco.

– Nós dois sabemos que isso não é verdade, Holly.

Ela entrelaçou os dedos com os de Jer, que estremeceu com o toque.

– Preciso de você.

Brigit

– Você precisa de alguém que possa cuidar de você, de alguém com quem você não precise ficar escondida na escuridão.

– O nosso problema não é o seu rosto – respondeu ela, com a voz ficando mais firme. – É o seu medo. Já vi coisas tão terríveis que não consigo nem expressar. Acha mesmo que algumas cicatrizes me incomodam, ainda por cima quando são suas?

– Você não sabe o que está pedindo – disse ele amargamente. – Você e eu, se começarmos alguma coisa, vai ser para sempre. 'Até que a morte nos separe', mesmo se nós próprios formos a causa dessa morte. Você não está pronta para isso. Você é uma criança.

– Não sou uma criança – disse ela, erguendo a voz. – Sou uma mulher, mas você está ocupado demais sentindo pena de si mesmo para perceber isso.

Jer se virou para ela. Viu os olhos dela reluzindo na escuridão; eram grandes e redondos como os de um gato. Ele a desejava imensamente. Queria abraçá-la e nunca mais soltar. Tinha sonhado tanto tempo com isso...

Holly ergueu a mão para tocar a bochecha de Jer, que se afastou.

– Não se afaste de mim. Não tenho medo de você, nem de nós.

– Eu tenho – sussurrou ele.

– Não tenha.

E então os lábios dela encostaram nos dele, desejosos, suplicantes, e ele não podia dizer não. Beijou-a com toda a paixão que havia no seu coração e na sua alma. Sentiu as mãos dela puxando a sua camisa, desabotoando-a e em seguida movendo-se sobre o seu peito.

Com um gemido, ele fechou os olhos. *Seria tão fácil fazer amor com ela, nós dois queremos isso há tanto tempo.*

Sim, oui, *possua-a*, escutou Jean sussurrar na sua mente. *Ela é nossa, e nós a possuiremos.*

– *Mon amour* – sussurrou Holly... ou será que foi Isabeau?

– Você é o fogo que me consome – respondeu ele, com os lábios nos dela.

– E você, o meu.

Holly olhou nos olhos de Jer, vendo a paixão que havia dentro deles. O rosto dele tremia diante dos olhos dela à medida que Isabeau começava a possuí-la, assim como Jean passava a possuir Jer. Sentiu tudo o que Isabeau tinha sentido ao se deitar no leito de núpcias com Jean: a paixão de um amante, o dever de uma noiva, o medo de uma virgem. Holly conhecia tudo isso, pois eram as mesmas emoções que percorriam o seu corpo, os mesmos sentimentos que dominavam o seu coração e a sua mente.

Nosso senhor, nosso marido, devemos ficar com ele, ordenou Isabeau, com as suas palavras soando bem nítidas na mente de Holly.

– Amo você, Jer – sussurrou Holly, olhando para ele de pálpebras semicerradas.

Ele parou por um instante, olhando nos olhos dela, e o mundo inteiro ao redor dos dois pareceu ficar congelado.

– Amo você, Holly – respondeu ele com uma voz tão selvagem que a fez estremecer.

Brigit

As mãos dele foram até os ombros da garota; ela sentiu o peso e o calor que emanava delas, atravessando a sua camisa. Lentamente, ele as deslizou para baixo em direção à frente do corpo. As costas dela se curvaram descontroladamente, empurrando-a com mais força contra as mãos dele. Ela escutou a respiração dele ficando mais forte, aquecendo o seu pescoço.

– Meu marido, *mon homme, mon amour* – sussurrou ela.

Com um gemido, ele rasgou a camisa de Holly e a tirou. Ela ficou ofegante enquanto ele lhe beijava todo o pescoço e o colo acima dos seios. Um fogo despertou na sua barriga, e tudo o que ela queria era ser dele. Corpos em movimento, carne se entrelaçando, como sempre foi e sempre deverá ser. Ele colocou os braços ao redor dela e a comprimiu contra o seu corpo.

Então a afastou novamente com as mãos trêmulas.

– Não – disse ele, com a voz rouca.

Ela sentiu como se água gelada tivesse sido derramada nas suas veias. Tentou erguer as mãos para tocar o rosto dele, mas Jer as agarrou e ficou as segurando no ar.

– São Jean e Isabeau fazendo isso, não somos nós, Holly.

– Somos nós *sim* – suspirou ela. – Sempre fomos nós. Eles só conseguem explorar as emoções que já estamos sentindo. Nós pertencemos um ao outro.

– Não posso levá-la para o meu mundo das trevas. Você merece viver a sua vida na luz.

– Quero viver a minha vida com você.

– Não, temos que parar, mesmo que isso signifique que terei de ser forte por nós dois. Precisamos parar antes que não haja mais volta.

Feitiço

Ela se levantou abruptamente, com mágoa jorrando dela.
– Você diz que está sendo forte, mas você é fraco. Um homem forte aceita as suas emoções em vez de fugir delas.

Sem poder fazer nada, Jer a observou pegar a camisa e vesti-la, segurando desajeitadamente as pontas rasgadas da frente. Sentiu um aperto no coração. Conseguia sentir a mágoa e a humilhação dela como se ele mesmo as estivesse sentindo.

Holly começou a ir embora, e ele queria chamá-la de volta, mas sabia que não podia fazer isso. Quando chegou à porta, ela parou e se virou na direção dele. Com a voz trêmula, disse:

– Jeraud Deveraux, você não passa de um covarde.

E quando Holly foi embora, ele percebeu que ela tinha razão.

TREZE

DIANA

☾

E finalmente a nossa jornada concluiremos
O Sol todo-poderoso louvaremos
Matamos, mutilamos, o que é nosso iremos tomar
Usando o poder e força eis o nosso triunfar

Em meio ao pó nós sangramos
Deusa, para que nos proteja pedimos
Com o último suspiro, a vós estamos a rezar
Se desejar a nossa morte, assim será

Confraria Tripla: Londres

Lua dos ventos. Finalmente ela tinha chegado. Holly não sabia se devia sentir medo ou alívio. Fosse como fosse, tudo acabaria naquela noite. Tudo chegaria ao fim. Ela olhou para as próprias mãos, entrelaçadas sobre o colo. Ainda era estranho conseguir vê-las, saber que era capaz de controlá-las. Inspirou profundamente, centrando-se. Algo que tinha aprendido da possessão foi a importância da paciência. *E como ficar parada.*

Estava parada agora, esperando e tentando escutar a voz da Deusa. Isabeau estava sentada ao seu lado, impaciente, mas em silêncio. Enfim Holly se virou para ela.

– Se ele não me quer, não há nada que eu possa fazer.

– Mas ele quer você, você sente isso. Você sabe disso tanto quanto eu.

– Talvez – respondeu Holly. – Mas ele terá que vir até mim.

Isabeau fez um ruído sibilante, mas não disse nada.

Holly ficou parada por mais alguns minutos, juntando forças, concentrando-se nos seus pensamentos e acalmando o coração. Finalmente se levantou. Estava com uma blusa preta de gola alta e uma calça preta folgada. Tinha tirado todas as joias e trançado o cabelo para trás, entrelaçando-o com fitas pretas e prateadas.

Todos os outros estavam vestidos de maneira similar. Ela tomou o seu lugar no círculo que haviam formado na sala de estar do esconderijo. Olhou para o rosto de todos e sentiu uma mágoa dentro de si. *Nem todo mundo vai sobreviver a esta noite. Talvez nenhum de nós sobreviva.*

Armand olhou nos olhos dela e fez que sim com a cabeça para incentivá-la. Ele tinha sido bastante gentil com ela nos últimos dias. Somente ele compreendia de fato o que ela tinha passado.

Nicole deu um sorriso corajoso, mas os olhos de Holly se fixaram na barriga da prima. *Ela não devia participar do combate.* A gata Astarte estava sentada no colo dela. Ela tinha encontrado Nicole antes que ela e o grupo de resgate fossem embora da ilha. Astarte ficou olhando para Holly como se soubesse exatamente o que estava acontecendo e a natureza daquilo que o grupo estava prestes a fazer. Philippe estava sentado ao lado de Nicole, com uma das mãos protegendo a barriga dela e a outra acariciando a gata. *Ele está disposto a morrer para que nada aconteça com Nicole.*

Amanda e Tommy estavam bem próximos, com os braços entrelaçados e as pernas se tocando. *A magia que os dois fizeram abriu o portal pelo qual Sasha desapareceu. Mas só a magia dos dois não era suficiente para fazer aquilo. Eles devem ter se juntado à magia de alguém sem saber. Não era a minha, então só pode ter sido de...*

Alex. Ele estava sentado, encarando-a com o rosto calmo. *Sabemos pouquíssimo a respeito dele, mas ele é um Cahors e já nos ajudou tanto. Desconhecemos o alcance de suas habilidades, mas talvez ele mesmo não tenha noção disso.*

Ao lado de Alex, estava Jer. Ela podia sentir a hostilidade que os dois sentiam um pelo outro. *Algo aconteceu entre eles, e ninguém me contou. Deusa, que eles deixem isso de lado durante o combate.*

Pablo a encarava, claramente lendo todos os seus pensamentos. Desde que tinha voltado, Holly percebeu que ele havia desistido de fingir que não lia as pessoas. *Talvez ainda precisemos dos seus* insights, disse ela para ele, que concordou com a cabeça.

Barbara estava sentada, olhando nervosamente para o restante do grupo. *De todos nós, apenas ela não deveria estar aqui, e não sei que tipo de ajuda ela será capaz de dar. É provável que, mesmo depois de termos sacrificado tanto para resgatá-la, ela acabe morrendo hoje. Os outros cuidaram muito dela, restaurando a sua mente, ensinando habilidades de proteção. Deusa, que isso seja suficiente.*

E, por último, Richard. Ele estava sentado, todo de preto, com manchas pretas no rosto que o deixavam com uma

Feitiço

aparência meio demoníaca. Também tinha deixado o cabelo bem curto, em estilo militar. De todos, foi ele quem mais a surpreendeu. Todos o subestimavam havia um bom tempo, algo que acabou se mostrando um erro. As suas habilidades específicas seriam mais úteis do que nunca. O seu tio tinha passado as últimas quarenta e oito horas discutindo a estrutura e a segurança da Suprema Confraria com Jer.

Os dois tinham elaborado um plano brilhante e ousado e que, com a ajuda da Deusa, talvez realmente desse certo. Richard estava sentado em silêncio, e era óbvio que ele também estava se preparando mentalmente. Ao seu redor, havia um pequeno arsenal. Ela não tinha perguntado onde ele conseguira aquelas armas; ela não queria saber.

Assim como Jer e Richard criaram o plano de ataque, Alex, Tommy e Philippe trataram de aumentar o poder das armas com magia. *Isso vai surpreender sir William*, pensou ela. *Será que alguém já tinha pensado em unir a tecnologia com a magia como nós fizemos?*

O seu exército estava aguardando. Era um bom exército, que tinha mantido a lealdade apesar de todo o inferno pelo qual passou por sua causa. Muitos membros foram perdidos, mas os que restavam não se abalavam com isso. Estavam prontos para lutar e para morrer em nome do que sabiam ser correto.

— Me explique de novo sobre as armas — pediu Holly baixinho.

Philippe soltou Nicole e Astarte e pegou uma bala.

— Essas são balas de urânio empobrecido. Pelo que entendi, elas por si só já são bem mortais. Uma bala é capaz de atravessar um tanque, virar uma granada, estilhaçando e destruindo qualquer coisa que esteja lá dentro a ponto de deixá-la irreconhecível.

– Exatamente – disse Richard.

– O que fizemos foi o seguinte: tentamos colocar um encantamento em cada bala para que ela também consiga atravessar proteções feitas por magia. A maioria das proteções é feita para bloquear coisas bem maiores: uma criatura, um ataque em bando ou outra magia. Achamos que algo tão pequeno assim, com um pouco de magia, talvez consiga atravessar a barreira.

– Excelente – disse Holly, impressionada.

Philippe pôs a bala no chão e ergueu algo que lembrava vagamente uma granada.

– Isso aqui é uma granada de concussão. Em vez de se estilhaçar, ela comprime ondas de som e de ar.

– É como se você tivesse ajustado os tons baixos da televisão para ficar mais forte, assim você os sente mais do que o escuta.

– É como quando o som vibra no esterno da pessoa?

Philippe fez que sim com a cabeça.

– Então isso propaga as ondas e teoricamente deve conseguir atravessar as proteções também.

Philippe colocou a granada no chão e ergueu uma faca e um cassetete semelhante ao que os policiais usam.

– Só temos algumas dessas armas. Barbara vai nos mostrar quais são os pontos do corpo onde devemos golpear para causar mais danos ou mortes.

Barbara? Holly ergueu as sobrancelhas enquanto se virava para olhar para ela.

Barbara se levantou, com as mãos um pouco trêmulas.

– Bom, quem melhor do que uma médica para ensinar como bater em uma pessoa para causar o máximo de danos? Tommy, você pode me ajudar?

Tommy se levantou rapidamente, e os dois foram para o centro do círculo.

– Primeiro, um pouco de fisiologia básica – disse Barbara, com a voz ficando mais forte. – Pelo que entendi, a maioria dos feiticeiros que vocês vão enfrentar são homens, então nos concentraremos em técnicas que sirvam para os dois sexos e depois falaremos especificamente dos homens. Se golpear o nariz do oponente com força, ele vai perder a visão por alguns segundos. Se golpear com muita força, pedaços de ossos e um pouco de sangue irão para os olhos dele, prejudicando ainda mais a visão. Se conseguir golpear o nariz na base com a palma da mão e pressionar para cima com força suficiente, os ossos quebrados subirão para o cérebro e o matarão.

Lenta e delicadamente, Barbara fez o movimento que estava descrevendo. Tommy parecia bastante constrangido. Holly olhou para Amanda. A sua prima parecia verde, e por um instante Holly achou que ela fosse vomitar.

Aparentemente ignorando as reações ao seu redor, Barbara prosseguiu:

– Se fizer assim com a mão – disse ela, demonstrando –, e empurrá-la para cima bem abaixo do esterno, vai esmagar o coração dele. Evite enfiar os dedos na cavidade torácica, pois pode acabar prendendo a mão lá dentro.

Amanda se levantou e saiu correndo da sala, com a mão cobrindo a boca. Após um instante, o grupo escutou o barulho de vômito vindo do banheiro. Até Holly estava começando a ficar nauseada, e aquele barulho não ajudou em nada.

– Chute o oponente na lateral do joelho para fazer com que ele caia – prosseguiu Barbara. – Agora algumas observações sobre os homens. Homens têm pomos-de-adão. Se golpear essa região, ele vai ficar sem respirar por cerca de trinta segundos. Se golpear com mais força, pode deslocá-lo ou esmagá-lo, fazendo o oponente ficar sem ar e morrer. Podem perceber que até um pouco de pressão em cima dele já é algo desconfortável.

Barbara tocou delicadamente o pomo-de-adão de Tommy com o dedo e ele se afastou imediatamente.

– Homens e mulheres ficam de pé de maneiras diferentes. As mulheres ficam com a postura mais ereta, e os homens encurvam um pouco os ombros para a frente. Assim a clavícula deles fica mais vulnerável. Se conseguir golpeá-la, pode aproveitar para quebrá-la. São ossos que causam uma dor bastante intensa ao serem quebrados por causa da proximidade com o pescoço e a cabeça. Os centros nervosos na clavícula estão ligados à cabeça e ao peito, então essa dor praticamente deixa a maioria das pessoas incapacitada.

Holly sentiu que estava começando a suar um pouco e estremeceu ao imaginar aquela dor.

Feitiço

– Agora, uma coisa importantíssima – disse Barbara, fazendo uma pausa para olhar para todos –, todos sabem que chutar um homem na virilha causa uma dor imensa. Porém, isso é mais eficaz se você agarrar os testículos e apertá-los.

Todos os homens da sala soltaram um grito de angústia, e Tommy saltou para trás, gritando:

– Sai de perto de mim!

Amanda, que tinha acabado de voltar para a sala, saiu correndo novamente.

Barbara se sentou, tendo terminado a aula. Todos precisaram de um instante para se acalmarem, e Holly percebeu que, após esse tempo, todos os homens estavam sentados de pernas cruzadas.

– Mais uma coisa – disse Philippe, ainda visivelmente abalado. Ele ergueu dois picadores de gelo. – Richard quer que cada um leve dois desses. Mais tarde ele vai nos mostrar o que fazer com eles.

De repente, o rosto de Pablo ficou completamente branco e ele também saiu correndo da sala, com as mãos cobrindo os ouvidos.

– Tudo bem – disse Holly. – E agora vamos ao plano.

Sede da Suprema Confraria

O plano era simples e envolvia ir a pé até a sede da Suprema Confraria. Claro que Michael não ia sozinho. Seria levado escondido lá para dentro por James Moore. Os dois tinham conhecimento suficiente de onde estavam os alarmes e as proteções. Junto com duque Laurent e Kari, conseguiram chegar ao coração do reino subterrâneo no instante em que

Diana

o último raio do sol poente tocava na terra acima deles. *Pôr do sol para Moore, que poético.*

O alarme só foi acionado quando estavam quase na sala do trono. Os guardas avistaram Michael e gritaram, em seguida se ouviram passos à medida que os feiticeiros se aproximavam correndo – e Michael sorriu, sabendo que muitos eram leais a ele.

Então, da escuridão atrás dele, Michael ouviu uma voz feminina ronronar:

– Olá, Michael, eu estava esperando você.

Ele se jogou para o lado no instante em que um raio atravessou o ar e caiu bem onde ele estava. Ao olhar para cima, viu uma jovem feiticeira em pé, sorrindo maliciosamente.

Eve.

Confraria Tripla: Londres

Jer odiava Alex. Havia algo nele que o deixava louco. *Talvez seja o fato de ele ter ameaçado me matar durante a Lua dos Ventos*, pensou ele, áspero. *Talvez seja por ele ser tudo o que não sou. Ele é o que eu poderia ter sido caso meu pai servisse à Deusa e não ao Deus Cornífero. Seja lá qual for o motivo, não vou perdê-lo de vista. Claro que isso vai ser difícil, pois irei na frente do grupo e ele virá na retaguarda.*

Ao seu lado, Richard ergueu a mão e Jer parou, voltando a mente para a tarefa a ser feita. Já tinham passado pelas defesas externas que a Suprema Confraria tinha colocado nas ruas de Londres ao redor das entradas da sede. Eram encantamentos finos que funcionavam mais como "detectores de magia" do que como barreiras de verdade. Richard conseguira atravessar com facilidade, pois não tinha nenhum sangue de bruxa nas veias. Jer também havia atravessado com facilidade, apesar de ter sido percebido. Mas ele era um feiticeiro, então nenhum alarme foi acionado.

Através da névoa, dois homens se aproximaram deles, ambos feiticeiros. Eram sentinelas, vigiavam a entrada da sede subterrânea. Jer não os reconheceu – o que era bom, pois caso contrário eles poderiam ter acionado algum alarme ao vê-lo.

– Salve o Homem Verde, guardião do dia – murmurou Jer ao pararem diante deles.

– Vocês entraram num terreno consagrado ao Deus Cornífero. Maldito seja quem quer que invada este lugar.

– Vim como um servo.

Satisfeitos, os dois homens se viraram, indicando que Jer e Richard deveriam segui-los. Jer tirou os dois picadores de gelo do cinto e esperou que Richard fizesse o sinal com a cabeça. Quando ele o fez, os dois se moveram em sincronia. Jer enfiou um picador de gelo em cada ouvido do homem diante dele. O feiticeiro morreu sem fazer nenhum ruído, sem nem exalar. Segurando os picadores, Jer colocou-o no chão devagar para que nem o ruído da sua queda chamasse a atenção. Ao seu lado, Richard fez a mesma coisa. Em seguida, os dois passaram por cima dos corpos e continuaram em frente.

Jer tremia dos pés à cabeça. Aquele fora o primeiro humano que ele tinha matado, e ele sentia ânsia de vômito. Virou os olhos para Richard e viu o olhar gélido no rosto dele. *Não foi o primeiro homem que ele matou e, se a noite correr como o planejado, também não será o último*, percebeu Jer.

Diana

Estremeceu. A adrenalina jorrava pelo seu corpo, fazendo-o ficar com todos os sentidos aguçados e alertas. *Ele teria me matado se eu tivesse dado a oportunidade*, disse para si mesmo, pensando no guarda no chão.

Chegaram a um beco sem saída. No final, havia uma porta no meio da parede de tijolos, e ela se fundia tão bem ao seu entorno que a maioria das pessoas não a perceberia. Os encantamentos que havia nela eram fortes.

Jer apontou com a cabeça para a entrada. Tirou uma das granadas de concussão do bolso do cinto. Removeu o pino e a arremessou. Ela explodiu contra uma das proteções, causando um estrondo surdo. As janelas dos prédios ao redor chacoalharam, e Jer sentiu a vibração nos ossos. *Espero que tenha dado certo*, pensou.

Instantes depois, o restante da confraria correu até ele. Como nenhum portal cheio de demônios se abriu, Jer percebeu que tinha dado certo.

– Certo, todo mundo pra dentro rápido, antes que eles percebam o que está acontecendo – instruiu Jer, abrindo a porta.

Todos entraram. Holly tocou a mão dele ao passar. Após todos chegarem lá dentro, ele entrou e fechou a porta atrás de si.

– Na escuridão tão profunda quanto o inferno – murmurou Alex.

– O quê? – sussurrou Jer.

– É uma referência a *O Fantasma da Ópera* – explicou Holly baixinho.

Ela e Alex trocaram um olhar que fez Jer ficar constrangido na hora.

— Parem com esse papo – sibilou Nicole.

Jer voltou para a frente do grupo, indicando o caminho pelos corredores cheios de curvas. Não tinham percorrido nem trinta metros quando o caos começou.

De repente havia feiticeiros por todo lado, surgindo de passagens laterais e portas escondidas. Parecia que estavam saindo das paredes. Então, de maneira extremamente desconcertante, eles passaram pelo grupo e seguiram em frente.

Jer piscou. *O que é isso, "Além da imaginação"?* Foi então que ele escutou: era um ruído profundo e penetrante que indicava que o prédio tinha sido invadido. *Mas, se não é por nossa causa, o que está acontecendo?*

Outro feiticeiro surgiu apressadamente por uma passagem lateral.

— O que está acontecendo? – gritou Jer.

— Michael Deveraux – disse o homem ofegante. Ele se virou para olhar para Jer e parou de repente. – Ei, você é...

Antes que pudesse terminar a frase, ele morreu com uma faca cravada no peito. Philippe deu um passo à frente e puxou a arma do corpo, limpando o sangue nas suas roupas.

— Tudo bem, vamos – disse Jer.

— Sabe para onde eles estão indo? – perguntou Holly.

— Parece que é para a sala do trono – respondeu ele num tom sombrio. – Faz sentido. Os Deveraux querem tomar o trono de volta da família Moore há várias gerações.

Eli Deveraux estava em pé ao lado de James Moore. Os dois observavam a carnificina. *Não fazia ideia de que o meu pai tinha recrutado tantos membros da Suprema Confraria*, pensou Eli.

Diana

Ele se abaixou quando uma bola de fogo explodiu no ar acima da sua cabeça. Endireitou a postura devagar e se virou para James.

– Você sabe que eles não se importam com a gente – disse ele.

James se virou para encará-lo friamente.

– O quê?

– O seu pai e o meu... eles não se importam conosco. Só se importam consigo mesmos. Nunca seremos mais do que peças nos jogos deles.

Um feiticeiro passou correndo, envolto por chamas, e Eli ficou olhando por um instante antes de se virar mais uma vez para James.

– Ele ameaçou me matar – disse James tão baixinho que Eli teve que se esforçar para escutá-lo. – Ele me disse que era hora de escolher de que lado eu estava e que, se eu escolhesse ficar do lado do seu pai, ele me esfolaria vivo. E isso seria só o começo.

– Acho que só continuo vivo porque o meu pai teve preguiça de me matar.

James bufou.

– Eles acham que ficaremos satisfeitos vivendo as nossas vidas nas sombras deles, sem nunca desejar mais do que eles nos dão.

– Estou cansado, cansado de ficar em alerta o tempo inteiro. Precisamos parar de brigar um com o outro e começar a brigar com aqueles que estão contra nós.

James concordou com a cabeça.

– Precisamos fazer algo a respeito disso.

Feitiço

– Concordo – disse Eli. – E, James, só mais uma coisa.

– O quê? – grunhiu James.

– Quando isso tudo acabar, quero que se divorcie de Nicole.

Um raio foi lançado na parede entre os dois rapazes. Quando a fumaça se dissipou, James se virou de frente para ele.

– Me divorciar? Estava planejando matá-la. Por quê?

– Porque quero me casar com ela – disse Eli, quase sem acreditar que estava dizendo aquilo. – Acho que o bebê pode ser meu.

– Também pode ser meu – retrucou James com uma voz sutilmente ameaçadora.

– Eu topo correr esse risco – comentou Eli para ele, olhando-o nos olhos.

Uma semana antes – que nada, uma hora antes – eles teriam tentado se matar. Agora, entretanto, James concordou com a cabeça devagar. Em seguida estendeu a mão.

– Combinado. Agora vamos acabar com tudo.

Holly não conseguiu deixar de ficar boquiaberta ao observar aquela cena. Em todo canto que olhava havia feiticeiros em combate. *Estão tão ocupados lutando um contra o outro que nem se deram conta da nossa presença*, maravilhou-se ela.

O mesmo não podia ser dito dos outros moradores da escuridão. Os demônios que ela achava que fossem aparecer a qualquer momento de repente dispararam para cima deles. Foi como se todos estivessem esperando para atacar de uma vez só.

Diana

– Cuidado! – gritou Holly, lançando bolas de fogo das pontas dos dedos. Vários demônios caíram no chão. Um deles, no entanto, continuou indo para a frente, rindo. Ele parecia humano, exceto pelo rosto distorcido e pelo fato de as bolas de fogo terem se chocado contra o seu corpo sem afetá-lo em nada.

Antes que Holly pudesse reagir, Amanda entrou em ação subitamente. Ela correu para a frente, gritando e rodopiando um cassetete. Por um instante, ela pareceu um membro ensandecido de uma banda marcial. A ilusão se desfez, contudo, quando Amanda enfiou a ponta do cassetete no nariz da criatura.

Com um rugido de dor, a coisa caiu de joelhos, com as mãos na cara. Amanda se afastou e em seguida empurrou a ponta do cassetete mais uma vez para dentro do nariz do monstro. A criatura caiu para trás, morta.

– Dá certo mesmo – disse Amanda, breve. Outro demônio apareceu correndo e rugindo. Amanda se virou e golpeou o abdômen da criatura com o punho. Ela também caiu com um baque. Amanda se virou e fez um rápido aceno de cabeça para Holly.

Holly disse a primeira coisa que passou pela cabeça:

– Isso aí, garota.

Então acabou o tempo de ficar parada, perguntando-se como a sua prima tinha assimilado tanta informação enquanto estava no banheiro vomitando para valer. Era a vez de Holly acabar com alguns demônios.

Ela deu um meio-giro, com bolas de fogo saindo das pontas de seus dedos como ondas. Um grito agudo a fez se virar e jogar as mãos no ar. *Tarde demais!* Um demônio preto e reluzente, exalando fumaça, estava bem perto dela. Então, de repente, ele explodiu na sua frente.

Enquanto os pedaços do demônio pairavam até o chão, Holly olhou para a fumaça e viu Eve. A feiticeira lhe deu um breve aceno antes de ir mancando em direção ao combate. Holly ficou encarando-a. Tinha visto Eve apenas uma vez, rapidamente, mas Amanda tinha lhe falado o suficiente a respeito da feiticeira, por isso Holly foi capaz de reconhecê-la.

Alguma coisa atingiu Holly com força, e ela caiu no chão. Ficou deitada por um instante, sem ar. Olhou para cima esperando avistar algum demônio e em vez disso ficou cara a cara com um feiticeiro sorridente. Ele bateu a cabeça dela no chão, e Holly ficou sem enxergar por um momento.

Jer deu um golpe lateral no feiticeiro para que ele saísse de cima dela. Amanda se aproximou e lançou uma bola de fogo bem no rosto do homem. Ele caiu no chão, contorcendo-se de dor por alguns instantes antes de morrer.

De repente, uma onda pareceu se propagar pelo ar, e Amanda arfou ruidosamente. *Lua dos Ventos... quem matar uma bruxa ou feiticeiro esta noite vai ganhar o poder dele ou dela*, pensou Holly.

Então Amanda e Jer entraram em ação novamente, rodopiando enquanto lançavam a morte em todas as direções. Holly ficou deitada por um instante, tentando recobrar o fôlego e examinando o campo de batalha. Todos pareciam estar se virando bem sozinhos. Ela se sentou com dificuldade.

– Holly! – gritou Barbara Davis-Chin. – Você está bem?

Diana

Holly se virou para Barbara no instante em que um demônio se aproximou dela por trás e a cortou ao meio.

– Não! – gritou Holly. O choque se espalhou pelo seu corpo. Todo o trabalho que tiveram para salvar Barbara tinha sido em vão.

Uma mão agarrou a gola da sua blusa por trás e ergueu Holly. Ela se virou, com uma bola de fogo nas mãos.

– Não fique parada! – gritou Richard com ela, com o rosto a centímetros de distância.

Ela fez que sim com a cabeça apesar da dor. Richard deu um tapinha no ombro dela e foi embora.

Holly se virou a tempo de ver um bando de feiticeiros indo para cima deles. De repente, todos foram lançados para trás como se tivessem sido empurrados por um vendaval. Do canto do olho, ela avistou Alex com as mãos erguidas no ar. Os feiticeiros bateram na parede mais distante e se pulverizaram contra ela, fazendo sangue e pedaços de ossos se espalharem por todo o lugar. Uma onda tremeluziu pelo cômodo e bateu em Alex. Os poderes dos feiticeiros mortos passaram para ele naquele instante.

Balançando a cabeça de tanta surpresa, Holly se virou para esmurrar um demônio com chifres que tinha as mãos ao redor da garganta de Pablo. Ela se jogou para cima da criatura, que soltou Pablo. Concentrou toda a raiva que estava sentindo naqueles golpes e só parou de bater quando a criatura caiu no chão. Não sabia se o monstro estava morto ou apenas inconsciente, então deu um passo para trás e o fritou com uma bola de fogo só para garantir.

Feitiço

Havia mais demônios para enfrentar, e Holly descontou toda a sua raiva em cima deles. De vez em quando, os outros surgiam no seu campo de visão e assim ela ia sabendo que eles ainda estavam vivos.

Derrubou um demônio e se virou no instante em que Tommy arrancava a cabeça de outro. Escutou o som do rifle: era Richard atirando em um monstro após outro. As criaturas explodiam de uma maneira incrivelmente grotesca, cobrindo todos de sangue. Holly percebeu que, todas as vezes, Richard disparava nas criaturas apenas quando elas estavam na frente das paredes, tomando cuidado para não enviar balas na direção de algum demônio que estivesse diante de um membro da confraria.

Holly estava ofegante, olhando para os cadáveres dos demônios ao seu redor. Deu uma olhada nos outros, que balançavam as cabeças, sem saber se ainda haveria mais.

Jer indicou para que eles o seguissem, e após alguns instantes eles estavam em outro cômodo. No centro dele, Holly viu Michael Deveraux.

– Jer! – gritou alguém.

Então viu Kari correndo na direção deles. Michael Deveraux também devia ter escutado a jovem, pois olhou para cima e fez uma saudação zombeteira para Holly. Para o filho, ele disse:

– Bem-vindo, Jer. Que o demônio leve você.

Ele lançou uma esfera de metal na direção de Jer. Holly gritou um contraencantamento, mas foi incapaz de desviá-la. Kari se virou, viu a esfera se aproximando e mergulhou na frente dela. O objeto a atingiu bem no peito, explodindo ao colidir, e ela caiu para trás em cima de Jer.

Jer agarrou Kari enquanto ela caía em cima dele, caindo também de joelhos e a abaixando até o chão. A cabeça dela ficou apoiada na perna dele, e ela o encarava de olhos arregalados. Ao redor dos dois, a batalha recomeçou, era a Confraria de Holly contra os seguidores do seu pai, mas ele não se importou. Só se importava com a sombra que estava atravessando os olhos de Kari.

Kari estava deitada em seus braços, com o sangue cobrindo as mãos e o rosto de Jer.

– Jer – disse ela, ofegante, olhando para ele.

O pai tinha tentado matá-lo, e Kari tinha se sacrificado para salvá-lo.

– Shhiiii, está tudo bem. Tudo vai ficar bem – mentiu ele, olhando para o que ainda restava do peito dela.

– Não, não vai – disse ela arfando. – Desculpe de verdade. Eu estava errada e com medo. Achei que você estivesse morto. Tudo o que queria era amar você, ficar com você.

– E você vai poder fazer isso, Kari, prometo. Você vai ficar bem – disse ele com a voz trêmula. Tentou aliviar a dor dela, tentou transmitir um calor de cura pelas mãos, mas não conseguiu. As mãos dos Deveraux só conseguiam transmitir morte.

Ela sussurrou para ele:

– *Je suis la belle Karienne. Mon coeur, il s'appelle Karienne. Ah, Jean... mon Jean...*

– *Oui, ma belle.* – De repente Jer estava respondendo em francês, encontrando lá no fundo um amor que sentia por ela. – *Vives-toi, petite.*

Feitiço

A vida começou a se esvaecer dos olhos dela, e Jer começou a sentir como se ele mesmo estivesse morrendo. Tinha sido tão cruel com ela, a tratara tão mal. Por um tempo a havia amado, ou pelo menos achava isso. Ela era superficial e vaidosa, mas não mais do que ele. E, quando mais tinha precisado, ela estivera presente. *Ela sempre esteve presente, mesmo quando me recusei a enxergar isso*, percebeu. Sentiu como se não conseguisse respirar, como se o seu coração estivesse sendo espremido dentro do peito.

– Viva – implorou ele, sabendo que ela não seria capaz de fazer isso.

– Me mate, Jer – implorou ela. – Não deixe o seu pai ficar com a minha magia.

– Não posso – disse ele soluçando.

– Pode sim, por favor, por mim – sussurrou ela.

As lágrimas dele caíam nas bochechas dela.

Ela estendeu o braço e tocou o rosto cicatrizado dele. Os seus dedos estavam gelados.

– Você é lindo – disse ela. – Assim como Jean.

Ele se inclinou e lhe beijou a mão. Em seguida, tirou a adaga do cinto e cortou a garganta dela.

O vestígio de um sorriso surgiu nos lábios de Kari. Então a mão dela caiu, os olhos rolaram para trás e ela faleceu. Ele não podia fazer nada para trazê-la de volta. Sentiu o poder passando dela para si, fortalecendo-o e trazendo alguma espécie de consolo sombrio. *Uma parte dela sempre estará comigo.*

Karienne.

★ ★ ★

Diana

Eli viu Jer e Holly entrarem na sala do trono, mas eles eram o menor de seus problemas. Eli estava bem atrás do seu pai, que estava quase alcançando o trono de crânios. Havia apenas quatro guardas separando Michael do líder da Suprema Confraria. Eli arriscou olhar para sir William e viu que James estava ao lado dele. Com um movimento da mão esquerda, Michael Deveraux fez três guardas saírem voando e, com a mão direita, lançou uma bola de fogo no peito do quarto.

Então Eli ficou ao lado do pai, diante do trono. Sir William tinha assumido a sua aparência demoníaca, o que era algo terrível de ver.

– Deveraux – gritou ele. – Você vai pagar por isso.

– Acho que não – disse Michael com uma risada arrogante.

Eli tirou o *athame* do cinto.

– Na verdade, pai, vai sim.

Michael se virou para ele com uma expressão de surpresa no rosto. Naquele instante, Eli enfiou o *athame* através do esterno de Michael, perfurando o seu coração. Do canto do olho, ele viu James fazer o mesmo com sir William.

Michael despencou no chão, chocado. Sangue começou a escorrer dos seus lábios. Ele os moveu como se estivesse tentando falar.

Eli se ajoelhou ao lado dele.

– Por que está tão surpreso, pai? Foi você quem me ensinou a matar. E você também me ensinou outra coisa: "aja antes que os outros decidam fazê-lo." – Ele se encurvou e beijou a testa do pai antes de girar a adaga e removê-la.

Feitiço

Após um instante, a vida havia esvaecido dos olhos de Michael Deveraux, e ele morreu. Uma onda de poder tomou conta de Eli. Era o poder que tinha pertencido ao pai e que agora pertencia a ele – não por ser seu herdeiro, mas por ser seu assassino.

Eli se levantou tremendo enquanto um berro se espalhava pela sala. Ele olhou para cima e viu James ajoelhado por cima do corpo de sir William. O cadáver se sacudia, em convulsão; os olhos de sir William se arregalaram e explodiram para fora das órbitas. O seu peito se expandiu, se contraiu e explodiu. Sua pele deslizava e fumegava. Foi então que um demônio de aparência medonha se arrastou para fora do peito de sir William. Ele era preto e parecia ser feito de couro, e, enquanto se soltava, os seus membros esqueléticos cheios de juntas começaram a se desdobrar como se fossem hastes de metal. Com uma série de estalos e barulhos de arranhões, ele se desdobrou até a cabeça encurvada, como a de um lagarto, encostar no teto da enorme câmara.

Os olhos eram ofídicos, amarelos e reluzentes, com um pequeno centro escuro. A língua preta e bifurcada se lançou para cima de James uma vez, depois outra, e ele repeliu o ataque com bolas de fogo. Uma delas se alojou bem abaixo do olho do monstro, onde continuou queimando, aparentemente sem ter sido percebida pela criatura.

Ela rugiu e lançou a cabeça para trás. A risada humana de sir William bombardeou a sala, fazendo as paredes estremecerem. Então ele saltou para a frente, apoiando-se nas garras enormes, atravessou a sala em disparada com apenas três passos e desapareceu através da parede oposta.

Diana

O trono de crânios rachou do topo à base, emitindo o som de milhares de animais morrendo. Todos pararam e ficaram olhando.

Eli tocou o seu *athame* por um instante antes de lançá-lo para cima de James. No mesmo instante, James arremessou a sua arma. Eli caiu com a adaga cravada no ombro. Virou a cabeça lentamente e viu que James também estava no chão, com o corpo por cima do cadáver arruinado do pai.

Eli se virou para o outro lado. *Filho da mãe*. Então, aos poucos, tudo foi ficando preto.

O pandemônio tinha começado. Feiticeiros corriam em direção aos corpos caídos dos seus líderes enquanto Holly estava parada, boquiaberta. Ela se virou e olhou para Nicole. A garota estava branca como um fantasma, pressionando a mão na barriga. Então começou a cambalear, e Holly ficou observando horrorizada enquanto os joelhos da prima cediam e ela começava a cair como em câmera lenta.

Philippe se jogou para a frente, caindo no chão embaixo de Nicole e estendendo os braços para cima para envolvê-la, amortecendo a queda com o próprio corpo.

– Ela está entrando em trabalho de parto – gritou ele.

Holly se virou e ficou encarando os resquícios do trono de crânios. Aqueles que queriam enfrentar estavam mortos, a Suprema Confraria estava destroçada. *Hora de ir embora, de sair daqui enquanto é possível*, pensou ela, *antes que eles voltem a atenção para nós*.

Tarde demais, percebeu quase imediatamente quando viu vários feiticeiros que estavam por perto lançando uma torrente repentina de bolas de fogo na direção deles. Holly ergueu as mãos para criar uma barreira, mas, antes que pudesse fazer isso, uma rajada de vento tomou conta da sala, extinguindo as bolas.

– Vamos embora! – gritou Alex com uma voz que ecoava como um trovão. Ele estava parado, no meio da tempestade de vento, com os olhos reluzindo como um relâmpago.

Holly nem precisava ter escutado o grito que Nicole deu para concordar que essa era uma boa ideia. Philippe e Armand ergueram Nicole e, carregando-a, começaram a correr atrás de Richard.

Pablo, Tommy e Amanda seguiram logo atrás. Jer ainda estava paralisado, com uma expressão de choque no rosto enquanto encarava o trono. Holly tocou o seu ombro. *O que ele deve estar sentindo a respeito da morte do pai? Alegria, mágoa, os dois? Só ele sabe*, pensou ela.

– Vamos – insistiu ela.

Jer deixou que ela o guiasse para fora da câmara, em direção à passagem. Ela escutou Alex se aproximando atrás dos dois.

Logo percebeu que sair seria mais difícil do que entrar. Demônios brotavam das paredes. No entanto, um barulho estranho de algo sendo sugado explodiu ao seu redor, e de repente os demônios ficaram encurralados, presos às paredes como se houvesse alguma força invisível em ação. Ela sentiu um leve movimento do ar.

Vento, percebeu, *Alex está mantendo-os longe da gente de alguma maneira.*

Diana

Enquanto corriam pelos túneis aparentemente infinitos, os seus pensamentos foram até onde Nicole estava. Conseguia sentir a dor dela, que era emitida em ondas a partir do seu corpo, e seus gritos ricocheteavam nas paredes, tetos e chãos. *Nicole é forte, mas nenhum de nós sabe o que esperar numa situação dessas.*

Então, de repente, todos estavam na saída e foram depressa para a rua lá fora, ao ar livre. Alex bateu a porta após sair, murmurando um encantamento para bloqueá-la.

Holly ficou parada, ofegando e inalando o ar limpo e fresco, escutando a respiração pesada dos outros. O fedor de morte e decomposição ainda estava nas suas roupas e no seu corpo, e ela ficou preocupada, achando que nem um milhão de banhos resolveria isso.

Uma nuvem se moveu no céu, e bem acima deles a lua cheia surgiu de repente, iluminando-os. *É a Lua dos Ventos e a maioria de nós ainda está aqui, graças à Deusa.*

De volta ao esconderijo, Holly sentiu como se uma era inteira tivesse se passado desde que tinham saído dali. Nicole estava deitada num quarto do segundo andar, na fase final do parto. Armand estava cuidando dela e tinha mandado todo o grupo sair, exceto Richard, com uma expressão de preocupação no rosto.

Nem acredito que acabou, pensou Holly. *Enfim Michael Deveraux morreu. Estou livre dele – todos nós estamos. Está feito. Sinto-me estranhamente sabotada por não ter sido eu quem o matou, mas também sinto alívio.*

– Não acabou – anunciou Alex, parado e olhando para o grupo. – Michael Deveraux e a Suprema Confraria foram apenas a ponta do iceberg. Há milhares de confrarias, nesse mundo e em outros, e nem todas elas louvam como nós. Para cada Michael Deveraux que cair, há uma dúzia de pessoas prontas para assumir o lugar dele.

E sir William escapou, pensou Holly.

– Escapou mesmo – disse Alex, olhando para ela. Em seguida, acrescentou para os outros –, e eu pertenço ao Templo do Ar. A minha confraria e eu passamos anos enfrentando aqueles que usam magia negra.

– Está dizendo que o que aconteceu esta noite não foi novidade pra você? – perguntou Amanda.

– Não mesmo – disse ele, com o rosto inescrutável. – Eu e os outros da Confraria Cahors temos enfrentado muitas batalhas em nome do bem e da luz.

– Outros Cahors? – perguntou Holly, perplexa. – Mas nós...

Ele fez que sim com a cabeça.

– Nós quatro aqui não somos os únicos descendentes da Confraria Cahors. Há muitos, muitos outros e todos nós estamos nos esforçando para unir as confrarias, para liderar todas elas, criando uma nova era de paz.

– Você não contou nada disso para Luna – disse Amanda, acusando-o. – Deixou que ela achasse que você não sabia nada da sua genealogia.

– Sim, é verdade – disse ele. – A Confraria Mãe é fraca. Eles não têm nenhuma utilidade para mim.

– Tenho muita experiência com pessoas que querem 'liderar as confrarias', e nenhuma delas foi boa – atacou-o Jer.

– Todas as suas experiências vêm do lado negro da magia – retorquiu Alex, deixando claro que os dois estavam longe de fazerem as pazes. – Una-se a nós e nos ajude a trazer a luz. Assim você compensará toda a maldade da sua família.

– Não acho – disse Jer. – Não assim.

– A Suprema Confraria e a Confraria Mãe são apenas duas confrarias num universo bem maior. A era das batalhas antigas acabou. As confrarias não precisam lutar uma contra a outra. As famílias também não precisam lutar uma contra a outra – disse Alex enfaticamente. – Nem a sua e a minha – acrescentou ele, olhando diretamente para Jer.

– Estou cansada de lutar – disse Holly baixinho. – Mas não posso deixar que outros como Michael Deveraux fiquem soltos por aí, matando todos que aparecem no caminho.

– Você seria muito bem-vinda na nossa confraria, Holly – disse Alex, encarando-a. – Você perdeu tanto nessa batalha e ficou tão insensível, mas não precisa continuar assim. Podemos ajudá-la. Podemos restaurar a sua fé.

De repente, lágrimas começaram a escorrer pelo rosto de Holly. Ela estava *mesmo* insensível por dentro; era como se o seu coração fosse feito de pedra. Mas ainda assim... lágrimas. Eram um milagre, eram magia.

– Será que isso é mesmo possível? – perguntou ela sem perceber.

Alex se aproximou e sentou ao seu lado. Segurou-a pela mão e olhou bem nos seus olhos, e ela sentiu o calor dele, a força. O poder.

Feitiço

— É possível *sim*, Holly. Podemos ajudá-la, e em troca você nos ajuda. Você poderia ser a minha Sacerdotisa-Mor, e eu serei o seu Longo Braço da Lei. Juntos, poderíamos lidar com força e misericórdia. Imagine só o que seríamos capazes de conquistar *juntos*.

Logo após Alex dizer isso, ela percebeu o que ele queria dizer com aquela última palavra. *Juntos*. Ela desviou o olhar e se virou para Jer.

Ele a olhou nos olhos e, por um instante, por um breve instante, ela viu... alguma coisa. Que logo desapareceu... Holly ficou sem saber se aquilo tinha se extinguido ou se escondido.

Jer balançou a cabeça com amargura.

E o coração de Holly voltou a ficar insensível.

Alex ainda segurava a mão dela. O seu calor se alastrava pela pele dela, e, conforme isso acontecia, Holly voltava a sentir novamente. Alex estava oferecendo algo que Jer não podia — quer dizer, algo que ele não ia oferecer.

Alex soltou a mão dela e se levantou. Holly sentiu que Amanda a estava observando, mas ainda não estava pronta para olhar a prima nos olhos.

No entanto, quando Amanda falou, foi com o grupo inteiro.

— Já lutamos pelo bem das confrarias; enfrentamos a nossa batalha. Tommy e eu precisamos descansar e ficar juntos. E, para ser sincera, talvez eu nunca mais me sinta pronta para o combate novamente.

Holly arriscou olhar para ela. Amanda estava sentada, com o braço entrelaçado com o de Tommy, que concordava com a cabeça. *Eles são tão próximos, estão tão apaixonados. Como deve ser ter esse tipo de ligação?* Ela olhou mais uma vez para Jer. *Se eu ficar esperando por ele, talvez eu nunca descubra.*

– Compreendo – disse Alex. – É melhor Nicole ficar também. Ela tem um bebê para cuidar... e, a não ser que eu esteja enganado, é um bebê muito especial.

Holly inclinou a cabeça para o lado, perguntando-se o que ele queria dizer com aquilo. Ele não deu mais detalhes, e ela sabia que não era hora de insistir naquele assunto.

Philippe limpou a garganta.

– Os sobreviventes da Confraria Espanhola querem se juntar à sua confraria.

– Mas o seu coração está dividido – respondeu Alex.

Philippe fez que sim com a cabeça.

– Também quero lutar com você, mas preciso ficar com Nicole.

– Então tem que escolher, pois não dá para fazer os dois – disse Alex.

– Vou dar uma saída – anunciou Jer de repente, pegando um casaco e indo em direção à porta.

Holly o observou ir embora com um aperto no coração.

Todos ficaram em silêncio por um instante. Holly escutou o próprio coração batendo; era um som tão estranho que ela ficou se perguntando se ele não teria chegado a parar por um tempo... desde que ela tinha sacrificado a primeira familiar de Nicole, Hecate...

– Então, Holly da Confraria Cahors, o que você vai fazer? – perguntou-lhe Alex.

Feitiço

Holly olhou para ele e sentiu as bochechas corarem. Ela amava Jer, mas ele estava destruído. Tinha louvado a escuridão por tanto tempo que a sua alma estava mais danificada do que o seu corpo.

Mas a minha também está.

Ela olhou para Alex. Gostava da sua franqueza, e ele estava lhe oferecendo uma oportunidade de se curar, não só um relacionamento com alguém que louvava da mesma maneira que ela, mas também um lugar na batalha contra o mal.

O rosto de Alex reluzia com uma beleza incomum, e ela sabia que seria fácil dizer "sim" e ir com ele. Estava cansada de entrar em batalhas perdidas. Era bom saber que poderia ficar do lado vencedor. Olhou para Pablo e Armand. Confiava nos dois, e eles iriam com Alex. *Não vou precisar ficar sozinha.* Olhou nos olhos de Alex e percebeu que nunca mais precisaria ficar sozinha.

Ele estendeu a mão para ela.

EPÍLOGO

☾

Anne-Louise Montrachet estava inconsciente há um bom tempo. Apesar do corpo parado, o seu espírito buscava respostas a várias perguntas. Sussurro, a gata, andava lentamente ao redor, com cuidado para não encostar a patinha nela. Era para ela voltar em breve, com respostas de perguntas antigas e com tantas perguntas novas que nem dava para contar.

Enfim, Sussurro subiu cuidadosamente no peito de Anne-Louise. Devagar, a gata se sentou, como uma deusa egípcia esperando ser adorada.

Foi então que Anne-Louise escancarou os olhos, ofegante, com o corpo estremecendo. Sangue começou a escorrer de feridas que pareceram surgir na sua carne, como se feitas por magia.

Feitiço

    Anne-Louise olhou agitadamente ao redor antes de fixar a vista em Sussurro.

    – Você? – perguntou ela.

    A gata abaixou a cabeça, concordando.

    – Precisamos falar com os outros, alertá-los – disse Anne-Louise arfando. – Precisamos contar a eles que *aquele não é Alex Carruthers*.

Impresso na Gráfica JPA Ltda.
Rio de Janeiro – RJ